25 Jahre
Diogenes Taschenbuch

de
te
be

Das literarische
Taschenbuch

F. Scott Fitzgerald

Der große Gatsby

Roman

Aus dem Amerikanischen
von Walter Schürenberg

Diogenes

Einmalige Jubiläumsausgabe 1996

Titel der amerikanischen Originalausgabe
›The Great Gatsby‹

Die deutsche Erstausgabe erschien 1953

Veröffentlicht als Diogenes Taschenbuch, 1974

150/96/43/1
ISBN 3 257 22909 7

Und wieder
für
Zelda

Dann trag den goldnen Hut, falls sie
das rührt;
Falls du hoch springen kannst, spring
auch für sie,
Bis sie ruft: »Geliebter, goldbehüteter,
hoch springender Geliebter,
Ich muß dich haben!«

Thomas Parke D'Invilliers

I

In meinen jüngeren Jahren, als ich noch zarter besaitet war, gab mein Vater mir einmal einen Rat, der mir seitdem wieder und wieder durch den Kopf gegangen ist.

»Bedenke«, sagte er, »wenn du an jemand etwas auszusetzen hast, daß die meisten Menschen es im Leben nicht so leicht gehabt haben wie du.«

Weiter sagte er nichts, aber da wir uns auf eine scheue Art immer ungewöhnlich gut verstanden, begriff ich, daß er damit sehr viel mehr gemeint hatte. Daher neige ich dazu, mit meinem Urteil zurückzuhalten, eine Gewohnheit, die mir viele interessante Menschen erschlossen hat, mich aber auch nicht selten routinierten Schwätzern auf den Leim gehen ließ. Überdurchschnittliche Geister wittern diese Eigenschaft rasch bei einem normalen Menschen und klammern sich daran. So kam es, daß man mich schon auf dem College zu Unrecht für einen ehrgeizigen Intriganten hielt, weil ich in den heimlichen Kummer irgendwelcher Unbekannter, denen man alles mögliche zutraute, eingeweiht war. Meist kam es ohne mein Zutun zu solchen Geständnissen – oft stellte ich mich schlafend oder geistesabwesend, oder ich gab mich boshaft und leichtfertig, wenn ich aus untrüglichen Anzeichen merkte, daß eine vertrauliche Enthüllung im Anzuge sei. Denn gewöhnlich sind bei jungen Menschen solche vertraulichen Enthüllungen oder zumindest die Worte, in denen sie sich äußern, nicht ihr eigenes Gewächs und obendrein durch offensichtliche Komplexe entstellt. Sich des Urteils enthalten heißt, unbegrenzt hoffen. Dennoch wäre, fürchte ich, nicht alles gesagt, wenn ich verschwiege, was mein Vater mit einigem Dünkel zu verstehen gab und was ich hier nicht minder dünkelhaft wiederhole – daß nämlich nicht jeder in der Wiege die gleiche Portion Taktgefühl mitbekommen hat.

Nachdem ich mich so mit meinem toleranten Wesen gebrüstet habe, muß ich gestehen, daß diese Toleranz auch ihre

Grenzen hat. Das Tun und Lassen eines Menschen kann felsenfest begründet sein oder aus sumpfigen Niederungen wachsen. Wenn aber ein gewisser Punkt überschritten ist, kümmert mich diese Grundlage nicht mehr. Als ich vorigen Herbst aus dem Osten zurückkam, hätte ich am liebsten die Welt in eine Uniform gesteckt und sozusagen für immer moralisch strammstehen lassen. Ich hatte genug von den turbulenten Exkursionen und dem Privileg, hie und da einen Blick in das menschliche Herz zu erhaschen.

Einzig und allein Gatsby, der Mann, der diesem Buch den Namen gibt, machte darin für mich eine Ausnahme – Gatsby, der Inbegriff all dessen, was ich aus tiefster Seele verachte. Wenn allerdings Persönlichkeit nur eine ununterbrochene Kette großartiger Gesten ist, dann ging von ihm etwas Strahlendes aus, eine hochgradige Empfindlichkeit für die Verheißungen des Lebens, als hätte er Kontakt mit einem jener verzwickten Instrumente, die auf zehntausend Meilen ein Erdbeben registrieren. Diese Sensibilität hatte nichts mit der läppischen Aufgeschlossenheit zu tun, der man den Namen ›schöpferisches Temperament‹ umgehängt hat – es war eine ungewöhnliche Begabung, immer etwas zu erhoffen, eine romantische Bereitschaft, wie ich sie bei keinem Menschen sonst gefunden habe und wohl nie wieder finden werde. Nein – Gatsby ging am Ende untadelig aus allem hervor. Aber was ihm auf den Fersen war, der widerliche Dunst, der seine Träume umspielte, stieß mich ab und lähmte zeitweise mein Interesse für die kümmerlichen Fehlschläge und kurzatmigen Aufschwünge der Menschen.

Meine Familie sitzt seit drei Generationen hier in dieser Stadt im Mittelwesten – angesehene, gutsituierte Leute. Die Carraways haben etwas von einem Klan; es heißt, wir stammten vom Herzog von Buccleuch ab, doch der eigentliche Gründer meiner Linie war der Bruder meines Großvaters, der im Jahre 51 herkam, im Bürgerkrieg einen Ersatzmann stellte und den Eisenwarengroßhandel eröffnete, den mein Vater heute noch fortführt.

Ich habe diesen Großonkel nicht gekannt; man sagt aber, ich sei ihm sehr ähnlich, und beruft sich dabei besonders auf das nachgerade altbackene Ölbild, das in Vaters Büro hängt. Ich machte 1915, genau ein Vierteljahrhundert nach meinem Vater, in New Haven Examen und sah mich bald darauf als Teilnehmer jener verspäteten germanischen Völkerwanderung, auch bekannt unter dem Namen: der Große Krieg. Ich genoß den Feldzug so gründlich, daß ich danach nicht wieder zur Ruhe kam. Der Mittelwesten erschien mir nicht mehr als wärmender Weltmittelpunkt, sondern als die schartige Peripherie des Universums. Daher beschloß ich, nach Osten zu gehen und mich im Börsenhandel umzutun. Wen ich auch kannte – alle handelten mit Wertpapieren, was mich zu der Annahme verleitete, dieses Geschäft könne wohl auch noch einen mehr ernähren. Meine Onkel und Tanten besprachen die Angelegenheit, als gelte es, mich auf eine Klippschule zu schicken. Sie setzten eine gewichtige Miene auf und sagten schließlich zögernd »Ja-a, warum nicht«. Vater fand sich bereit, mich für ein Jahr zu finanzieren, und so kam ich im Frühjahr 1922, nachdem die Sache mehrmals vertagt worden war, nach New York – für immer, wie ich dachte.

Praktisch ging es zunächst darum, eine Wohnung in der Stadt zu finden. Aber es war schon heiß, und ich kam aus einer ländlichen Gegend mit viel Grün und freundlichen Bäumen. Als daher ein junger Mann im Büro mir vorschlug, gemeinsam ein Häuschen in einem Vorort zu mieten, schien mir das ein grandioser Einfall. Er fand auch das Haus, einen windschiefen gebrechlichen Bungalow für achtzig Dollar im Monat. Doch plötzlich beorderte ihn die Firma nach Washington, und ich zog allein aufs Land. Ich besaß – wenigstens die paar Tage, bis er mir davonlief – einen Hund, ferner einen alten Dodge und ein finnisches Weib, das mein Bett machte und, über dem elektrischen Kocher finnische Sprüche murmelnd, das Frühstück bereitete. Einen Tag oder länger war es ganz einsam, bis mich eines Morgens auf der Straße ein Mann ansprach, der noch kürzer da war als ich.

»Wie kommt man nach West Egg?« fragte er ratlos. Ich gab ihm Auskunft, und im Weitergehen kam ich mir nicht mehr so verloren vor. Ich war ein Pionier, ein Pfadfinder, ein echter Ansiedler. Unwillkürlich hatte dieser Mann mir das Bürgerrecht in dieser Gegend verliehen.

So wandelte mich denn, indes die Sonne schien, die Bäume gewaltig ausschlugen und die Blätter sich im Zeitraffer entfalteten, das bekannte Gefühl an, mit diesem Sommer beginne das Leben wieder einmal ganz von vorne.

Da war erstens so vieles, was ich lesen wollte, und dann so viel gesunde Kraft, die man nur mit der jungen frischen Atemluft einzuziehen brauchte. Ich kaufte mir ein Dutzend Bücher über Bank- und Kreditwesen und über sichere Kapitalanlagen. Die standen gleichsam frischgemünzt in Rot und Gold auf meinem Bücherbord und versprachen, mich in die fabelhaften Geheimnisse einzuweihen, die vor mir nur ein Midas, ein Morgan oder Maecenas ergründet hatten. Außerdem hatte ich mir fest vorgenommen, noch vieles andere zu lesen. Schon auf dem College hatte ich mich literarisch hervorgetan und ein Jahr lang für Yale News geschwollene und triviale Leitartikel geschrieben. Indem ich mich all dieser Dinge erinnerte und sie in meinem Leben unterzubringen suchte, war ich im Begriff, mich wiederum zu einem ›allseitig beschlagenen‹ Mann, das heißt zum beschränktesten aller Spezialisten zu entwickeln. Das soll kein Aphorismus sein – aber es springt nun mal im Leben mehr heraus, wenn man es aus einem einzelnen Fenster betrachtet.

Rein zufällig hatte ich ein Haus in einem der seltsamsten Gemeinwesen von Nordamerika gemietet. Es lag auf jener schmalen, wild belebten Halbinsel, die sich von New York genau nach Osten erstreckt. Sie hat, neben anderen Naturwundern, zwei ungewöhnliche Formationen aufzuweisen. Dreißig Kilometer von der Stadt ragen, durch eine gefällige Bucht getrennt, zwei riesige eiförmige Landzungen von genau gleichem Umriß in den wohlumhegten Sund von Long Island, dieses zahmste Salzwasserbecken der westlichen Erdhälfte. Sie sind nicht völlig oval, sondern wie das Ei des Kolumbus an der Verbindungsstelle plattgedrückt; aber ihre physische Ähnlichkeit dürfte für die Möwen, die darüber hinstreichen, eine ständige Quelle der Verwunderung sein. Für uns Ungeflügelte ist das andere Phänomen interessanter, daß sie – außer in Gestalt und Größe – in allen Einzelheiten grundverschieden sind.

Ich wohnte in West Egg, dem – sagen wir – weniger mondänen Platz, womit allerdings der bizarre und geradezu düstere Kontrast zwischen beiden nur ganz oberflächlich gekennzeichnet ist. Mein Haus stand buchstäblich auf der Spitze des Eies, nur fünfzig Meter vom Sund, und wurde schier erdrückt von zwei mächtigen Anwesen, die pro Sommer wohl zwölf- oder fünfzehntausend Dollar Miete abwarfen. Das eine, zur Rechten, war in jeder Beziehung eine kolossale Angelegenheit. Es war eine genaue Kopie irgendeines mittelalterlichen Rathauses in der Normandie, mit einem funkelnagelneuen Turm, an dem ein dünner Efeubart sproßte, einem Schwimmbassin ganz aus Marmor und mehr als vierzig Morgen Rasen und Parklandschaft. Das war Gatsbys Palais oder vielmehr, da ich ja Mr. Gatsby noch nicht kannte, das Haus eines Mannes, der so hieß. Mein eigenes Haus war sozusagen ein Dorn im Auge, aber so winzig, daß man es ganz übersehen hatte. So durfte ich mich denn der freien Aussicht aufs Wasser und auf einen Teil der nachbarlichen Grünflächen sowie der beruhigenden Nähe von Millionären erfreuen, und das alles für achtzig Dollar im Monat. Auf der anderen Seite der gefälligen Bucht glitzerten längs des Ufers die weißen Paläste des mondänen East Egg, und die Geschichte jenes Sommers beginnt eigentlich mit dem Nachmittag, da ich dort hinüberfuhr – zu den Buchanans, die mich zum Essen eingeladen hatten. Daisy war eine entfernte Cousine von mir, und mit Tom war ich auf dem College gewesen. Gleich nach dem Kriege hatte ich zwei Tage in Chikago bei ihnen verbracht.

Daisys Mann war, neben seinen Leistungen in allen möglichen Sportarten, einer der gewaltigsten Fußballer, die New Haven je besessen hatte, sozusagen ein Nationalheros und einer jener jungen Männer, die es mit einundzwanzig auf einem engbegrenzten Feld zu solcher Vollendung bringen, daß alles danach nur noch dagegen abfällt. Seine Familie war unermeßlich reich. Sogar auf dem College war er durch seine protzige Geldverschwendung unangenehm aufgefallen. Nun war er aus Chikago hierher in den Osten übergesiedelt, und das in einem Stil, daß einem vor Staunen die Luft wegblieb. So hatte er zum Beispiel aus Lake Forest eine Koppel Poloponys mit herübergebracht, und dazu gehörte für einen Mann aus meiner Generation ein unglaubliches Vermögen.

Was sie eigentlich hergeführt hatte, weiß ich nicht. Sie hatten ohne ersichtlichen Grund ein Jahr in Frankreich gelebt und sich dann rastlos herumgetrieben, mal hier, mal da, wo immer man gerade Polo spielte und mitsammen reich war. Hier seien sie nun seßhaft geworden, hatte Daisy am Telefon gesagt, doch ich glaubte ihr nicht recht. Ich konnte ihr zwar nicht ins Herz sehen, hatte aber das Gefühl, Tom werde sich immer weiter so treiben lassen, etwas melancholisch und immer auf der Suche nach dem dramatischen Getümmel irgendeines unwiederbringlichen Fußballkampfes.

An einem warmen und windigen Tag fuhr ich also gegen Abend hinüber nach East Egg, um die beiden zu besuchen. Wir waren alte Freunde, und doch kannten wir uns im Grunde kaum. Ihr Haus mit Ausblick auf die Bucht war noch kostbarer, als ich erwartet hatte, ein farbenfrohes Herrenhaus, rot und weiß, im Kolonialstil von Georgia. Gleich am Ufer begann der Rasen und lief, Klinkerpfade, Sonnenuhrbeete und andere leuchtende Blumenrabatten überspringend, wohl einen halben Kilometer auf das Hauptportal zu, wo er sich, noch im Schwung seines Laufs, als leuchtender Wein an der Hauswand emporrankte. Die Front gliederte sich in eine Reihe Fenstertüren, die golden in der Sonne funkelten und gegen die warme Nachmittagsbrise weit geöffnet waren. Unter dem Portal stand breitbeinig aufgepflanzt, im Reitdress, Tom Buchanan. Er hatte sich seit New Haven sehr verändert, war jetzt ein schwerer Dreißiger mit strohigem

Haar, hochmütiger Miene und einem harten Zug um den Mund. Zwei arrogant blitzende Augen beherrschten sein Gesicht und gaben ihm etwas Aggressives, als wolle er sich im nächsten Augenblick auf einen stürzen. Die gewaltige Kraft dieses Körpers war auch in dem feminin geschwungenen Reitdress nicht zu verkennen. Seine blitzblanken Stiefel saßen so prall, daß die Schäfte sich spannten, und wenn er unter dem feinen Reitjackett mit der Schulter zuckte, sah man, wie ein ganzes Muskelpaket in Bewegung geriet. Es war ein Körper von enormer Wucht – ein gewalttätiger Körper.

Durch sein Organ, einen rauhen heiseren Tenor, wirkte er noch kampflüsterner. In seiner Stimme schwang, auch im Gespräch mit Menschen, die er gern mochte, etwas von überlegener Autorität und Geringschätzung. Schon in New Haven hatten manche ihn nicht ausstehen können.

»Glaub ja nicht«, schien er zu sagen, »meine Ansicht in dieser Sache sei ausschlaggebend, nur weil ich stärker bin und ein ganz anderer Kerl als du.« Wir waren im selben Seniorenverband, und wenn wir einander auch nie nähergekommen waren, hatte ich doch immer den Eindruck, er lasse mich gelten und werbe auf seine barsche, trotzige Art um meine Freundschaft. Wir unterhielten uns ein paar Minuten unter dem sonnigen Vordach.

»Ich hab's hier gut getroffen«, sagte er; dabei blitzten seine Augen unstet umher.

Er faßte mich an einem Arm und drehte mich um. Seine breite grobschlächtige Hand beschrieb einen Kreis über die Fassade und umschloß mit dieser Bewegung zugleich einen tiefer liegenden italienischen Garten, eine halbmorgengroße, stark duftende Rosenplantage und ein stumpfnasiges Motorboot, das vor der Küste auf den Wellen dümpelte.

»Hat alles Demaine gehört, dem Ölkönig.« Wieder nötigte er mich mit abrupter Höflichkeit zu einer Drehung. »Gehen wir hinein.«

Wir durchschritten einen hohen Vorsaal und gelangten in ein helles rosenfarbenes Raumgebilde, das durch die französischen Fenster an beiden Seiten kaum noch wie ein Innenraum wirkte. Die Fenstertüren waren weit geöffnet und stachen weiß gegen den frischen grünen Rasen ab, der gleichsam bis ins Haus zu wachsen schien. Es ging ein starker Luftzug, der die hauchdünnen Vorhänge auf der einen Seite nach innen, auf der anderen nach außen bauschte. Sie wirbelten gegen den Konditorstuck der Decke oder kräuselten sich auf dem weinroten Teppich und riefen durch ihr Schattenspiel den Effekt einer leichtbewegten Wasserfläche hervor.

Das einzig Feststehende im Raum war eine riesige Couch, auf der zwei junge Frauen wie auf einem Fesselballon in der Schwebe gehalten wurden. Beide waren ganz in Weiß; ihre Gewänder wirbelten und flatterten, als seien sie nach einem kurzen Flug ums Haus nur eben hereingeweht. Ich stand wohl ein paar Augenblicke starr und lauschte dem Geknatter der Vorhänge und dem Ächzen eines Bildes an der Wand. Dann gab es einen dumpfen Laut, als Tom Buchanan die beiden Fenster an beiden Enden des Raumes schloß. Der Luftzug erstarb. Die Gardinen, die Vorhänge und die beiden Frauen schwebten langsam zur Erde hernieder.

Die jüngere kannte ich nicht. Sie lag am einen Ende der Couch lang ausgestreckt und völlig bewegungslos. Nur ihr Kinn hatte sie ein wenig angehoben, als vollführe sie damit einen äußerst schwierigen Balanceakt. Wenn sie mich aus einem Augenwinkel erblickt hatte, so ließ sie sich jedenfalls nichts anmerken – ja, ich fühlte mich beinahe veranlaßt, eine Entschuldigung zu murmeln, daß ich sie durch meinen Eintritt gestört hatte.

Die andere junge Dame – es war Daisy – machte einen schwachen Versuch, sich zu erheben. Sie beugte sich ein wenig vor, wobei sie sich bemühte, sehr gewissenhaft auszusehen. Dann lachte sie – ein irres, aber entzückendes kleines Lachen. Auch ich lachte und trat näher.

»Ich werde wa-ahnsinnig vor Glück.«

Wieder lachte sie, als habe sie etwas sehr Geistreiches gesagt, und hielt einen Augenblick meine Hand. Dabei sah sie mich von unten herauf mit einem Blick an, der zu sagen schien, von allen Menschen in der Welt habe sie gerade mich am sehnlichsten erwartet. Das war so ihre Art. Durch ein Murmeln deutete sie an, die balancierende junge Dame heiße Baker. (Ich habe sagen hören, daß Daisy durch ihr leises Sprechen lediglich die Leute veranlassen wollte, sich zu ihr zu neigen; aber dieser Einwand ist ohne Belang und macht die Sache nicht weniger reizend.)

Für alle Fälle bewegte Miss Baker die Lippen ein wenig, nickte fast unmerklich zu mir hin und legte dann schnell ihren Kopf wieder zurück. Offenbar war der kostbare Gegenstand, den sie balancierte, ein wenig ins Wanken geraten, worüber sie gleichsam heftig erschrak. Wieder hatte ich eine Art Entschuldigung auf der Zunge; denn der Anblick eines so völlig von sich überzeugten Menschen bringt mich fast immer aus der Fassung.

Ich sah nun wieder meine Cousine an, die mich mit ihrer leisen, aufregenden Stimme allerlei zu fragen begann. Diese Stimme war von der Art, daß man unwillkürlich mit dem Ohr dem Auf und Ab folgte, als sei jeder Satz eine Tonfolge, die so nie wieder erklingen würde. Ihr Gesicht hatte einen rührenden Liebreiz und leuchtete aus sich – es leuchteten die Augen, und es leuchtete der leidenschaftlich geschwungene Mund; in ihrer Stimme aber war etwas Erregendes, das Männer, die sie einmal geliebt hatten, nur schwer vergaßen: ein bestrickender Ton, ein geflüstertes »Hör zu«, ein lockendes Versprechen, als sei sie eben noch mit köstlichen und aufregenden Dingen beschäftigt gewesen und als winkten solche köstlichen und aufregenden Dinge auch im nächsten Augenblick.

Ich erzählte ihr, daß ich meine Reise in Chikago für einen Tag unterbrochen hätte und daß ein Dutzend Leute mir Grüße an sie aufgetragen hätten.

»Vermißt man mich?« rief sie ekstatisch aus.

»Die ganze Stadt ist untröstlich. Alle Autos haben zum Zeichen der Trauer das linke Hinterrad schwarz angestrichen; es ist ein einziges Wehklagen am Nordufer die ganze Nacht.«

»Herrlich! Wir wollen wieder hin, Tom. Gleich morgen!« Dann fuhr sie beiläufig fort: »Du müßtest die Kleine sehen.«

»Gern.«

»Sie schläft gerade. Sie ist jetzt drei Jahre. Hast du sie noch gar nicht gesehen?«

»Nein, nie.«

»Dann mußt du sie unbedingt sehen. Sie ist –«

Tom Buchanan unterbrach sein rastloses Umherwandern im Raum und legte mir schwer die Hand auf die Schulter.

»Was machst du, Nick?«

»Börsenmakler.«

»Bei wem?«

Ich nannte die Firma.

»Nie gehört«, sagte er mit Entschiedenheit.

Das ärgerte mich.

»Wirst schon noch«, erwiderte ich schroff, »wenn du lange genug hier bist.«

»Keine Sorge, ich bleibe«, sagte er; dabei schielte er zu Daisy hinüber und dann wieder zu mir, als sei er auf mehr gefaßt. »Ich wäre schön verrückt, wenn ich je woanders leben wollte.«

An diesem Punkt der Unterhaltung sagte Miss Baker: »Komplett!« und das so unvermittelt, daß ich stutzte – es war das erstemal, daß sie überhaupt etwas sagte, seit ich da war. Sie schien davon selbst ebenso überrascht wie ich, denn sie gähnte und stand dann mit ein paar raschen, gewandten Bewegungen von der Couch auf.

»Ich bin ganz steif«, klagte sie, »seit ich denken kann, habe ich auf diesem Sofa gelegen.«

»Sieh mich nicht so vorwurfsvoll an«, entgegnete Daisy. »Schon den ganzen Nachmittag versuche ich, dich zu einer Fahrt nach New York zu bewegen.«

»Nein, danke«, sagte Miss Baker. Das bezog sich auf die vier Cocktails, die gerade gereicht wurden. »Ich bin im Training.«

Der Hausherr sah sie ungläubig an.

»Ach so!« Er stürzte seinen Drink hinunter, als sei es nur ein kleiner Rest im Glas. »Wie du je etwas vor dich bringst, ist mir schleierhaft.«

Ich blickte auf Miss Baker und fragte mich, was sie wohl ›vor sich bringen‹ sollte. Es machte mir Spaß, sie anzusehen. Sie war ein schlankes, flachbrüstiges Mädchen, hielt sich sehr gerade und unterstrich das noch durch eine stramme, kadettenhafte Art, die Schultern zurückzunehmen. Ihre grauen, sonnengestählten Augen erwiderten meinen Blick mit höflicher Neugier. Ihr blasses, hübsches Gesicht hatte einen unbefriedigten Ausdruck. Jetzt fiel mir ein, daß ich sie oder ein Foto von ihr schon irgendwo gesehen haben mußte.

»Sie wohnen in West Egg?« bemerkte sie ein wenig von oben herab. »Da kenne ich jemand.«

»Ich kenne keinen Menschen.«

»Aber Sie werden doch Gatsby kennen.«

»Gatsby?« fragte Daisy. »Welcher Gatsby?«

Das ist mein Nachbar, wollte ich antworten, da wurden wir zu Tisch gebeten. Tom Buchanan hakte mich mit seinem athletischen Arm unter und schob mich gebieterisch aus dem Zimmer, wie man eine Schachfigur von einem Feld auf ein anderes rückt.

Lässig und träge, einander leicht um die Hüften fassend, schritten die beiden Frauen uns voran auf eine rosenfarbene Veranda, die sich gegen die untergehende Sonne öffnete. Auf dem Tisch flackerten vier Lichter im Wind, der sich inzwischen etwas gelegt hatte.

»Wozu Kerzen?« Daisy runzelte leicht die Stirn und schnippte sie mit den Fingern aus. »In zwei Wochen haben wir den längsten Tag im Jahr.« Sie sah uns strahlend an. »Geht es euch auch so, daß ihr immer auf den längsten Tag wartet und ihn dann verpaßt? Ich warte immer darauf und verpasse ihn jedesmal.«

»Wir sollten etwas unternehmen«, gähnte Miss Baker; sie ließ sich so müde am Tisch nieder, als ginge sie zu Bett.

»Fein«, sagte Daisy, »was wollen wir unternehmen?« Sie wandte sich hilfesuchend an mich: »Was unternimmt man denn so?«

Bevor ich noch antworten konnte, blickte sie wehleidig auf ihren kleinen Finger.

»Seht doch!« klagte sie. »Verletzt.«

Wir sahen ihn uns an – der Knöchel war grün und blau.

»Das warst du, Tom«, sagte sie vorwurfsvoll. »Nicht mit Absicht, ich weiß, aber du warst es. Das hat man davon, wenn man so einen ungeschlachten Kerl von Mann heiratet, so ein großes massiges, brutales Exemplar von –«

»Ich kann das Wort brutal nicht leiden«, entgegnete Tom scharf, »auch nicht im Scherz.«

»Brutal«, beharrte Daisy.

Manchmal sprachen sie und Miss Baker gleichzeitig. Das wirkte aber nicht aufdringlich und war auch kein bloßes Geschnatter, sondern geschah aus einer gutmütigen Zerstreutheit und war von gleicher Kühle wie ihre weißen Kleider oder ihre ganz unpersönlich blickenden Augen, für die es keinen Wunsch und kein Begehren mehr zu geben schien. Sie waren nun mal da, akzeptierten Tom und mich und zeigten sich lediglich bemüht, uns auf höfliche und gefällige Art zu unterhalten und sich unterhalten zu lassen. Sie wußten, das Dinner würde bald vorbei sein und etwas später auch dieser Abend, vorbei und ad acta gelegt. Wie anders war das im Westen, wo man einen solchen Abend durch alle seine Phasen hetzte, bis zum Ende hin in ständiger Erwartung, enttäuscht zu werden, oder in nervöser Angst vor seinem bloßen Verlauf.

Beim zweiten Glas des korkigen, aber ziemlich schweren Rotweins gestand ich: »Du bist so gräßlich zivilisiert, Daisy. Könntest du nicht einmal über die Weizenernte oder sonst etwas plaudern?«

Ich hatte damit nichts Besonderes sagen wollen, aber es wurde auf eine überraschende Weise aufgegriffen.

»Die Zivilisation geht sowieso zum Teufel«, legte Tom heftig los. »Ich bin mittlerweile ein schrecklicher Pessimist in diesen Dingen. Hast du den ›Aufstieg der farbigen Völker‹ von diesem Goddard gelesen?«

»Wieso? Nein.« Sein Ton überraschte mich.

»Nun, das sollte jeder lesen, ein ausgezeichnetes Buch. Es vertritt die These, daß die weiße Rasse, wenn wir nicht aufpassen, glatt überschwemmt wird. Alles vollkommen wissenschaftlich und belegt.«

»Tom macht nämlich neuerdings in Bildung«, sagte Daisy und blickte unwillkürlich kummervoll drein. »Er liest tiefschürfende Bücher mit gewaltigen Fremdwörtern. Wie hieß doch das Wort, das wir –«

»Sind eben wissenschaftliche Bücher«, sagte Tom und sah sie unwillig an. »Dieser Mann hat das alles durchdacht. Es ist an uns, der dominierenden Rasse, auf dem Posten zu sein, sonst werden die anderen alles an sich reißen.«

»Wir müssen sie eben unterkriegen«, wisperte Daisy und zwinkerte dabei grimmig in die rotglühende Sonne.

»Ihr solltet in Kalifornien leben –«, begann Miss Baker, aber Tom unterbrach sie, indem er sich schwer auf seinem Stuhl zurechtrückte.

»Er geht davon aus«, sagte er, »daß wir die nordische Rasse sind. Ich bin nordisch, du und du, und –« Hier zögerte er für den Bruchteil einer Sekunde und schloß dann durch ein leichtes Kopfnicken auch Daisy mit ein, die mir daraufhin erneut zuzwinkerte.

»–und wir haben alle Dinge produziert, die die Kultur ausmachen – hm, Wissenschaft, Kunst und so. Versteht ihr?« Es war etwas Rührendes in seiner Konzentration – als ob es ihm neuerdings nicht mehr genüge, von sich selbst überzeugt zu sein. Als gleich darauf drinnen das Telefon läutete und der Butler hineingegangen war, nahm Daisy diese plötzliche Unterbrechung zum Anlaß, sich zu mir zu neigen.

»Ich will dir ein Familiengeheimnis verraten«, flüsterte sie enthusiastisch. »Es betrifft die Nase des Butlers. Willst du ihre Geschichte hören?«

»Unbedingt. Deshalb bin ich doch gekommen.«

»Fein. Er war nämlich nicht immer Butler, sondern Silberputzer bei Leuten in New York. Die hatten ein Silberservice für zweihundert Personen. Das mußte er von morgens bis abends putzen, bis schließlich seine Nase davon affiziert wurde –«

»Und das wurde immer schlimmer«, fiel Miss Baker ein.

»Ja, es wurde immer schlimmer, und am Ende mußte er die Stellung aufgeben.«

Ein letzter Sonnenstrahl verklärte für einen Augenblick romantisch ihr Gesicht; ihre Stimme zwang mich atemlos lauschend zu ihr. Dann verblaßte das Glühen; ein Lichtstrahl nach dem andern wich von ihr, zögernd und ungern wie Kinder, die im Abenddämmer ihr Straßenparadies verlassen müssen.

Der Butler kam zurück und beugte sich flüsternd zu Tom, der daraufhin stirnrunzelnd seinen Stuhl zurückschob und wortlos hineinging. Als wenn Toms Abwesenheit etwas in ihr gelöst hätte, beugte sich Daisy erneut vor, mit einem dunklen Singen in der Stimme. »Ich bin ja so froh, dich hier bei uns zu haben, Nick. Du erinnerst mich immer an – an eine Rose, eine perfekte Rose. Nicht wahr?« Sie wandte sich, Zustimmung heischend, an Miss Baker: »Eine perfekte Rose?«

Das war glatt gelogen. Ich sehe auch nicht im entferntesten einer Rose ähnlich. Daisy hatte das nur so improvisiert; dabei ging jedoch eine berückende Wärme von ihr aus, als habe sie in dieses atemlos geflüsterte, aufregende Wort heimlich ihr Herz gelegt und wolle es mir darreichen. Dann warf sie plötzlich ihre Serviette auf den Tisch, entschuldigte sich und ging ins Haus. Miss Baker und ich wechselten einen kurzen geflissentlich nichtssagenden Blick. Ich wollte gerade sprechen, da machte sie warnend »Sst!« und richtete sich gespannt auf. Von drinnen hörte man jemand gedämpft und mit unterdrückter Erregung sprechen, und Miss Baker beugte sich schamlos vor, um zu lauschen. Das Gespräch wurde für einen Augenblick nahezu deutlich, sank wieder ab, um noch einmal leidenschaftlich anzuschwellen, und hörte dann ganz auf.

»Dieser Mr. Gatsby, von dem Sie sprachen, ist mein Nachbar –«, begann ich.

»Nicht sprechen, bitte. Ich möchte hören, was da vorgeht.«

»Geht da etwas vor?« fragte ich harmlos.

»Soll das heißen, Sie wüßten nicht Bescheid?« Miss Baker tat ehrlich überrascht. »Ich dachte, alle Welt wüßte es.«

»Ich nicht.«

»Nun –«, sie zögerte, »Tom hat da so eine Frau in New York.«

»Eine Frau in New York?« wiederholte ich verwirrt.

Miss Baker nickte.

»Sie könnte wenigstens so taktvoll sein, ihn nicht bei Tisch anzurufen. Finden Sie nicht?«

Noch ehe ich recht begriffen hatte, rauschte ein Gewand, knirschten Stiefel – Tom und Daisy waren wieder am Tisch.

»Das mußte ja kommen!« rief Daisy mit forcierter Aufgeräumtheit.

Sie setzte sich, blickte forschend Miss Baker und dann mich an und fuhr fort: »Ich mußte einen Moment hinausschauen. Es ist so romantisch draußen. Auf dem Rasen saß ein Vogel, ich glaube eine Nachtigall, die auf einem Cunard- oder White-Star-Dampfer herübergekommen ist. Sie singt in einem fort –« Und in singendem Tonfall: »Ist's nicht romantisch, Tom?«

»Äußerst romantisch«, sagte er, und dann etwas kläglich zu mir: »Wenn's nach Tisch noch hell genug ist, will ich dir im Stall die Pferde zeigen.«

Wieder ging drinnen das Telefon und versetzte uns einen Schock, und als Daisy unverhohlen über Tom den Kopf schüttelte, war von der Stallbesichtigung nicht mehr die Rede, ja es gab überhaupt kein Gesprächsthema mehr. Die letzten fünf Minuten bei Tisch zerbröckelten, und ich erinnere mich nur, daß völlig sinnlos die Kerzen wieder angezündet wurden und daß mich der Wunsch ankam, jedem geradezu ins Gesicht zu sehen und dann wieder alle Blicke zu vermeiden. Ich konnte nicht erkennen, was in Daisy und Tom vorging, aber ich glaube, daß selbst Miss Baker, die bis dahin eine gewisse verwegene Skepsis aufrechterhalten hatte, nicht mehr imstande war, nach außen hin den schrillen, metallischen Notruf dieses fünften Gastes zu ignorieren. Mancher hätte sich in dieser Situation vielleicht als Mitverschworener gefühlt – ich reagierte anders und hätte am liebsten sofort die Polizei angerufen. Die Pferde wurden natürlich nicht mehr erwähnt. Tom und Miss Baker schlenderten – zwei getrennte Silhouetten im Zwielicht – hinein in die Bibliothek wie zu einer Vigilie am Ruhebett einer durchaus lebendigen Schönen, während ich, leicht benommen und dennoch krampfhaft bemüht, mich aufgeräumt und interessiert zu zeigen, Daisy durch mehrere ineinandergehende Veranden rund ums Haus folgte. Wir setzten uns im tiefen Schimmer der Abendröte unter das Säulenportal nebeneinander auf eine rohrgeflochtene Bank.

Daisy legte die Hände an ihr Gesicht, als wolle sie sich fühlend seines Liebreizes vergewissern. Ihre Augen wurden allmählich größer und starrten hinaus in die samtene Dämmerung. Ich sah, wie erregt und aufgewühlt sie war, und wollte sie durch ein paar Fragen nach ihrem Töchterchen ablenken und beruhigen.

»Wir kennen uns nur sehr oberflächlich, Nick«, sagte sie plötzlich, »obwohl wir Vetter und Cousine sind. Du bist nicht auf meiner Hochzeit gewesen.«

»Da war ich noch im Krieg.«

»Richtig.« Sie zögerte. »Ich habe viel durchgemacht, Nick. Ich bin inzwischen ganz schön zynisch geworden – in allem.«

Offenbar hatte sie einigen Grund dazu. Ich wartete, aber sie sagte weiter nichts darüber. Nach einer kleinen Pause kam ich etwas zaghaft wieder auf ihr Töchterchen zurück.

»Wahrscheinlich spricht sie schon und – ißt und so weiter.«

»O ja«, sie sah mich geistesabwesend an. »Hör zu, Nick. Willst du hören, was ich sagte, als sie geboren war?«

»Ja, gern.«

»Du kannst daraus sehen, wie ich inzwischen über die Dinge denke. Sie war knapp eine Stunde auf der Welt, und Tom war Gott weiß wo. Ich wachte mit einem Gefühl unendlicher Verlassenheit aus dem Ätherrausch auf. Sogleich fragte ich die Schwester, ob es ein Junge oder ein Mädchen sei. Sie sagte, es sei ein Mädchen. Da kehrte ich mein Gesicht zur Wand und weinte. ›Auch gut‹, sagte ich, ›ich will froh sein, daß es ein Mädchen ist. Hoffentlich ist sie eine Närrin – das ist noch das beste für ein Mädchen auf dieser Welt, eine entzückende kleine Närrin.‹

Du siehst, ich finde alles irgendwie gräßlich«, fuhr sie in überzeugtem Tone fort. »Und so denken wir alle – die kultiviertesten Leute. Ich weiß Bescheid. Ich bin überall gewesen, habe alles gesehen, was es gibt, und alles mitgemacht.« Ihre Augen blitzten herausfordernd, fast wie bei Tom, und sie lachte schrill und verächtlich. »Blasiert – Gott, bin ich blasiert!«

Sobald sie verstummt war und ihre Stimme mich nicht mehr fesselte und überzeugte, empfand ich, wie unaufrichtig im Grunde alles war, was sie gesagt hatte. Ich fühlte mich unbehaglich; man schien es den ganzen Abend nur darauf angelegt zu haben, eine bestätigende Reaktion von mir zu erpressen. Ich wartete – und richtig, als sie mich im nächsten Augenblick ansah, huschte ein affektiertes Lächeln über ihr hübsches Gesicht, als habe sie mir soeben erklärt, daß sie und Tom einem geradezu vornehmen und exklusiven Geheimbund angehörten.

Drinnen der karmesinrote Raum war jetzt von Licht überflutet. Tom und Miss Baker saßen je an einem Ende der langen Couch; sie las ihm aus der Saturday Evening Post vor. Ihre unbeteiligt gemurmelten Worte rannen zu einer einschmeichelnden Melodie zusammen. Das Lampenlicht glänzte auf seinen Stiefeln und lag matt auf ihrem rötlichgelben, herbstfarbenen Haar, und wenn sie mit leichtem Muskelspiel ihres schlanken Armes eine Seite umwandte, glitt das Licht darüber hin.

Als wir eintraten, gebot sie uns mit erhobener Hand einen Augenblick Stille.

»Fortsetzung in der nächsten Nummer«, sagte sie dann und warf die Zeitschrift auf den Tisch.

Ihr Körper brachte sich mit einer nervösen Bewegung der Knie zur Geltung; sie stand auf.

»Zehn Uhr«, bemerkte sie mit einem Augenaufschlag zur Decke; offenbar hatte sie dort die Zeit abgelesen. »Höchste Zeit! Das brave Kind muß ins Bett.«

»Jordan muß morgen Turnier spielen«, erläuterte Daisy, »drüben in Westchester.«

»Oh, Sie sind *Jordan* Baker.«

Ich wußte auf einmal, woher mir ihr Gesicht vertraut war. Es hatte mich mit seinem reizend hochmütigen Ausdruck aus vielen Zeitungsfotos von sportlichen Ereignissen in Asheville, Hot Springs und Palm Beach angeblickt. Mir war auch irgend etwas über sie zu Ohren gekommen, eine unerfreuliche Klatschgeschichte, die ich längst wieder vergessen hatte.

»Gute Nacht«, sagte sie sanft. »Weckt mich bitte um acht, ja?«

»Wenn du auch wirklich aufstehst?«

»Das will ich. Gute Nacht, Mr. Carraway. Ich sehe Sie wohl bald wieder.«

»Natürlich«, versicherte Daisy. »Im Ernst, wie wär's? Ich werde eine Ehe stiften. Komm oft herüber, Nick, dann will ich euch schon – oh – zusammenschubsen. Ihr wißt ja – zufällig im Leinenschrank eingeschlossen und dann im Boot auf dem Wasser ausgesetzt und ähnliche Scherze –«

»Gute Nacht«, rief Miss Baker von der Treppe. »Ich will nichts gehört haben.«

»Eine entzückende Person«, sagte Tom nach kurzer Pause. »Die sollten nur besser aufpassen, daß sie nicht so herumvagabundiert.«

»Wer?« fragte Daisy kühl.

»Nun, ihre Familie.«

»Ihre Familie besteht aus einer einzigen tausendjährigen Tante. Außerdem wird Nick sich um sie kümmern, nicht wahr, Nick? Sie wird diesen Sommer oft übers Wochenende hier sein. Der häusliche Einfluß wird ihr guttun.«

Daisy und Tom tauschten einen kurzen Blick.

»Ist sie aus New York?« fragte ich rasch.

»Aus Louisville. Dort verbrachten wir unsere Jungmädchenzeit, unsere herrliche Jung –«

»Hast du Nick dein Herz ausgeschüttet auf der Veranda?« fragte Tom plötzlich.

»Hab ich?« Sie sah mich an. »Kann mich nicht mehr besinnen, aber ich glaube, wir sprachen über die nordische Rasse. Ja, jetzt weiß ich wieder. Das Thema ließ uns keine Ruhe und –«

»Glaub ja nicht alles, was du hier hörst, Nick«, riet Tom.

Ich sagte leichthin, ich hätte überhaupt nichts Besonderes gehört, und nach ein paar Minuten erhob ich mich und brach auf. Sie geleiteten mich hinaus und standen dann Seite an Seite in dem hell erleuchteten Rechteck des Türrahmens. Als ich meinen Motor anlaufen ließ, rief Daisy kategorisch: »Warte noch!

Ich hab ganz vergessen, dich etwas Wichtiges zu fragen. Wir haben gehört, du sollst verlobt sein, mit einem Mädchen drüben im Westen.«

»Richtig«, bestätigte Tom wohlwollend, »wir hörten, du seist verlobt.«

»Verleumdung. Dazu habe ich entschieden kein Geld.«

»Wir hörten es aber«, beharrte Daisy und blühte überraschend noch einmal auf. »Drei Leute haben es uns erzählt, also muß etwas daran sein.«

Natürlich wußte ich, worauf sie anspielten, aber ich war nicht im entferntesten verlobt. Tatsächlich hatte der Klatsch schon von einem Aufgebot wissen wollen, und das war einer der Gründe, weshalb ich mich in den Osten davongemacht hatte. Wenn eine Freundschaft zu lange dauert, kommt man unweigerlich mit ihr ins Gerede, und ich hatte keine Lust, mich durch die Leute in eine Ehe bugsieren zu lassen.

Dennoch rührte mich die Anteilnahme der beiden; sie waren in diesem Augenblick nicht mehr so unnahbar reich. Nichtsdestoweniger war ich irritiert und ein wenig verstimmt, als ich abfuhr. Für Daisy schien mir das einzig Richtige, auf und davon zu gehen – Kind im Arm. Doch offenbar hatte sie nichts Derartiges im Sinn. Was Tom betraf, so war die Tatsache, daß er da ›so eine Frau in New York‹ hatte, weit weniger überraschend, als daß er sich durch eine Lektüre deprimieren ließ. Irgend etwas mußte ihn dahin gebracht haben, daß er auf einmal an abgestandenen wissenschaftlichen Theorien knabberte. Seine handfeste physische Selbstsicherheit schien seinem störrischen Wesen nicht mehr zu genügen.

Es war nun schon richtig Sommer. Die Wärme legte sich auf die Hausdächer, und vor den Garagen an der Landstraße standen neue rotgestrichene Gasolinpumpen in strahlender Helle. Als ich bei meinem Besitztum in West Egg anlangte, fuhr ich den Wagen in den Schuppen und saß noch ein Weilchen auf einem Rasenmäher, den irgend jemand stehengelassen hatte. Der Wind war ganz abgeflaut. Man hörte jetzt die Geräusche der hellen Sommernacht, das Flügelschlagen im Gezweig und den anhaltenden Orgelton der Frösche, als blase die Erde selbst mit tiefem Dröhnen ihnen neues Leben ein. Die Silhouette einer Katze geisterte im Mondschein, und als ich den Kopf wandte, um sie zu beobachten, bemerkte ich, daß ich nicht allein war. Zwanzig Meter entfernt war eine Gestalt aus dem Schatten des Nachbarhauses aufgetaucht und stand, Hände in den Taschen, in die Betrachtung des silbern gesprenkelten Sternenhimmels versunken. Etwas Lässiges in seiner Haltung und die Selbstgewißheit, mit der er da auf dem Rasen stand, ließ mich erkennen, daß es Mr. Gatsby selbst sei. Wahrscheinlich wollte er seinen Besitzanteil an dem Stück Himmel über uns feststellen.

Ich entschloß mich, ihn anzusprechen. Miss Baker hatte ihn bei Tisch erwähnt; das würde als Anknüpfung genügen. Aber ich ließ es; denn er gab plötzlich zu erkennen, daß er mit sich allein sein wolle – er streckte mit einer sonderbaren Geste die Arme gegen das dunkle Wasser aus, und ich hätte trotz der Entfernung schwören können, daß er dabei zitterte. Unwillkürlich blickte auch ich auf die See hinaus. Ich konnte nichts Bestimmtes ausmachen, nur in der Ferne ganz winzig ein einsames grünes Licht, das wohl das Ende eines Landestegs sein konnte. Als ich dann mit meinen Blicken wieder Mr. Gatsby suchte, war er verschwunden, und mich umgab nur noch die gespenstische unruhige Dunkelheit der Nacht.

II

Etwa auf halbem Wege zwischen West Egg und New York vereinigt sich die Autostraße mit der Eisenbahn und läuft einen halben Kilometer neben ihr her, als habe sie es eilig, von einem gewissen trostlosen Revier fortzukommen. Es ist ein Tal ganz aus Asche – eine phantastische Farm, wo Asche wächst wie Weizen, Asche sich zu Hügeln und Graten türmt und als grotesker Garten wuchert, Asche die Form von Häusern und Kaminen annimmt und als Rauch emporsteigt, ja Asche, in einem Anlauf zur Transzendenz, sich in die Gestalten aschgrauer Männer verwandelt, die sich schattenhaft und selbst schon zerbröckelnd durch den Dunst bewegen. Von Zeit zu Zeit kriecht eine Schlange grauer Wägelchen auf unsichtbarer Spur dahin und kommt mit einem kreischenden Schrekkenslaut zum Stillstand. Dann fällt der Schwarm aschgrauer Männer über sie her und wirbelt mit schweren Schaufeln eine undurchdringliche Staubwolke empor, die diese düstere Emsigkeit wieder gnädig vor unseren Blicken verhüllt.

Über dieser aschgrauen Landschaft und den endlos über sie hinziehenden schwarzen Rauchschwaden entdeckt man nach einiger Zeit die Augen von Doktor T. J. Eckleburg. Die Augen von Doktor T. J. Eckleburg sind blau und riesengroß – allein ihre Pupillen haben einen Meter im Durchmesser. Sie blicken nicht aus einem Gesicht, sondern durch eine riesige gelbe Brille, die auf einer gar nicht vorhandenen Nase sitzt. Offenbar hat irgendein verrückter Augendoktor sie dort aufgepflanzt, um seiner Praxis in Queens Auftrieb zu geben. Vielleicht ist er selbst längst in die ewige Blindheit eingegangen oder hat das Aushängeschild vergessen und ist fortgezogen. Die Augen jedoch, deren Anstrich lange nicht erneuert wurde und die von Sonne und Regen etwas verblaßt sind, brüten nach wie vor über der feierlichen Düsternis dieser Schutthalde.

Das Aschental wird auf einer Seite von einem trüben Flüßchen begrenzt. Wenn die Brücke aufgezogen ist, um Lastkähne durchzulassen, haben die Fahrgäste im wartenden Zug Gelegenheit, wohl eine halbe Stunde auf diese trostlose Szenerie zu starren. Immer gibt's dort wenigstens einige Minuten Aufenthalt, und auf diese Weise kam es zu meiner ersten Begegnung mit Toms Freundin.

Jeder, der ihn kannte, behauptete hartnäckig, er habe tatsächlich eine Freundin. Besonders verübelte man ihm, daß er in bekannten Cafés mit ihr aufkreuzte und sie dann an einem Tisch sitzen ließ, während er selbst umherschlenderte und sich mit allen möglichen Bekannten unterhielt. Ich war neugierig, wie sie aussähe. An einer Begegnung lag mir weniger; aber sie blieb mir nicht erspart. Ich fuhr eines Nachmittags mit Tom nach New York, und als der Zug bei den Schutthalden hielt, sprang er auf, nahm mich beim Arm und zwang mich buchstäblich auszusteigen.

»Wir steigen hier aus«, sagte er nachdrücklich. »Ich möchte, daß du meine Freundin kennenlernst.«

Ich glaube, er hatte schon beim Mittagessen erheblich getankt, denn er bestand geradezu heftig darauf, ich müsse mitkommen. Er nahm als selbstverständlich an, daß ich an diesem Sonntagnachmittag doch nichts Besseres vorhätte.

Ich folgte ihm über eine niedrige, weißgestrichene Bahnschranke und dann hundert Meter auf der Straße zurück, immer unter den hartnäckig starrenden Augen von Doktor Eckleburg. Das einzige Gebäude weit und breit war ein kleiner Häuserblock aus gelben Ziegeln, der völlig unmotiviert am Rande der Aschenwüste lag – ein Stück Hauptstraße im glatten Nichts. Er enthielt drei Läden; davon war einer zu vermieten, der andere eine durchgehend geöffnete Frühstücksstube, zu der eine Aschenspur hinführte, und das dritte war eine Garage: *Autoreparaturen*, George B. Wilson, *Ankauf und Verkauf*. Dahinein folgte ich Tom.

Das Innere war unwirtlich und kahl. Als einziges Auto erblickte man in einer dunklen Ecke das total verstaubte Wrack eines Fordwagens. Ich dachte gerade, diese Garage sei wohl nur eine Attrappe, hinter der luxuriöse und geheimnisvolle Räumlichkeiten verborgen seien. Da erschien, seine Hände an einem Lappen abwischend, der Eigentümer selbst in der Tür seines Büros, ein leidlich gut aussehender blonder, energieloser Mann, der offenbar an Blutarmut litt. Als er uns erblickte, kam ein feuchter Hoffnungsschimmer in seine hellblauen Augen.

»Hallo, Wilson«, sagte Tom und schlug ihm jovial auf die Schulter. »Was macht's Geschäft, Alter?«

»Kann nicht klagen«, erwiderte Wilson nicht sehr überzeugend. »Wann werden Sie mir denn den Wagen verkaufen?«

»Nächste Woche; mein Chauffeur hat noch daran zu arbeiten.«

»Der macht aber sehr langsam, oder nicht?«

»Keineswegs«, sagte Tom kühl. »Wenn Sie das meinen, verkaufe ich ihn wohl besser an jemand anderes.«

»So hab ich's nicht gemeint«, erklärte Wilson rasch. »Ich meinte nur –«

Seine Stimme erstarb, und Tom sah sich ungeduldig in der Garage um. Dann hörte ich jemand eine Treppe herunterkommen, und gleich darauf stand die füllige Gestalt einer Frau in der Tür zum Büro, so daß von dort kein Licht mehr hereinfiel. Sie war Mitte dreißig und ein wenig zu voll, aber sie verstand es, wie manche Frauen, mit ihrer Fülle sinnlich zu wirken. Sie trug ein dunkelblaues, fleckiges Crêpe-de-Chine-Kleid. In ihrem Gesicht war kein Zug oder Schimmer von Schönheit, aber sie strömte eine unmittelbar sich aufdrängende Vitalität aus, als sei ihr Körper in jedem Nerv von schwelender Glut erfüllt. Sie lächelte ein wenig, schritt durch ihren Gemahl hindurch, als sei er nur ein Geist, und begrüßte Tom, wobei sie ihm voll ins Auge sah. Dann befeuchtete sie ihre Lippen und sprach, ohne sich auch nur umzuwenden, mit einer angenehm heiseren Stimme zu ihrem Gatten:

»Hol doch ein paar Stühle, nichtwahr, daß man sich setzen kann.«

»Oh, natürlich«, beeilte sich Wilson. Er ging in das kleine Büro und war im selben Augenblick eins mit der Kalkfarbe der Wände. Ein weißer Aschennebel verschleierte seinen dunklen Anzug und sein blasses Haar und legte sich ringsum auf alles und jedes – ausgenommen seine Frau, die nahe an Tom herantrat.

»Wir müssen uns sehen«, sagte Tom kategorisch. »Nimm den nächsten Zug.«

»Gut.«

»Ich treffe dich am Zeitungsstand auf dem unteren Bahnsteig.«

Sie nickte und trat wieder zurück, gerade als George Wilson mit zwei Stühlen in der Bürotür erschien.

Weiter unten auf der Straße, wo man uns vom Hause nicht mehr sehen konnte, warteten wir auf sie. Es war wenige Tage vor dem vierten Juli, und ein graues kümmerliches Italienerkind war dabei, längs der Eisenbahnschienen eine Reihe von Feuerwerkskörpern anzubringen.

»Gräßliche Gegend, nichtwahr«, sagte Tom und wechselte einen stirnrunzelnden Blick mit Doktor Eckleburg.

»Entsetzlich.«

»Gut, wenn sie hier einmal fortkommt.«

»Hat ihr Mann nichts dagegen?«

»Wilson? Er glaubt, sie besucht ihre Schwester in New York. Der ist zum Leben und zum Sterben zu dämlich.«

So fuhren Tom Buchanan, seine Freundin und ich zusammen nach New York – oder nicht zusammen, denn Mrs. Wilson saß diskret in einem anderen Waggon. Soweit nahm Tom Rücksicht auf die Empfindlichkeit der East Egger, die womöglich mit im Zuge waren.

Mrs. Wilson trug jetzt ein braungemustertes Musselinkleid, das sich über ihren etwas breiten Hüften spannte, als Tom ihr in New York aus dem Zuge half. Am Zeitungsstand kaufte sie eine Nummer des ›Town Tattle‹ und ein Filmmagazin und in der Bahnhofsdrogerie irgendeine Cold Cream und eine kleine Flasche Parfüm. Oben in der feierlichen Weite der

Bahnhofshalle ließ sie vier Taxis abfahren, ehe sie sich zu einem neuen lavendelfarbenen Taxi mit grauen Polstern entschloß. Darin glitten wir aus dem Gewühl des Bahnhofs in die strahlende Helle hinaus. Aber sogleich beugte sich Mrs. Wilson, die aus dem Fenster geblickt hatte, vor und klopfte dem Fahrer.

»Ich möchte einen von den Hunden dort haben«, sagte sie ernsthaft. »Einen für die Wohnung. Das ist so hübsch – ein Hund.«

Wir fuhren zurück zu einem grauen alten Mann, der eine lächerliche Ähnlichkeit mit John D. Rockefeller hatte. In einem Korb, den er von der Schulter nahm, kauerte ein Dutzend ganz junger Hunde von unbestimmter Rasse.

»Was für welche sind es?« fragte Mrs. Wilson eifrig, als er an den Wagenschlag trat.

»Alle Arten. Was für einen wünscht die Dame?«

»Ich möchte so einen Polizeihund; das haben Sie wohl nicht?«

Der Mann äugte kritisch in seinen Korb, tauchte dann mit der Hand hinein und zog am Nackenfell ein zappelndes Etwas hervor.

»Das ist kein Polizeihund«, sagte Tom.

»Nein, nicht ausgesprochen ein Polizeihund«, sagte der Mann leicht enttäuscht. »Das ist mehr ein Airedale.« Er strich mit der Hand über die braune Rückenwolle. »Sehen Sie mal das Fell. Ein Fellchen. Mit dem Hund werden Sie keinen Ärger haben; der erkältet sich nicht.«

»Der ist in Ordnung«, sagte Mrs. Wilson begeistert. »Wieviel?«

»Der Hund da?« Er betrachtete ihn voll Bewunderung. »Der kostet Sie zehn Dollar.«

Der Airedale – trotz seiner befremdend weißen Pfoten hatte er zweifellos irgendwo mal etwas von einem Airedale mitbekommen – wechselte den Besitzer und ließ sich auf Mrs. Wilsons Schoß nieder, die sogleich voll Entzücken sein wetterfestes Fell liebkoste.

»Ist es ein Männchen oder ein Weibchen?« fragte sie diskret.

»Der Hund? Das ist ein Rüde.«

»Ist 'ne Hündin«, sagte Tom mit Entschiedenheit. »Hier haben Sie Ihr Geld. Kaufen Sie sich zehn andere dafür.«

Wir fuhren hinüber zur Fifth Avenue, wo es an diesem sommerlichen Sonntagnachmittag lind und warm war, geradezu ländlich. Es hätte mich nicht überrascht, wenn plötzlich eine große Herde weißer Lämmer um die Ecke gekommen wäre.

»Laßt halten«, sagte ich. »Ich muß mich hier verabschieden.«

»Nein, keinesfalls«, warf Tom rasch ein. »Myrtle nimmt es übel, wenn du nicht mit zu ihr kommst. Nicht wahr, Myrtle?«

»Kommen Sie schon«, drängte sie. »Ich ruf Catherine an, meine Schwester. Sie soll sehr schön sein, und das sagen Leute, die es wissen müssen.«

»An sich sehr gern, aber –«

Wir fuhren weiter, hinter dem Park hinüber zu den westlichen Hundertern. Bei der 158. Straße stoppte die Autodroschke an einer Scheibe eines langen Kuchens weißer Apartment-Häuser. Mrs. Wilson ließ wie jemand, der von einer Reise nach Hause kommt, ihren Blick prüfend über die Nachbarschaft gleiten, raffte ihren Hund und die übrigen Einkäufe zusammen und ging hocherhobenen Hauptes hinein.

»Ich werde die McKees heraufbitten«, verkündete sie, als wir im Lift standen. »Und, natürlich, auch meine Schwester werde ich anrufen.«

Die Wohnung war im obersten Stock – ein kleines Wohnzimmer, ein kleines Speisezimmer, ein kleines Schlafzimmer und ein Bad. Das Wohnzimmer war bis an die Türen vollgestellt mit einer Garnitur viel zu großer Polstermöbel mit Gobelinmuster, so daß man sich nicht im Raum bewegen konnte, ohne andauernd über Rokokoszenen mit schaukelnden Damen im Park von Versailles zu stolpern. Das einzige Bild war eine übermäßig vergrößerte Photographie, offenbar eine Henne auf einem beschmutzten Felsen sitzend. Aus einiger Entfernung betrachtet entpuppte sich indessen die Henne als ein Kapotthut, unter dem das Antlitz einer würdigen Matrone auf einen herniederblitzte. Auf dem Tisch lagen mehrere alte Nummern von ›Town Tattle‹, ein Exemplar des Buches ›Simon Called Peter‹ und einige der kleinen Skandalblättchen vom Broadway. Mrs. Wilsons erste Sorge galt dem Hund. Der nicht sehr dienstwillige Liftboy holte ein Kistchen mit Stroh und etwas Milch; dazu fügte er aus eigenem Antrieb eine Büchse mit großen, steinharten Hundekuchen, wovon einer den ganzen Nachmittag in der Untertasse mit Milch lag und sich apathisch auflöste. Inzwischen brachte Tom aus einem Schrank eine Flasche Whisky zum Vorschein.

Ich bin genau zweimal in meinem Leben betrunken gewesen, das zweite Mal an jenem Nachmittag. Daher verschwammen alle folgenden Ereignisse für mich in einem schattenhaften Dämmer, obwohl bis nach acht die strahlende Sonne zum Fenster hereinschien. Auf Toms Schoß sitzend, rief Mrs. Wilson verschiedene Leute an; dann waren keine Zigaretten da, und ich ging hinunter in den Eckladen welche holen. Als ich zurückkam, waren die beiden verschwunden. Also setzte ich mich diskret ins Wohnzimmer und las ein Kapitel aus ›Simon Called Peter‹ – entweder war es unverdauliches Zeug, oder der Whisky verzerrte die Dinge, denn ich konnte überhaupt keinen Sinn hineinbringen.

Gerade als Tom und Myrtle (nach dem ersten Glas nannten Mrs. Wilson und ich einander beim Vornamen) wiedererschienen, langten auch die Gäste in der Wohnung an.

Catherine, die Schwester, war eine schlanke, mondäne Dreißigerin mit einer festen und dicken roten Mähne über einem milchigweiß gepuderten Gesicht. Ihre Augenbrauen waren ausgezupft und dann in einem kühneren Winkel nachgezogen. Aber die Natur hatte sich mit Erfolg bemüht, die alte Kurve wiederherzustellen, wodurch ihr Gesicht etwas Verschmutztes bekam. Wenn sie sich bewegte, gab es ein unaufhörliches Geklingel von dem Auf und Ab der zahllosen Emailreifen, die sie an den Armen trug. Sie kam so hastig herein, als müsse sie nach dem Rechten sehen, und blickte sich mit solcher Besitzermiene im Zimmer um, daß mir der Gedanke kam, ob etwa sie da wohne. Als ich sie aber fragte, lachte sie unmäßig, wiederholte meine Frage laut und erklärte mir dann, sie wohne mit einer Freundin in einem Hotel.

Mr. McKee aus der unteren Etage war ein Mann von femininer Blässe. Ein kleiner Rest Seifenschaum auf seiner Wange deutete darauf hin, daß er sich soeben rasiert hatte. Er begrüßte alle Anwesenden äußerst ehrerbietig. Mich informierte er sogleich, daß er zum ›Künstlervolk‹ gehöre, und später ging mir auf, daß er ein Photograph war und die unscharfe Vergrößerung von Mrs. Wilsons Mutter verfertigt hatte, die gespenstisch von der Wand herablauerte. Seine Frau war laut und dumm, proper und unausstehlich. Sie erzählte mir stolz, ihr Mann habe sie seit ihrer Hochzeit hundertsiebenundzwanzigmal photographiert. Mrs. Wilson hatte sich umgezogen und trug jetzt ein anspruchsvolles Nachmittagskleid aus cremefarbenem Chiffon, mit dem sie sich unter ständigem Rascheln durchs Zimmer bewegte. Unter dem Einfluß dieses Gewandes hatte sich ihre ganze Persönlichkeit verändert. Ihre anfangs in der Garage so auffällige Vitalität war einer eindrucksvollen Grandezza gewichen. Ihr Lachen, ihre Gesten und Bemerkungen wurden mit jedem Augenblick heftiger und affektierter. Indem sie sich so entfaltete, schien der Raum um sie immer kleiner zu werden, bis sie sich schließlich wie auf einem lärmenden, kreischenden Karussell in der rauchgeschwängerten Luft bewegte.

»Meine Liebe«, wandte sie sich mit unnatürlich hoher Stimme an ihre Schwester, »diese Weiber beschwindeln einen hinten und vorn. Sie denken nur ans Geld. Vorige Woche hatte ich eine Frau hier wegen meiner Füße, und als sie mir die Rechnung gab, war's, als hätte sie mir meinen Appendictus rausgenommen.«

»Wie hieß die Frau«, fragte Mrs. McKee.

»Mrs. Eberhardt. Sie kommt ins Haus und macht den Leuten die Füße.«

»Ich finde Ihr Kleid wundervoll«, bemerkte Mrs. McKee, »ein Gedicht.«

Mrs. Wilson wehrte das Kompliment ab, indem sie verächtlich die Augenbrauen hochzog.

»Ein abgetragener alter Fetzen«, sagte sie. »Ich zieh's nur manchmal über, wenn's nicht so drauf ankommt.«

»Aber es steht Ihnen fabelhaft. Sie wissen schon, wie ich's meine«, fuhr Mrs. McKee fort. »Wenn Chester Sie in dieser Pose – er könnte was draus machen.«

Alles schwieg und blickte auf Mrs. Wilson, die eine Haarsträhne über ihren Augen zurückstrich und unsere Blicke mit einem strahlenden Lächeln erwiderte. Mr. McKee betrachtete sie angespannt, legte den Kopf schief und bewegte dann vor dem Gesicht seine Hand langsam vor und zurück.

»Man müßte die Beleuchtung verändern«, sagte er nach einer Weile. »Ich würde gern die Gesichtszüge plastischer herausholen. Und ich würde versuchen, mehr von der Frisur zu bringen.«

»Nein, nicht das Licht verändern«, rief Mrs. McKee. »Ich find's gerade so –«

Ihr Gatte machte »Sst!«, und wir alle blickten wiederum auf das Objekt. Nur Tom Buchanan gähnte vernehmlich und stand auf.

»Ihr McKees, nehmt euch zu trinken!« sagte er. »Myrtle, laß noch Eis und Soda kommen, sonst schlafen unsere Gäste ganz ein.«

»Ich hab's schon dem Boy gesagt.« Myrtle runzelte die Brauen voll Verzweiflung über die Bummelei des niederen Personals. »Diese Leute! Man muß ihnen den ganzen Tag draufsitzen.«

Sie blickte mich an und lachte sinnlos. Dann fiel sie mit exaltierten Küssen über den Hund her und rauschte hinaus in die Küche, als ob dort ein Dutzend Küchenchefs ihre Befehle erwarte.

»Ich hab draußen auf Long Island ein paar hübsche Sachen gemacht«, versicherte Mr. McKee.

Tom sah ihn verständnislos an.

»Zwei haben wir unten eingerahmt.«

»Was zwei?« fragte Tom.

»Zwei Studien. Die eine nenne ich ›Montauk Point – Die Möwen‹ und die andere ›Montauk Point – Das Meer‹.«

Die Schwester Catherine setzte sich zu mir auf die Couch. »Wohnen Sie auch drüben auf Long Island?« wollte sie wissen.

»Ich wohne in West Egg.«

»So? Da war ich mal auf einer Gesellschaft, vor vier Wochen etwa. Im Haus von einem gewissen Gatsby. Kennen Sie den?«

»Ich wohne neben ihm.«

»So, man sagt, er wär'n Neffe oder 'n Verwandter von Kaiser Wilhelm. Daher das viele Geld.«

»Was Sie nicht sagen.«

Sie nickte.

»Ich graule mich vor ihm. Möchte nichts mit ihm zu tun haben.«

Diese erschöpfende Information über meinen Nachbarn wurde von Mrs. McKee unterbrochen, die plötzlich mit dem Finger auf Catherine zeigte:

»Chester, aber aus ihr könntest du was machen«, platzte sie los, doch Mr. McKee nickte nur gelangweilt und wandte sich ganz Tom zu.

»Ich möchte noch mehr auf Long Island arbeiten, wenn ich nur eine Einführung hätte. Ich brauche einen guten Start, weiter nichts.«

»Bitten Sie Myrtle«, sagte Tom und stieß ein kurzes Lachen aus, als Mrs. Wilson mit einem Tablett hereinkam. »Sie wird Ihnen ein Empfehlungsschreiben geben, nicht wahr, Myrtle?«

»Was soll ich?« fragte sie erschreckt.

»Du wirst Mr. McKee einen Empfehlungsbrief an deinen

Mann geben, dann kann er 'n paar Aufnahmen von ihm machen.« Einen Augenblick bewegte er stumm improvisierend die Lippen. »›George B. Wilson an der Gasolinpumpe‹ oder so ähnlich.«

Catherine beugte sich nah zu mir und flüsterte mir ins Ohr: »Die beiden können ihre Ehehälften nicht ausstehen.«

»Ach nein.«

»Nicht ausstehn.« Sie blickte erst auf Myrtle und dann auf Tom. »Ich sag immer, wozu weiter mit ihnen leben, wenn sie sie doch nicht ausstehn können? Wenn ich die wäre – Scheidung verlangen und auf der Stelle einander heiraten.«

»Liebt sie denn Wilson auch nicht?«

Die Antwort darauf war unerwartet. Sie kam von Myrtle, die meine Frage gehört hatte, und sie war obszön und beleidigend.

»Sehen Sie«, rief Catherine triumphierend. Dann senkte sie wieder die Stimme. »Nur seine Frau steht noch dazwischen. Sie ist katholisch, und die glauben nicht an Scheidung.«

Daisy war nicht katholisch. Es berührte mich peinlich, daß jemand so raffiniert lügen konnte.

»Wenn sie dann heiraten«, fuhr Catherine fort, »sollen sie für einige Zeit in den Westen, bis hier Gras drüber gewachsen ist.«

»Es wäre vielleicht taktvoller, nach Europa zu gehen.«

»Oh, lieben Sie Europa?« rief sie unvermittelt aus, »ich bin eben aus Monte Carlo zurück.«

»So.«

»Gerade voriges Jahr. Ich war mit einer Freundin drüben.«

»Für länger?«

»Nein, nur nach Monte Carlo und zurück. Wir fuhren über Marseille. Als wir losfuhren, hatten wir über zwölfhundert Dollar, aber man hat uns in zwei Tagen alles abgeluchst, in den privaten Spielsälen. Die Rückreise war kein Vergnügen, kann ich Ihnen sagen. Gott, wie ich diese Stadt gehaßt habe!«

Für einen Augenblick stand der abendliche Himmel im Fenster wie der Azur des Mittelmeers – dann rief mich das schrille Organ von Mrs. McKee in die Wirklichkeit des Raumes zurück.

»Fast hätte ich auch eine Dummheit gemacht«, erklärte sie nachdrücklich. »Ich hätte beinah einen kleinen Ladenschwengel geheiratet, der jahrelang hinter mir her war. Ich wußte, daß er weit unter mir stand. Alle sagten's mir immer wieder. ›Lucille‹, sagten sie, ›dieser Mann steht weit unter dir!‹ Aber er hätt's geschafft, wenn ich nicht Chester getroffen hätte.«

»Ja, aber hören Sie«, sagte Myrtle Wilson, indem sie mehrmals heftig mit dem Kopf nickte, »schließlich haben Sie ihn nicht geheiratet.«

»Natürlich nicht.«

»Schön, aber ich«, sagte Myrtle bedeutungsvoll. »Und das ist der Unterschied zwischen Ihrem und meinem Fall.«

»Warum eigentlich, Myrtle?« verlangte Catherine zu wissen. »Kein Mensch hat dich gezwungen.«

Myrtle dachte nach.

»Ich habe ihn geheiratet, weil ich ihn für einen Gentleman hielt«, sagte sie dann. »Ich dachte, er wüßte, was man einer Frau schuldig ist. Aber er taugte nicht mal, mir die Schuhsohlen zu lecken.«

»Eine Zeitlang warst du ganz verrückt nach ihm«, sagte Catherine.

»Ich? Verrückt nach ihm?« rief Myrtle ungläubig. »Wer sagt das? Ich war nicht verrückter nach ihm als nach – dem da.«

Sie zeigte plötzlich auf mich, und alle sahen mich strafend an. Ich versuchte eine Miene aufzusetzen, als hätte ich das auch nicht im mindesten erwartet.

»Ich war nur einmal verrückt – nämlich als ich ihn heiratete. Ich wußte gleich, daß es ein Fehler war. Er borgte sich für die Hochzeit bei irgend jemand einen guten Anzug, ohne mir ein Wörtchen zu sagen, und eines Tages, als er nicht da war, kam der Mann deswegen. ›Oh, der Anzug gehört Ihnen?‹ sagte ich. ›Das ist das erste, was ich höre.‹ Aber ich gab ihn ihm, und dann legte ich mich hin und heulte den ganzen Nachmittag wie ein Schloßhund.«

»Sie sollte wirklich weg von ihm«, wandte sich Catherine wieder an mich. »Nun hausen sie schon elf Jahre über der Garage. Und Tom ist ihr erster Liebhaber.«

Die Whiskyflasche – die zweite – machte nun unausgesetzt bei allen die Runde, außer Catherine, die ›ebensogut ohne etwas auskam‹. Tom klingelte nach dem Portier und schickte ihn nach irgendwelchen berühmten Sandwiches, mit denen man ein ganzes Abendessen bestreiten konnte. Ich strebte hinaus in die laue Dämmerung und wollte einen Spaziergang zum Park machen, aber jedesmal, wenn ich aufzubrechen versuchte, wurde ich in irgendeine wilde und laute Diskussion verwickelt und sank wie von Stricken gehalten wieder in meinen Sessel zurück. Dennoch – für einen zufälligen Beobachter irgendwo in den Straßen mußte unsere gelb erleuchtete Fensterfront einen kleinen Ausschnitt menschlichen Privatlebens bedeuten. Ich sah ihn, wie er hinaufblickte und sich verwunderte. Ich befand mich sozusagen drinnen und auch draußen, war zugleich bezaubert und abgestoßen von der unerschöpflichen Vielgestaltigkeit des Lebens.

Myrtle rückte mit ihrem Sessel zu mir hin, und plötzlich mußte ich in einem warmen Atemstrom die Geschichte ihrer ersten Begegnung mit Tom über mich ergehen lassen.

»Es war auf den beiden Notsitzen einander gegenüber, die immer als letzte im Zug noch frei sind. Ich fuhr nach New York zu meiner Schwester und wollte über Nacht bleiben. Er war in Smoking und Lackschuhen; ich mußte ihn immerzu ansehen, aber jedesmal, wenn er meinen Blick erwiderte, mußte ich so tun, als interessiere mich nur das Reklameplakat über seinem Kopf. Auf dem Bahnhof war er unmittelbar neben mir; seine weiße Hemdbrust drückte sich gegen meinen Arm. Deshalb drohte ich ihm mit der Polizei, aber er wußte gleich, daß ich ihm was vormachte. Als ich mit ihm in ein Taxi stieg, war ich so aufgeregt – mir kam überhaupt nicht zum Bewußtsein, daß ich nicht in meine U-Bahn gestiegen war. Nur eins ging mir wieder und wieder durch den Kopf: ›Man lebt nur einmal, man lebt nur einmal.‹«

Sie wandte sich an Mrs. McKee, und schon hallte der Raum von ihrem affektierten Lachen wider.

»Aber meine Liebe«, rief sie, »ich schenk Ihnen das Kleid, sobald es erledigt ist. Ich muß mir sowieso morgen ein neues kaufen. Ich muß mir überhaupt eine Liste machen, was ich alles brauche – Massage, Dauerwelle, ein Halsband für den Hund, dann so einen niedlichen kleinen Aschbecher mit Springbrunnen und einen Kranz mit schwarzer Schleife für Mutters Grab, der hält den ganzen Sommer über. Ich muß mir wirklich alles aufschreiben, sonst vergeß ich die Hälfte.«

Es war jetzt neun Uhr – und fast unmittelbar danach blickte ich wieder auf meine Uhr und sah, daß es zehn war. Mr. McKee war mit geballten Fäusten im Schoß in einem Sessel eingeschlafen und bot wahrhaft das Bild eines Mannes der Tat. Ich nahm mein Taschentuch und wischte das Fleckchen getrockneten Seifenschaums von seiner Wange, das mich schon den ganzen Nachmittag geärgert hatte.

Das Hündchen saß auf dem Tisch, blickte mit halberblindeten Augen durch den Zigarettennebel und gab hin und wieder ein schwaches Knurren von sich. Leute verschwanden, kamen wieder und machten Pläne, irgendwohin aufzubrechen; dann verloren sie einander aus den Augen und suchten sich, um sich kaum einen Schritt entfernt wiederzufinden. Irgendwann gegen Mitternacht standen Tom Buchanan und Mrs. Wilson hart einander gegenüber und diskutierten in leidenschaftlich erregtem Ton, ob Mrs. Wilson das Recht habe, Daisys Namen zu erwähnen.

»Daisy! Daisy! Daisy!« brüllte Mrs. Wilson. »Ich sag's, wenn es mir paßt! Daisy! Dai –«

Tom Buchanan machte eine kurze zielsichere Bewegung mit der flachen Hand und brach ihr das Nasenbein.

Dann waren auf einmal lauter blutige Handtücher im Badezimmer verstreut, keifende Weiberstimmen und – hoch über dem konfusen Lärm – ein anhaltendes ersticktes Schmerzgewimmer. Mr. McKee wachte aus seinem Schlummer auf und rannte entsetzt zur Tür. Jedoch auf halbem Wege machte er kehrt und starrte entgeistert auf die Szene – seine Frau und Catherine, schimpfend und tröstend, stolperten mit allem möglichen für Erste Hilfe in Händen zwischen den dichtgedrängten Möbeln umher, und auf der Couch die bejammernswerte Gestalt, die unter ständigen Blutströmen versuchte, eine Nummer von ›Town Tattle‹ zum Schutz der Szenen aus Versailles auf dem Polster auszubreiten. Dann wandte Mr. McKee den Rücken und schritt weiter zur Tür hinaus. Ich nahm meinen Hut vom Wandleuchter und folgte ihm.

»Kommen Sie mal zum Mittagessen«, schlug er vor, als wir im Aufzug hinuntersummten.

»Wohin?«

»Wo Sie wollen.«

»Nehmen Sie Ihre Hände vom Hebel«, sagte der Liftboy scharf.

»Entschuldigen Sie bitte«, sagte Mr. McKee würdevoll, »ich wußte nicht, daß ich da angefaßt hatte.«

»Abgemacht«, sagte ich, »wird mir ein Vergnügen sein.«

... Ich stand an seinem Bett, und er saß aufrecht in den Kissen, in Unterhosen und mit einer großen Photomappe in Händen.

»Schönheit und Bestie ... Einsamkeit ... Alter Karrengaul ... Brook'n Bridge ...«

Später fand ich mich halb schlafend auf dem kalten unteren Bahnsteig von Pennsylvania Station, mit stierem Blick auf die Morgenausgabe der ›Tribune‹, und wartete auf den Zug um vier Uhr früh.

III

Aus meines Nachbars Hause hörte man an Sommerabenden Musik bis tief in die Nacht. Im blauen Dämmer der Gärten war von Männern und Mädchen ein Kommen und Gehen, wie Mottengeschwirr, und Flüstern und Sekt unter Sternen. Auch nachmittags konnte ich seine Gäste schon beobachten, wie sie bei Flut vom Turm des großen Floßes ihre Kopfsprünge machten oder sich im heißen Sand seines Privatstrandes sonnten, während seine zwei Motorboote die Wasserfläche des Sunds durchschnitten und Wellenreiter hinter sich her durch schaumige Katarakte zogen. Am Wochenende wurde sein Rolls-Royce jedesmal zu einem wahren Omnibus, der von neun Uhr früh bis lange nach Mitternacht Gäste aus der Stadt und wieder dorthin beförderte, und sein Zubringerauto hetzte wie ein wildgewordenes gelbes Insekt zum Bahnhof, um keinen Zug zu versäumen. Am Montag hatte dann ein achtköpfiges Dienstpersonal, nebst Extragärtner, den ganzen Tag zu tun, um mit Besen und Schrubber, mit Hammer und Gartenschere die Verwüstungen der Nacht zu beseitigen.

Jeden Freitag wurden von einem New Yorker Fruchthaus fünf Kisten Apfelsinen und Zitronen angefahren; jeden Montag verließen dieselben Apfelsinen und Zitronen als eine Pyramide entleerter Schalenhälften das Haus durch die Hintertür. In der Küche gab es einen Apparat, der binnen einer halben Stunde aus zweihundert Apfelsinen den Saft preßte, wenn nur ein Butler zweihundertmal auf einen kleinen Knopf drückte.

Wenigstens einmal alle vierzehn Tage erschien eine Horde von Handwerkern mit einigen hundert Metern Leinwand und soviel bunten Glühbirnen, wie nötig waren, um Gatsbys großen Park in eine einzige Weihnachtsdekoration zu verwandeln. Auf improvisierten Büfetts glänzten die garnierten Horsd'œuvres, drängte sich pikanter gebackener Schinken vor Phantasiesalaten, und Ferkel und Puter waren in rotgoldene Pasteten verhext. In der großen Halle war eine Bar mit richtigem Messinggeländer aufgebaut – ein Arsenal von Gin, Cordial Medoc und Likören, die man nur noch vom Hörensagen kannte, so daß die meisten weiblichen Gäste zu jung waren, um die Marken auseinanderhalten zu können.

Gegen sieben ist dann auch die Musik da – keine kümmerliche Fünfmannkapelle, sondern ein ausgewachsenes Orchester mit Oboen, Posaunen und Saxophonen, Bratschen, Hörnern, Pikkoloflöten, Trommeln und Pauken. Mittlerweile sind die letzten Schwimmer vom Strand herein und oben beim Umkleiden. Auf dem Vorplatz parken, in fünf Reihen gestaffelt, die Wagen aus New York. Und schon wogt es in grellbunter Farbenskala durch die Hallen, Salons und Veranden. Man sieht neuartig gestutzte Bubiköpfe und spanische Schals, vor denen alle Träume Kastiliens verblassen. Die Bar ist in vollem Betrieb; Cocktailrunden schwärmen aus und bevölkern den Garten, bis auch dort die Luft von Plaudern und Lachen erfüllt ist. Es wird getuschelt; man stellt sich vor, um den anderen gleich wieder zu vergessen, und es kommt zu überschwenglichen Begrüßungen zwischen Frauen, die einander nicht einmal dem Namen nach kennen.

Alle Lampen strahlen heller, indes die Erdkugel sich allmählich von der Sonne weg auf die andere Seite rollt. Das Orchester spielt jetzt grelle Cocktailmusik, und das vielstimmige Opernensemble geht in eine höhere Tonlage über. Von Minute zu Minute löst sich das Lachen leichter, greift verschwenderisch um sich und ergießt sich über jedes witzige Wort. Rascher wechseln die Gruppen, schwellen an, wenn neue Gäste hinzukommen, lösen sich auf und bilden sich im gleichen Atem wieder neu. Schon gibt es Wanderlustige – unternehmende Mädchen, die mal hier, mal da unter den behäbigeren und stetigeren Gästen umherschweifen, für einen kurzen heiteren Moment zum Mittelpunkt einer Gruppe werden und dann, von ihrem Erfolg beschwingt und weitergetragen von der Flut und Ebbe der Gesichter, Stimmen und Farben, im ständig wechselnden Licht dahingleiten.

Plötzlich ergreift dann eins dieser opalisierenden, zigeunernden Wesen wie aus der Luft einen Cocktail, stürzt ihn hinunter, um sich Mut zu machen, und tanzt mit typischem Händewerfen à la San Franzisko allein hinaus in die künstliche Szenerie. Alles verstummt; der Kapellmeister wechselt ihr zuliebe den Rhythmus, und dann erhebt sich ein allgemeines Geraune, wenn das Gerücht, sie sei Gilda Greys zweite Besetzung von den Ziegfeld Follies, die Runde macht. Damit hat dann der Abend erst richtig begonnen.

An dem Abend, als ich Gatsbys Haus zum ersten Male betrat, war ich vermutlich einer der wenigen Gäste, die wirklich eingeladen waren. Man wurde nicht eingeladen – man ging einfach hin. Die Leute packten sich in Autos, die sie nach Long Island hinausfuhren, und irgendwie endete die Fahrt immer vor Gatsbys Tür. War man erst einmal da, so wurde man von jemand, der Gatsby kannte, eingeführt und benahm sich von da an nach den gleichen Verkehrsregeln, die auch für einen Vergnügungspark gelten. Manchmal kamen Leute und gingen wieder, ohne Gatsby auch nur gesehen zu haben; sie kamen der Gesellschaft wegen, und das mit jener naiven Selbstverständlichkeit, die allein zum Eintritt berechtigte.

Ich hingegen war in aller Form eingeladen. Früh an jenem Samstagmorgen kam ein Chauffeur in taubenblauer Livree über meinen Rasen geschritten und brachte eine überraschend förmliche Mitteilung von seinem Dienstherrn. Die Ehre sei ganz auf seiner Seite, schrieb Gatsby, wenn ich an diesem Abend an seiner ›kleinen Party‹ teilnehmen würde. Er habe mich mehrmals gesehen und mich längst anrufen wollen, sei aber durch eine besondere Verquickung der Umstände daran verhindert worden – gezeichnet Jay Gatsby, in schwungvoller Handschrift.

Kurz nach sieben – ich hatte mich in meinen weißen Flanellanzug geworfen – ging ich hinüber. Ich wanderte ziellos auf dem Rasen umher und bewegte mich einigermaßen unbehaglich in dem strudelnden Gewoge von Menschen, die ich nicht kannte; nur hier und da ein Gesicht, dem ich gelegentlich im

Vorortzug begegnet war. Als erstes fiel mir auf, wie stark die Gesellschaft mit jungen Engländern durchsetzt war, die alle, tadellos angezogen und etwas hungrig dreinblickend, in gedämpftem, seriösem Ton auf gutfundierte und vermögende Amerikaner einredeten. Ich war sicher, daß sie irgend etwas an den Mann bringen wollten – Pfandbriefe, Versicherungspolicen oder Autos. Zumindest ließ ihnen die Erkenntnis, daß hier Geld zu machen war, keine Ruhe, und sie waren überzeugt, es bedürfe dazu nur weniger Worte an die richtige Adresse.

Sofort nach meiner Ankunft hatte ich versucht, den Gastgeber ausfindig zu machen, aber die zwei oder drei Leute, die ich nach ihm fragte, starrten mich so entgeistert an und leugneten so heftig, das geringste über seinen Verbleib zu wissen, daß ich mich verstohlen zu dem Tisch mit den Cocktails schlich. Nur dort im Garten konnte man als einzelner Mann mit Anstand verweilen, ohne sich allzu dumm und verloren zu fühlen.

Ich war auf dem besten Wege, mich aus purer Verlegenheit gewaltig zu betrinken, als oben Jordan Baker aus dem Hause trat. Sie stand, ein wenig zurückgelehnt, auf der obersten Stufe der marmornen Freitreppe und blickte mit geringschätzigem Interesse in den Garten.

Erwünscht oder nicht – es schien mir notwendig, mich an irgend jemand zu hängen, ehe ich in das Stadium kam, plumpvertrauliche Bemerkungen an die Vorübergehenden zu richten.

»Hallo!« grölte ich und strebte zu ihr hin. Ich hatte den Eindruck, daß meine Stimme unnatürlich laut durch den Garten schallte.

»Ich dachte mir schon, daß ich Sie hier treffen würde«, antwortete sie gleichgültig, als ich zu ihr hinaufkam. »Mir fiel ein, daß Sie doch der Nachbar von –«

Sie hielt ganz unpersönlich meine Hand, nur wie ein Versprechen, daß sie sich gleich um mich kümmern werde, und hörte inzwischen auf zwei Mädchen in gelben Zwillingskleidern, die am Fuß der Treppe standen.

»Hallo!« riefen sie aus einem Munde. »Schade, daß Sie nicht gewonnen haben.«

Das bezog sich auf das Golfturnier. Sie hatte vor zwei Wochen in der Endrunde verloren.

»Sie wissen natürlich nicht, wer wir sind«, sagte eins der Mädchen in Gelb, »aber wir haben uns vor vier Wochen hier getroffen.«

»Sie haben inzwischen Ihr Haar gebleicht«, bemerkte Jordan, und ich wollte etwas sagen, da waren die Mädchen zufällig schon weitergegangen, so daß ihre Bemerkung gleichsam an den Mond gesprochen war, der vorzeitig am Himmel stand, denn zweifellos war er mit dem Abendessen mitgeliefert worden. Jordan schob ihren schlanken goldbraunen Arm in meinen; so stiegen wir die Stufen hinab und schlenderten im Garten umher. Ein Tablett mit Cocktails schwebte im Dämmerlicht auf uns zu, und wir setzten uns an einen Tisch zusammen mit den beiden Mädchen in Gelb und drei Herren, die uns sämtlich als Mr. Mumble vorgestellt wurden.

»Kommen Sie oft zu diesen Cocktailparties?« fragte Jordan das Mädchen, das neben ihr saß.

»Das letztemal war's der Abend, an dem wir uns getroffen haben«, antwortete das Mädchen munter und zutraulich. Sie wandte sich an ihre Gefährtin: »Bei dir auch, Lucille?«

Ja, bei Lucille auch.

»Ich komme gern her«, sagte Lucille. »Ich weiß ohnehin nie, was anfangen; darum amüsier ich mich immer glänzend. Als ich zuletzt hier war, hab ich mir an einem Stuhl mein Kleid zerrissen. Er fragte mich nach Namen und Adresse – und binnen einer Woche bekam ich von Croirier ein Paket mit einem ganz neuen Abendkleid.«

»Haben Sie es behalten?« fragte Jordan.

»Selbstverständlich. Ich wollte es heute abend anziehen, aber es war oben zu weit und mußte noch geändert werden. Es ist heliotrop mit lavendelfarbener Perlstickerei. Zweihundertfünfundsechzig Dollar.«

»Muß 'n ulkiger Kerl sein, der so was macht«, sagte das

andere Mädchen und wurde lebhafter. »Er will eben mit keinem Menschen Ärger haben.«

»Wer?« fragte ich.

»Gatsby. Jemand hat mir erzählt –«

Die beiden Mädchen und Jordan rückten vertraulich zusammen.

»Irgendwer sagte mir, er soll einmal jemand umgebracht haben.«

Wir erschauerten alle. Die drei Mister Mumble beugten sich gierig lauschend vor.

»Ich glaube, das ist es nicht allein«, gab Lucille skeptisch zu bedenken, »es ist vielmehr, weil er doch während des Krieges deutscher Spion war.«

Einer der Herren nickte bestätigend.

»Ich hörte das von jemand, der genau über ihn Bescheid wußte und mit ihm in Deutschland aufgewachsen war«, versicherte er uns mit Bestimmtheit.

»O nein«, sagte das erste Mädchen, »das kann's nicht sein, denn er war ja während des Krieges im amerikanischen Heer.« Als wir nun wieder gläubig an ihren Lippen hingen, war sie entzückt und beugte sich eifrig vor. »Ihr müßt ihn nur sehn – manchmal, wenn er sich unbeobachtet glaubt. Ich möchte wetten, er hat einen umgebracht.«

Sie kniff die Augen zusammen und schauderte. Lucille schauderte ebenfalls. Wir blickten uns alle suchend nach Gatsby um. Es war typisch für die abenteuerlichen Spekulationen, die er herausforderte, daß gerade die über ihn flüsternd die Köpfe zusammensteckten, die sonst keinen Stoff zu vertraulichen Erörterungen hatten.

Man servierte jetzt das erste Souper, dem nach Mitternacht ein zweites folgen würde, und Jordan forderte mich auf, zu ihren Bekannten mitzukommen, die auf der anderen Seite des Gartens um einen großen Tisch saßen. Es waren drei Ehepaare und Jordans Begleiter, ein Student, der einem mit seinen frechen Anzüglichkeiten auf die Nerven fiel und sich offenbar einbildete, Jordan werde ihm über kurz oder lang irgendwelche mehr oder weniger weitgehenden Rechte auf ihre Person einräumen. Diese Gesellschaft streifte nicht umher, sondern bewahrte eine würdevolle Geschlossenheit und sah ihre Aufgabe darin, hier auf dem Lande die Feudalität zu repräsentieren – East Egg, das sich zu West Egg herabließ und sich von dessen bunt zusammengewürfelter Lustbarkeit peinlichst distanzierte.

»Gehen wir«, flüsterte Jordan nach einer sinnlos vergeudeten und unerquicklichen halben Stunde, »hier ist's mir viel zu förmlich.«

Wir standen auf, und sie erklärte, wir wollten den Hausherrn suchen gehen: ich hätte ihn überhaupt noch nicht kennengelernt, sagte sie, und das sei mir unangenehm. Der Student nickte dazu melancholisch und mit leichtem Spott.

Die Bar, in der wir uns zuerst umsahen, war überfüllt, aber von Gatsby keine Spur. Oben von der Treppe konnte sie ihn nicht erspähen, und auf der Veranda war er auch nicht. Wir öffneten auf gut Glück eine vielversprechend aussehende Tür und kamen in eine hohe gotische Bibliothek mit einer geschnitzten englischen Eichentäfelung. Wahrscheinlich war sie in Bausch und Bogen von drüben aus irgendeiner Schloßruine herübergebracht worden.

Auf dem Rand eines großen Tisches saß, leicht angetrunken, ein beleibter Mann in mittleren Jahren; er trug eine gewaltige Hornbrille mit kreisrunden Gläsern, die ihm das Aussehen einer Eule gab, und starrte mit unsicherer Konzentration auf die Bücherwände.

Als wir eintraten, schwenkte er sich aufgeregt zu uns herum und musterte Jordan von Kopf bis Fuß.

»Was halten Sie davon?« fragte er ungestüm.

»Wovon?«

Er machte eine vage Handbewegung gegen die Bücherreihen.

»Davon. Tatsächlich, Sie brauchen sich nicht zu bemühen. Habe mich schon überzeugt. Alles echt.«

»Die Bücher?«

Er nickte.

»Absolut echt – mit Seiten drin und allem. Ich hielt alles für 'ne hübsche Attrappe. Aber denkste, die sind absolut echt. Seiten und – hier! Will Ihnen mal zeigen.« Er nahm ohne weiteres an, daß wir es bezweifelten, stürzte auf ein Bücherbord los und kam mit dem ersten Band von Stoddards ›Lectures‹ zurück.

»Sehn Sie!« rief er triumphierend. »Ein veritables Druckerzeugnis. Ich bin glatt darauf hereingefallen. Der Bursche ist ein richtiger Belasco. Es ist phantastisch. Diese Vielseitigkeit! Und so praktisch gedacht! Wußte genau, wie weit er gehen durfte – ließ die Seiten unaufgeschnitten. Was aber denkt man? Was erwarten Sie?«

Er entriß mir das Buch wieder und stellte es hastig an seinen Platz zurück. Dabei murmelte er etwas wie, die ganze Bibliothek werde noch zusammenstürzen, wenn man nur einen Baustein entferne.

»Wer hat denn Sie mitgebracht?« fragte er. »Oder sind Sie so gekommen? Ich bin mitgebracht. Fast alle sind von irgend jemand mitgebracht worden.«

Jordan antwortete nicht; sie sah ihn nur gespannt und belustigt an.

»Ich bin von einer Frau mitgebracht worden«, fuhr er fort, »Roosevelt heißt sie. Mrs. Claude Roosevelt. Kennen Sie sie? Hab sie gestern abend irgendwo getroffen. Ich bin jetzt rund 'ne Woche betrunken und dachte, es würde mich vielleicht ernüchtern, in 'ner Bibliothek zu sitzen.«

»Na und?«

»Ein bißchen, hoffe ich. Kann's noch nicht genau sagen. Ich sitze erst eine Stunde hier. Hab ich Ihnen das von den Büchern schon erzählt? Sind alle echt. Seiten und –«

»Ja, das sagten Sie schon.«

Wir drückten ihm feierlich die Hand und gingen wieder hinaus ins Freie.

Im Garten auf der Tanzfläche wurde jetzt getanzt. Ältere Herren schoben junge Mädchen ungraziös und endlos im Kreis herum, während versiertere Paare nach der letzten Mode eng umschlungen tanzten und sich mehr in den Ecken hielten. Viele Mädchen tanzten auch solo auf ihre Art oder nahmen dem Orchester für eine Weile das Banjo oder das Schlagzeug ab. Bis Mitternacht hatte sich die allgemeine Stimmung noch gehoben. Ein gefeierter Tenor hatte auf italienisch gesungen, und eine bekannte Altistin sang Jazzschlager.

Zwischen den einzelnen Nummern ›produzierten‹ sich die Gäste überall im Garten; man brach in übermütiges, albernes Gelächter aus, das zum nächtlichen Himmel emporschallte. Ein Bühnenzwillingspaar – es waren die beiden Mädchen in Gelb – vollführte in Kostümen einen Baby-Sketch. In Gläsern, größer als Fingerschalen, wurde Champagner gereicht. Der Mond war höher gestiegen und warf sein silbrig glitzerndes Gitterdreieck auf den Sund, das leise erbebte, wenn der eigensinnige blecherne Ton der Banjos auf dem Rasen darüberhin tröpfelte.

Ich war immer noch mit Jordan Baker zusammen. Wir saßen an einem Tisch mit einem Mann ungefähr in meinem Alter und mit einer ausfälligen jungen Person, die beim geringsten Anlaß unbeherrscht loslachte. Ich war jetzt in bester Stimmung. Ich hatte zwei Schalen Champagner getrunken, und alles, was sich vor meinen Augen abspielte, erschien mir tief bedeutsam und wesenhaft.

Als die Unterhaltung einen Augenblick stockte, sah mich der Mann an und lächelte.

»Ihr Gesicht kommt mir bekannt vor«, sagte er höflich. »Waren Sie im Krieg bei der Ersten Division?«

»Ja, im Achtundzwanzigsten Infanterieregiment.«

»Ich war im Sechzehnten, bis Juni achtzehn. Ich wußte doch, daß ich Sie schon irgendwo gesehen hatte.«

Wir erinnerten uns gemeinsam an graue Regentage in diesem oder jenem nordfranzösischen Dorf. Offenbar wohnte er hier irgendwo in der Nachbarschaft, denn er erzählte mir von einem Wasserflugzeug, das er soeben gekauft hatte und am nächsten Morgen ausprobieren wolle.

»Wollen Sie mitkommen, alter Junge? Nur über dem Sund, immer an der Küste entlang.«

»Um wieviel Uhr?«

»Ganz gleich. Wann es Ihnen am besten paßt.«

Es lag mir schon auf der Zunge, ihn nach seinem Namen zu fragen, da sah Jordan nach uns und lächelte.

»Amüsieren Sie sich jetzt?« fragte sie.

»Schon viel besser.« Ich wandte mich wieder meinem neuen Bekannten zu. »Ein sehr ungewöhnlicher Abend für mich. Ich habe nicht einmal den Hausherrn gesehen. Ich wohne dort drüben« – dabei schwenkte ich meine Hand in Richtung auf den unsichtbaren Zaun in der Ferne, »und dieser Gatsby schickte mir seinen Chauffeur mit einer Einladung.«

Er sah mich einen Augenblick an, als habe er nicht recht gehört.

»Ich bin Gatsby«, sagte er plötzlich.

»Was?« rief ich aus. »Oh, ich bitte Sie vielmals um Entschuldigung.«

»Ich dachte, Sie wüßten es, alter Junge. Ich fürchte, ich bin kein guter Gastgeber.«

Er lächelte verständnisvoll – ja geradezu verständnisinnig. Es war ein Lächeln, das einen endgültig beruhigte und begütigte; ein Lächeln von jener seltenen Art, wie man es nur vier- oder fünfmal im Leben antrifft. Es umfaßte – zumindest schien es so – für einen Augenblick die Welt als ein Ganzes und Ewiges, um sich dann mit grenzenloser Zuversicht dem Menschen zuzuwenden. Dieses Lächeln brachte einem gerade so viel Verständnis entgegen, wie man sich wünschte; es glaubte an einen, wie man selbst gern an sich glauben mochte, und es bestätigte einem genau den Eindruck, den man bestenfalls zu machen hoffen konnte. Genau an diesem Punkt verschwand das Lächeln, und ich sah mich wieder einem eleganten und energischen jungen Mann von etwas über dreißig gegenüber, dessen korrekte Redeweise gerade bis an die Grenze des Komischen ging. Schon ehe er sich mir vorgestellt hatte, war mir stark aufgefallen, wie sorgfältig und gewählt er sprach.

Fast im gleichen Moment, da Mr. Gatsby sich zu erkennen gegeben hatte, kam ein Butler mit eiligen Schritten und brachte ihm die Nachricht, er werde aus Chikago verlangt. Er entschuldigte sich mit einer leichten Verbeugung, bei der er keinen von uns ausließ.

»Wenn Sie irgendwelche Wünsche haben, melden Sie sich, alter Junge«, riet er mir dringend. »Entschuldigen Sie mich bitte, ich sehe Sie später noch.«

Als er gegangen war, wandte ich mich sogleich an Jordan. Ich war so verblüfft, daß ich unbedingt mit ihr darüber reden mußte. Ich hatte mir Mr. Gatsby als einen korpulenten Herrn in mittleren Jahren und mit roten Bäckchen vorgestellt.

»Was ist er?« fragte ich. »Wissen Sie es?«

»Ein Mann namens Gatsby, was sonst?«

»Ich meine, wo kommt er her und was macht er?«

»Jetzt sind aber Sie der Neugierige«, erwiderte sie matt lächelnd. »Mir hat er einmal gesagt, er sei ein Oxfordmann.«

Undeutlich begann dieser Hintergrund sich vor mir abzuzeichnen, aber mit Jordans nächster Bemerkung verblaßte er schon wieder.

»Immerhin, ich glaub's nicht.«

»Warum?«

»Ich weiß nicht«, beharrte sie, »ich kann einfach nicht glauben, daß er in Oxford gewesen ist.«

Etwas in ihrem Ton erinnerte mich an den Ausspruch des Mädchens von vorhin, »ich glaube, er hat jemand umgebracht«, und das machte mich nur noch neugieriger. Ich hätte es ohne weiteres geglaubt, wenn man mir gesagt hätte, Gatsby sei aus den Sümpfen von Louisiana oder aus dem finstersten Osten von New York hervorgegangen. Das hätte mir eingeleuchtet. Aber junge Leute kamen nicht – wenigstens nicht nach meinen provinziellen Erfahrungen – schlankweg aus dem Nichts und kauften sich einen Wohnpalast am Sund von Long Island.

»Jedenfalls gibt er große Parties«, sagte Jordan und wechselte das Thema, als sei sie zu gesittet, um sich auf konkrete Einzelheiten einzulassen. »Und ich habe große Gesellschaften gern, weil sie so intim sind. Auf kleinen Gesellschaften kann man überhaupt nicht für sich sein.«

Plötzlich gab es einen Tusch, und die Stimme des Kapellmeisters erhob sich über dem Stimmengewirr im Garten.

»Meine Damen und Herren«, rief er laut. »Auf Wunsch von Mr. Gatsby spielen wir jetzt für Sie das neueste Werk von Wladimir Tostoff, das im vorigen Mai in Carnegie Hall so viel Aufsehen erregte. Aus den Zeitungen wissen Sie vielleicht, daß es eine große Sensation war.« Er lächelte mit jovialer Herablassung und fügte hinzu: »Und was für eine Sensation!« – worauf alles lachte.

»Das Stück«, so schloß er bombastisch, »ist bekannt als Wladimir Tostoffs ›Weltgeschichte in Jazz‹.«

Die Eigenart von Mr. Tostoffs Komposition blieb mir indessen verborgen, denn das Stück hatte kaum angefangen, da fiel mein Blick auf Gatsby. Er stand allein auf den marmornen Stufen und blickte wohlgefällig von einer Gruppe zur anderen. Die glatte gebräunte Haut stand ihm gut zu Gesicht, und sein kurzes Haar sah aus, als würde es täglich neu gestutzt. Ich konnte nichts Verdächtiges an ihm bemerken. Ich fragte mich, ob die bloße Tatsache, daß er nichts trank, ihn so von seinen Gästen absetzte, denn seine Korrektheit wurde um so auffälliger, je mehr die allgemeine Ausgelassenheit und Verbrüderungsstimmung zunahm. Als die ›Weltgeschichte in Jazz‹ verklungen war, legten Mädchen mit affektierter Zutraulichkeit ihre Köpfe auf Männerschultern; andere ließen sich zum Spaß ohnmächtig in Männerarme sinken, ja ließen sich sogar in ganze Gruppen von Männern hineinfallen, denn sie wußten, einer würde sie schon auffangen – aber keine einzige sank an Gatsby hin, kein französischer Pagenkopf berührte Gatsbys Schulter, und kein Sängerquartett umringte Gatsby, um ihn in seinen Kreis aufzunehmen.

»Verzeihen Sie bitte.«

Gatsbys Butler stand plötzlich neben uns.

»Miss Baker?« fragte er. »Entschuldigen Sie, aber Mr. Gatsby würde Sie gern allein sprechen.«

»Mich?« rief sie überrascht aus.

»Jawohl, Madam.«

Sie stand langsam auf, warf mir mit hochgezogenen Brauen einen erstaunten Blick zu und folgte dem Butler ins Haus. Es fiel mir auf, daß sie ihr Abendkleid, ja alle ihre Kleider, auf eine sportliche Art trug; ihre Bewegungen waren von einer Beschwingtheit, als sei sie von Kindesbeinen an nur in taufrischen Morgenstunden über Golfplätze gegangen.

Ich war jetzt allein, und die Uhr ging schon auf zwei. Aus einem Raum mit vielen Fenstern oberhalb der Terrasse drangen seit geraumer Zeit wirre und befremdliche Laute. Ich ließ Jordans Student, der mit zwei Mädchen vom Theater in eine Erörterung gynäkologischer Fragen verwickelt war und mich unbedingt dabei haben wollte, einfach sitzen und ging hinein.

In dem großen Raum war eine Menschenfülle. Eins der Mädchen in Gelb saß am Klavier, und neben ihr stand eine große rothaarige junge Dame von irgendeinem berühmten Chor und sang. Sie hatte reichlich Sekt getrunken, und mitten in ihrem Lied überkam sie ganz unpassenderweise eine große, große Traurigkeit – sie sang nicht nur, sondern weinte zugleich. Jede musikalische Pause füllte sie mit stoßenden Schluchzern aus, um dann mit stark tremolierendem Sopran in ihrem lyrischen Erguß fortzufahren. Die Tränen liefen ihr über die Wangen – jedoch nicht ungehemmt, denn sobald sie mit ihren stark getuschten Wimpern in Berührung kamen, nahmen sie eine tintige Färbung an und verwandelten sich in zähe schwarze Rinnsale. Ein Witzbold schlug vor, sie solle lieber die Noten auf ihrem Gesicht absingen, worauf sie die Hände emporwarf und sich in einen Sessel fallen ließ, in welchem sie weinselig entschlummerte.

»Sie hatte Streit mit einem, der behauptete, ihr Mann zu sein«, klärte mich ein Mädchen auf, das neben mir stand.

Ich blickte um mich. Die meisten Frauen schienen in Auseinandersetzungen mit ihren Ehemännern oder solchen, die es zu sein behaupteten, verwickelt. Sogar Jordans Gesellschaft, das vornehme Sextett aus East Egg, war durch Meinungsverschiedenheiten gesprengt. Einer der Männer sprach mit befremdlicher Intensität auf eine junge Schauspielerin ein, und seine Frau, die anfangs mit überlegener Würde versucht hatte, die Sache zu ignorieren oder ihr eine komische Seite abzugewinnen, brach nun zusammen und nahm ihre Zuflucht zu Flankenangriffen – von Zeit zu Zeit tauchte sie plötzlich wie ein böser Geist an seiner Seite auf und zischte: »Du hast's mir aber versprochen!«

Die Abneigung, nach Hause zu gehen, beschränkte sich jedoch nicht auf Männer, die ihren Kopf durchsetzen wollten. In der Halle standen jetzt zwei entrüstete Ehefrauen mit ihren bedauernswert nüchternen Männern. Die Frauen klagten einander in nicht gerade gedämpften Tönen ihr Leid.

»Er braucht nur zu sehen, daß ich mich amüsiere, und schon will er nach Haus.«

»So was von Egoismus ist mir im Leben nicht vorgekommen.«

»Wir sind immer die ersten, die aufbrechen.«

»Genau wie wir.«

»Heute sind wir jedenfalls beinahe die letzten«, wandte einer der Männer schüchtern ein. »Die Musik ist schon vor einer halben Stunde gegangen.«

Obwohl die beiden Frauen sich einig waren, das sei eine unerhörte Gemeinheit, endete der Disput mit einem kurzen Handgemenge, in dessen Verlauf sie strampelnd in die Nacht hinausbefördert wurden.

Während ich noch in der Halle auf meinen Hut wartete, tat sich die Tür der Bibliothek auf und heraus kamen Jordan Baker und Gatsby. Er redete gerade noch lebhaft auf sie ein; als aber mehrere Gäste auf ihn zutraten, um sich zu verabschieden, wurde er mit einemmal wieder steif und korrekt.

Jordans Freunde standen schon draußen und riefen ungeduldig nach ihr. Sie blieb aber, indem sie mir die Hand drückte, noch einen Augenblick bei mir stehen.

»Ich habe die tollsten Dinge erfahren«, flüsterte sie. »Wie lange waren wir da drinnen?«

»Wohl eine Stunde, warum?«

»Es war – einfach toll«, wiederholte sie noch ganz benommen. »Aber ich habe geschworen, nichts zu verraten, und ich spanne Sie nur auf die Folter.« Sie gähnte mir charmant ins Gesicht. »Bitte, besuchen Sie mich ... Im Telefonbuch ... Unter Mrs. Sigourney Howard ... Meine Tante ...« Mit diesen Worten eilte sie davon – ihre braune Hand winkte mir noch einen saloppen Gruß zu, indes sie mit ihren Leuten zur Tür hinaus entschwand.

Leicht betreten, beim ersten Mal so lange geblieben zu sein, schloß ich mich den letzten Gästen an, die wie eine Traube an Gatsby hingen. Ich wollte ihm erklären, ich hätte schon zu Beginn des Abends nach ihm gefahndet, und mich entschuldigen, daß ich ihn im Garten nicht gleich erkannt hatte.

»Lassen Sie das«, wies er mich lebhaft zurück. »Kein Wort weiter davon, alter Junge.« Die vertrauliche Anrede hatte in seinem Munde nichts Anbiederndes, ebensowenig wie die Handbewegung, mit der er mir begütigend über die Schulter strich. »Und vergessen Sie nicht, daß wir morgen früh im Wasserflugzeug aufsteigen wollen, um neun Uhr.«

Dann war schon wieder der Butler hinter ihm.

»Sie werden aus Philadelphia verlangt, Sir.«

»Ja, eine Sekunde. Sag, ich komme sofort ... Gute Nacht.«

»Gute Nacht.«

»Gute Nacht.« Er lächelte – und plötzlich fühlte man sich geschmeichelt und bevorzugt, unter den letzten gewesen zu sein, als wenn er sich den ganzen Abend nichts anderes gewünscht hätte.

Als ich aber draußen die Stufen hinabging, sah ich, daß der Abend doch noch nicht ganz vorüber war. Etwa zwanzig Meter vor dem Portal bot sich im Licht von rund einem Dutzend Scheinwerfern ein groteskes Schauspiel. Eine fabrikneue kleine Limousine war, nachdem sie eben erst die Auffahrt zu Gatsbys Grundstück verlassen hatte, im Straßengraben gestrandet. Sie war nicht gerade umgestürzt, hatte aber durch rohe Gewalt eins ihrer Räder eingebüßt. Ein scharfer Mauervorsprung war zweifellos verantwortlich für das abgesprungene Rad, dem nun eine Anzahl neugieriger Chauffeure umständlich ihre Aufmerksamkeit widmete. Ihre verlassenen Wagen blockierten die Straße; dahinter stauten sich die übrigen Wagen und stimmten zornig ein mißtönendes Hupenkonzert an, das die allgemeine Aufregung nur noch steigerte.

Ein Mann in einem langen Staubmantel war dem Wrack entstiegen und stand nun mitten auf der Straße. Seine Blicke wanderten mit heiterem Staunen zwischen dem Wagen, dem Pneu und den Zuschauern hin und her.

»Sieh da!« erklärte er. »In den Graben gefahren.«

Er konnte sich nicht genug über die Tatsache verwundern. Diese seltene Fähigkeit kindlichen Staunens kam mir bekannt vor, und dann erkannte ich auch den Mann wieder – es war der späte Gast aus Gatsbys Bibliothek.

»Wie ist denn das passiert?«

Er zuckte die Achseln.

»Ich habe von technischen Dingen keine blasse Ahnung«, sagte er mit Entschiedenheit.

»Aber wie ist es denn gekommen? Sind Sie gegen die Mauer gefahren?«

»Da fragen Sie mich nicht«, sagte das Eulengesicht, als gehe ihn das Ganze nichts an. »Ich verstehe wenig vom Autofahren – so gut wie gar nichts. Ist eben passiert, das ist alles, was ich weiß.«

»Schön, aber wenn Sie so'n schlechter Fahrer sind, sollten Sie's erst recht nicht bei Nacht versuchen.«

»Hab ich ja gar nicht«, erklärte er entrüstet, »ich hab's ja gar nicht mal versucht.«

Zunächst befiel die Umstehenden ein ehrfürchtiges Schweigen.

»Sie waren wohl lebensmüde?«

»Können von Glück sagen, daß es nur das Rad war! Ein schlechter Fahrer, und will's nicht mal gewesen sein!«

»Sie mißverstehen mich«, erklärte der Beschuldigte. »Ich hab nicht gefahren. Da drin ist noch einer.«

Dieser Erklärung folgte ein allgemeiner Schock, der sich in einem langgezogenen ›Ah-h-h!‹ Luft machte, als die Tür der Limousine sich langsam auftat. Die Menge – mittlerweile war es ein richtiger Menschenauflauf – trat unwillkürlich zurück, und als die Wagentür sich ganz geöffnet hatte, entstand eine geisterhafte Stille. Dann kam ganz allmählich, Stück für Stück, ein bleiches, schlotterndes Individuum aus dem Wrack zum Vorschein, und ein Fuß mit großer Schuhnummer suchte unsicher tastend und wippend den Boden zu gewinnen.

Der also Erschienene verharrte, von den Scheinwerfern geblendet und von dem anhaltenden Hupengedröhn betäubt, eine Weile schwankend, ehe er den Mann im Staubmantel erspähte.

»Was'n los?« erkundigte er sich in aller Ruhe. »Benzin alle?«

»Hier!«

Ein halbes Dutzend Finger zeigte auf das amputierte Rad. Er starrte es an und blickte dann mißtrauisch zum Himmel empor, als könne es nur da heruntergefallen sein.

»Abgegangen«, versuchte jemand aufzuklären.

Er nickte.

»Gar nicht gemerkt, daß wir gehalten haben.«

Pause. Dann holte er tief Luft, straffte sich und erklärte in entschiedenem Ton:

»Vielleicht sagt mir jemand, wo is'n hier 'ne Tankstelle!«

Mindestens ein Dutzend Männer, von denen einige noch etwas klarer im Kopf waren als er, versuchten ihm zu erklären, daß das Rad praktisch aufgehört habe, ein Bestandteil des Wagens zu sein.

»Zurücksetzen«, schlug er dann vor. »Drehen wir die Karre einfach um.«

»Aber das Rad ist doch ab!«

Er zögerte.

»Können's immerhin mal probieren«, meinte er.

Das Hupengeheul war in ein neues Crescendo übergegangen. Ich wandte mich ab und schritt quer über den Rasen auf mein Haus zu.

Noch einmal blickte ich zurück. Im Garten, der von der Hitze noch nachglühte, war das Lachen verklungen, und der Mond, der alles überdauert hatte, machte die Sommernacht wieder still und klar und stand jetzt wie eine große Oblate über Gatsbys Haus. Den geöffneten Fenstern und Türen schien eine plötzliche Leere zu entströmen, in der sich, nunmehr völlig isoliert, die Gestalt des Hausherrn abzeichnete, der auf dem Altan stand, die Hand zu einer förmlichen Abschiedsgeste erhoben.

Ich habe das bisher Geschriebene noch einmal durchgelesen und sehe, daß ich den Eindruck erwecke, als hätten mich einzig und allein die Begebenheiten dreier Abende, die zudem mehrere Wochen auseinanderlagen, in Atem gehalten. Im Gegenteil, sie spielten im Laufe eines an anderen Erlebnissen überreichen Sommers nur eine ganz beiläufige Rolle und beschäftigten mich – jedenfalls damals – ungleich weniger als meine persönlichen Angelegenheiten.

Die meiste Zeit arbeitete ich. Frühmorgens warf die Sonne meinen Schatten gen Westen, wenn ich im unteren New York durch die weißen Straßenschluchten zum Probity Trust eilte. Ich kannte meine Kollegen und die jüngeren Börsenmakler beim Vornamen und traf mich mittags mit ihnen in dunklen überfüllten Restaurants zu einem Frühstück, das aus Schweinswürsteln mit Kartoffelbrei und einer Tasse Kaffee bestand. Ich hatte sogar mit einem Mädchen aus Jersey City, das in unserem Rechnungsbüro arbeitete, eine kurze Liebschaft; aber ihr Bruder begann, anzügliche Blicke nach mir zu werfen, so daß ich die Sache während ihres Urlaubs im Juli sanft einschlafen ließ.

Abends speiste ich gewöhnlich im Yale Club – was mich immer irgendwie deprimierte – und ging dann hinauf in die Bibliothek, wo ich gewissenhaft eine Stunde lang Kapitalmarkt und Aktienrecht studierte. Es gab immer ein paar Krakeeler im Club, aber sie drangen nie bis in die Bibliothek vor, so daß man dort ungestört arbeiten konnte. Danach schlenderte ich, wenn der Abend besonders mild war, die Madison Avenue hinab, an dem alten Murray Hill Hotel vorbei und über die Dreiunddreißigste Straße zum Pennsylvaniabahnhof.

Ich begann, New York zu lieben – seine kühne, abenteuerliche Atmosphäre bei Nacht und das unablässige Getriebe der Fußgänger – Männer und Frauen – und der mechanischen Verkehrsmittel, das dem ruhelos schweifenden Auge solche Befriedigung gewährt. Mit Vorliebe spazierte ich die Fifth Avenue hinauf, nahm aus der Menge diese oder jene vielversprechend aussehende Frau aufs Korn und bildete mir ein, ich würde binnen weniger Minuten in ihrem Leben eine Rolle spielen, und niemand erführe je davon oder könne es hindern. Manchmal folgte ich ihnen im Geiste bis zu ihrer Wohnung an der Ecke, und sie wandten sich nach mir um und lächelten zurück, ehe sie durch eine Tür ins warme Dunkel entschwanden. Im Zwielicht der Großstadt, das die Dinge verzauberte, fühlte ich manchmal eine quälende Einsamkeit und spürte sie auch bei anderen – arme junge Kommis, die sich vor Schaufenstern herumdrückten, bis die Zeit für ihr einsames Mahl im Restaurant gekommen war – kleine Angestellte im sinkenden Abend, die so die prickelndsten Momente der Nacht, ja des Lebens versäumten.

Und wiederum gegen acht, wenn sich in den dunklen Zeilen der Vierziger Straßen die Autotaxen mit pochenden Motoren in Fünferreihen drängten und dem Theaterviertel zustrebten, wurde mir das Herz schwer. Im Innern der wartenden Taxis neigten sich Formen zueinander, klangen Stimmen auf und Lachen über irgendeinen Scherz, der mir vorenthalten blieb, und die Leuchtpunkte der Zigaretten beschrieben unverständliche Kreise und Figuren. Ich bildete mir ein, auch ich führe in fieberhafter Eile zu irgendeiner Lustbarkeit, und indem ich so an ihrem erregenden Privatleben teilhatte, wünschte ich ihnen alles Glück.

Eine Zeitlang verlor ich Jordan Baker aus den Augen; dann, als der Sommer auf seinem Höhepunkt war, traf ich sie wieder. Anfangs schmeichelte es mir, mich in der Öffentlichkeit mit ihr zeigen zu können, denn sie war eine Golfgröße, und jeder kannte sie. Bald jedoch war noch etwas anderes dabei im Spiel. Ich war nicht eigentlich in sie verliebt, aber ich hegte für sie eine Art zärtlicher Neugierde. Hinter dem gelangweilten und hochmütigen Gesicht, das sie der Welt zukehrte, verbarg sich etwas – fast hinter jeder Affektiertheit verbirgt sich etwas, wenn auch nicht immer primär –, und eines Tages fand ich es heraus. Wir waren zusammen auf einer Privatgesellschaft, oben in Warwick. Sie ließ ein geliehenes Auto mit offenem Verdeck im Regen stehen und zog sich dann mit einer Lüge aus der Affäre. Bei dieser Gelegenheit fiel mir plötzlich die Geschichte wieder ein, die man sich über sie erzählte und auf die ich an jenem Abend bei Daisy nicht gekommen war. Bei ihrem ersten Golfturnier hatte es einen Entrüstungssturm gegeben, der beinahe bis in die Presse gedrungen wäre: ein Verdacht, sie habe in der Vorschlußrunde ihren Ball heimlich aus einer ungünstigen Position in eine bessere geschoben. Die Sache wuchs sich fast zu einem Skandal aus – dann wurde es wieder still. Ein Caddy zog seine Aussage zurück, und der einzige andere Zeuge gab zu, er könne sich getäuscht haben. Dieser Vorfall und ihr Name waren in meiner Erinnerung miteinander verknüpft gewesen.

Jordan Baker ging gewitzten und durchtriebenen Männern instinktiv aus dem Wege, und jetzt wurde mir klar, weshalb sie das tat. Sie fühlte sich sicherer auf einer Ebene, auf der jede Abweichung von dem Kodex der guten Sitten als ein Ding der Unmöglichkeit galt. Sie war eine chronische Betrügerin. Sie ertrug es nicht, im Nachteil zu sein, und ich vermute, daß sie bei dieser Veranlagung schon in früher Jugend krumme Wege einschlug, um der Welt jenes kühle impertinente Lächeln zu zeigen und dabei doch die gebieterischen Forderungen ihres harten lebenshungrigen Körpers zu befriedigen.

Für mich änderte das nichts an der Sache. Unredlichkeit bei einer Frau, wer wollte ihr daraus ernstlich einen Vorwurf machen. Manchmal war ich darüber traurig, und dann vergaß ich's wieder. Auf jener selben Privatgesellschaft nun führten wir ein merkwürdiges Gespräch über das Autofahren. Es begann damit, daß sie so dicht an einer Gruppe von Arbeitern vorbeifuhr, daß unser Kotflügel einem der Männer einen Knopf von der Jacke riß.

»Sie sind eine rücksichtslose Fahrerin«, protestierte ich. »Entweder sollten Sie vorsichtiger fahren oder es ganz bleibenlassen.«

»Ich bin vorsichtig.«

»Nein, keine Spur.«

»Nun, dann sind's eben die anderen für mich«, sagte sie leichthin.

»Was hat das damit zu tun?«

»Die werden mir schon aus dem Wege gehen«, sagte sie eigensinnig. »Zu einem Unfall gehören immer zwei.«

»Wenn Sie nun aber an einen geraten, der ebenso leichtsinnig fährt wie Sie?«

»Hoffentlich nicht«, gab sie zur Antwort. »Leichtsinnige Menschen sind mir verhaßt. Darum eben mag ich Sie so gern.«

Ihre grauen, sonnengestählten Augen blickten weiter strikt geradeaus, aber sie hatte ganz bewußt unseren Beziehungen eine neue Wendung gegeben, und einen Augenblick lang war ich überzeugt, sie zu lieben. Aber ich bin langsam und bedächtig und stecke innerlich voller Skrupel, die meine Wünsche und Begierden zügeln. Es war mir klar, daß ich zuerst jene Angelegenheit, in die ich zu Hause verwickelt war, endgültig bereinigen mußte. Ich hatte noch immer allwöchentlich einen Brief geschrieben und ihn mit ›In Liebe, Nick‹ unterzeichnet. Es war aber weiter nichts dabei, als daß ich mir gern vorstellte, wie sich auf der Oberlippe jener bewußten jungen Dame, wenn sie Tennis spielte, ein zarter Flaum von Schweißtröpfchen bildete. Nichtsdestoweniger bestand da eine vage Verabredung, die taktvoll gelöst werden mußte, ehe ich mich frei fühlen konnte.

Ein jeder schreibt sich gern mindestens eine der Kardinaltugenden zu. Die meine ist: ich bin einer der wenigen anständigen Menschen, die mir im Leben begegnet sind.

IV

Am Sonntagmorgen, wenn in den Siedlungen längs der Küste die Kirchenglocken läuteten, wandte die Herrin der Welt sich wieder Gatsbys Hause zu und entfaltete auf seinem Rasen ihr lustvolles Treiben.

»Er ist doch ein Spritschmuggler«, sagten die jungen Damen und bewegten sich lässig irgendwo zwischen seinen Cocktails und seinen Blumen. »Er hat einmal einen Mann umgebracht, der herausbekommen hatte, er sei ein Neffe von Hindenburg und mit dem Teufel verwandt. Reich mir eine Rose, Liebling, und gieß mir einen letzten Tropfen dort in das geschliffene Glas.«

Damals habe ich mir in einem Kursbuch, überall wo Platz war, die Namen der Leute aufgeschrieben, die in jenem Sommer bei Gatsby verkehrten. Das Kursbuch ist inzwischen veraltet und schon ganz aus dem Leim. Auf der Titelseite steht: ›Dieser Fahrplan tritt am 5. Juli 1922 in Kraft.‹ Aber die halbverwischten Namen sind noch zu lesen und geben – besser als meine summarische Schilderung – einen Eindruck, welche Kreise sich Gatsbys Gastfreiheit gefallen ließen und ihm dafür den feinsinnigen Tribut zollten, nichts über ihn zu wissen.

Von East Egg also kamen die Chester Beckers herüber, dann die Leeches und ein gewisser Bunsen, den ich aus Yale kannte, und Dr. Webster Civet, der vorigen Sommer oben in Maine ertrank. Dann die Hornbeams und die Willie Voltaires und eine ganze Sippe namens Blackbuck, die immer in einem Winkel zusammenhockten wie eine Gänseschar und jedesmal hochmütig die Nasen hoben, wenn nur irgendwer in ihre Nähe kam. Dann weiter die Ismays und die Christies (oder genauer Hubert Auerbach mit der Frau von Mr. Christie) und Edgar Beaver, dessen Haar, wie man sagte, eines Nachmittags im Winter aus einem unerfindlichen Grunde schlohweiß geworden war.

Clarence Endive war, soweit ich mich erinnere, ebenfalls

aus East Egg. Er kam nur einmal, trug weiße Knickerbockers und hatte unten im Garten eine Keilerei mit einem verkommenen Subjekt namens Etty. Weiter oben von der Insel kamen die Cheadles, die O. R. P. Schraeders, die Stonewall Jackson Abrams aus Georgia, schließlich die Fishguards und die Ripley Snells. Snell kam, drei Tage bevor er ins Zuchthaus mußte, und lag so betrunken draußen auf dem Kiesweg, daß er nicht einmal merkte, wie Mrs. Ulysses Swetts Wagen ihm über die rechte Hand fuhr. Auch die Dancies kamen und S. B. Whitebait, der schon hoch in den Sechzigern war, und Maurice A. Flink und die Hammerheads und Beluga, der Tabakgroßhändler, mit seinen Mädchen.

Aus West Egg selbst kamen die Poles, die Mulreadys, dann Cecil Roebuck und Cecil Schoen und Senator Gulick und Newton Orchid, der im Hauptberuf die Filmindustrie kontrollierte, dazu Eckhaust, Clyde Cohen, Don. S. Schwartze (junior) und Arthur McCarty, die alle in dieser oder jener Form mit dem Film zu tun hatten. Dann die Catlips und die Bembergs und G. Earl Muldoon, ein Bruder von jenem Muldoon, der später seine Frau erwürgte. Auch Da Fontano, der Bestatter, kam und Ed Legros und James B. (›Rot-Gut‹) Ferret und die De Jongs und Ernest Lilly – sie kamen des Glücksspiels wegen, und wenn Ferret hinaus in den Garten ging, so bedeutete das, daß er vollkommen blank war und daß die Aktien der Associated Traction am nächsten Tag wackeln würden. Ein Mann namens Klipspringer war so oft und ausgiebig da, daß man ihn nur noch den ›Kostgänger‹ nannte; ich glaube, er hatte gar kein eigenes Zuhause. An Theaterleuten waren Gus Waize, Horace O'Donovan, Lester Myer, George Duckweed und Francis Bull da. Ebenfalls aus New York kamen die Chromes und die Backhyssons und die Dennickers und Russell Betty und die Corrigans und die Kellehers und die Drewers und die Scullys und S. W. Belcher und die Smirks und die jungen Quinns, jetzt geschieden, und Henry L. Palmetto, der dann Selbstmord beging, indem er sich auf Times Square vor einen Untergrundbahnzug warf.

Benny McClenahan kreuzte jedesmal mit vier Mädchen auf. Genaugenommen waren es nie dieselben, aber sie unterschieden sich so wenig voneinander, daß man immer glaubte, es seien die vom vorigen Mal. Ich habe vergessen, wie sie hießen – ich glaube, Jacqueline, vielleicht auch Consuela oder Gloria oder Judy oder June, und mit Nachnamen hießen sie entweder klangvoll nach Blumen oder Monaten oder noch gewichtiger nach amerikanischen Industriemagnaten, und wenn man in sie drang, gestanden sie verschämt, der Betreffende sei ein Vetter von ihnen.

Neben allen diesen erinnere ich mich, daß Faustina O'Brien wenigstens einmal hinkam, desgleichen die Baedeker-Mädchen und der junge Brewer, dem man im Krieg die Nase abgeschossen hatte, und Mr. Albrucksburger und Miss Haag, seine Verlobte, und Ardita Fitz-Peters und Mr. P. Jewett, einst Präsident der Amerikanischen Legion, und Miss Claudia Hip mit einem Mann, den alle für ihren Chauffeur hielten, und ein Prinz Soundso, den wir immer den Herzog nannten und dessen richtiger Name mir – wenn ich ihn je gewußt habe – längst entfallen ist.

Alle diese Leute kamen in jenem Sommer zu Gatsby hinaus.

An einem der letzten Julitage morgens um neun schwenkte Gatsbys protziger Wagen in den holprigen Pfad zu meinem Hause ein und gab ein melodiöses dreitöniges Hupensignal von sich. Es war das erste Mal, daß er bei mir vorsprach, obwohl ich zwei seiner Gartenfeste mitgemacht hatte, mit ihm in seinem Wasserflugzeug aufgestiegen war und auf seine dringende Aufforderung hin seinen Badestrand frequentierte.

»Guten Morgen, alter Junge. Sie sind heute zum Lunch mit mir verabredet, und ich dachte, wir könnten zusammen in die Stadt fahren.«

Er balancierte auf dem Trittbrett seines Wagens, und das mit jenem Bewegungsüberschuß, der für uns Amerikaner so typisch ist – er rührt, wie ich vermute, von dem Mangel an körperlicher Arbeit in unserer Jugend her und, mehr noch, von der natürlichen Grazie unseres nervösen Spieltriebs, der uns von Zeit zu Zeit befällt. Diese Eigenschaft brach bei ihm immer wieder durch und gab seiner sonst so peinlich korrekten Haltung etwas Ruheloses. Er konnte sich keinen Augenblick ganz still verhalten; immer mußte er mit dem Fuß wippen oder durch ein Öffnen und Schließen der Hand seine Ungeduld verraten.

Er bemerkte, wie mein Blick bewundernd auf seinem Wagen ruhte.

»Hübsch, alter Junge, was?« Er sprang ab, damit ich besser sehen könne. »Kannten Sie ihn noch nicht?«

Natürlich kannte ich ihn. Wer hätte ihn nicht gekannt! Es war ein pompöser, elfenbeinfarbener Wagen mit glänzenden Nickelbeschlägen; ein Monstrum an Länge, mannigfach ausgebuchtet durch Hutkoffer, Picknickkoffer, Werkzeugkoffer und mit einem gläsernen Labyrinth von Windschutzscheiben, in denen sich die Sonne dutzendfach spiegelte. Wir nahmen hinter den vielen Glaswänden in einer Art von grünem Lederfutteral Platz und starteten zu unserer Fahrt in die Stadt.

Ich hatte mich in den letzten Wochen wohl fünf- oder sechsmal mit ihm unterhalten und dabei zu meiner Enttäuschung festgestellt, daß er einem im Grunde wenig zu sagen hatte. Infolgedessen war mein anfänglicher Eindruck, er sei irgendwie bedeutend, allmählich geschwunden, und ich sah nunmehr in ihm lediglich den Eigentümer der mir benachbarten Luxusvilla.

Nun kam diese Autofahrt und verwirrte mich aufs neue. Wir hatten die Ortschaft West Egg noch nicht erreicht, da brachte Gatsby seine eleganten Redewendungen nicht mehr zu Ende und tätschelte nervös sein karamelfarbenes Hosenknie.

»Nun hören Sie mal zu, alter Junge«, brach er unvermittelt aus, »was halten Sie eigentlich von mir, ganz ehrlich?«

Etwas verblüfft begann ich so vage und ausweichend zu antworten, wie es die Frage verdient.

»Schön, aber jetzt werde ich Ihnen mal etwas über mein

Leben erzählen«, unterbrach er mich. »Ich will nicht, daß Sie sich aus all den Geschichten, die Ihnen zu Ohren gekommen sind, ein falsches Bild von mir machen.«

Also wußte er von den grotesken Anwürfen, mit denen seine Gäste ihre Unterhaltung zu bestreiten pflegten.

»Ich werde Ihnen die heilige Wahrheit sagen.« Durch ein rasches Aufheben der rechten Hand versicherte er sich des göttlichen Beistandes. »Ich bin der Sohn reicher Eltern aus dem Mittelwesten – sie leben nicht mehr. Ich bin in Amerika aufgewachsen und in Oxford erzogen. Alle meine Vorfahren sind dort erzogen. Das ist bei uns eine alte Familientradition.«

Er sah mich von der Seite an – und da wußte ich auf einmal, weshalb Jordan Baker ihm das nicht geglaubt hatte. Er überstürzte die Worte ›in Oxford erzogen‹, er verschluckte sie oder würgte daran, als habe er Mühe, sie herauszubringen. Indem mir diese Zweifel kamen, brach für mich seine ganze Erklärung zusammen, und ich fragte mich, ob er am Ende nicht doch ein etwas finsterer Bursche sei.

»Wo im Mittelwesten?« fragte ich beiläufig.

»San Franzisko.«

»So.«

»Meine Verwandten sind alle gestorben. Auf diese Weise kam ich zu einem ansehnlichen Vermögen.«

Hier bekam seine Stimme etwas Feierliches, als bedrücke ihn immer noch die Erinnerung an dieses Verlöschen eines ganzen Geschlechts. Schon argwöhnte ich, er wolle sich über mich lustig machen, aber sein Blick belehrte mich eines anderen.

»Danach lebte ich wie ein junger Maharadscha in allen Städten Europas – Paris, Venedig, Rom –, sammelte Juwelen, hauptsächlich Rubine, ging auf Großwildjagd, malte ein bißchen – natürlich nur zu meinem eigenen Vergnügen – und suchte über etwas sehr Schweres hinwegzukommen, ein Erlebnis, das schon weit zurückliegt.«

Ich mußte mich bezwingen, nicht in ein ungläubiges Gelächter auszubrechen, so fadenscheinig waren seine Phrasen. Man konnte sich nur einen ausgestopften ›Helden‹ im Turban vorstellen, dem das Sägemehl aus allen Poren rann, während er im Bois de Boulogne einen Tiger beschlich.

»Dann, alter Junge, kam zu meiner großen Erleichterung der Krieg. Ich gab mir alle Mühe zu fallen, aber es war wie verhext. Gleich zu Beginn meldete ich mich als Leutnant. In den Argonnen stieß ich mit den Überresten meines Maschinengewehrbataillons so weit vor, daß wir auf beiden Seiten keine Flankendeckung hatten, weil die Infanterie fast einen Kilometer zurücklag. Wir hielten zwei Tage und Nächte aus, hundertdreißig Mann mit sechzehn Maschinengewehren, und als die Infanterie endlich nachkam, fand man vor unserer Stellung ganze Stapel Gefallener und dazwischen die Fahnen von drei deutschen Divisionen. Ich wurde zum Major befördert, und jedes alliierte Land verlieh mir einen Orden – sogar Montenegro, das kleine Montenegro unten an der Adria.«

Das kleine Montenegro! Er kostete die Worte aus, nickte dazu und lächelte – sein Lächeln. Es umfaßte die ganze leidvolle Geschichte Montenegros nebst seiner eigenen Sympathie für die Montenegriner, die sich so wacker geschlagen hatten. Es war wie eine Würdigung der nationalen Wirrsale, die schließlich dazu geführt hatten, daß dieses Ländchen Montenegro aus heißem Herzen gerade ihm einen solchen Ehrentribut gezollt hatte. Mein Unglaube ertrank in Bewunderung, ich war gebannt und benommen, als hätte ich im Fluge ein Dutzend illustrierter Zeitungen durchblättert.

Ein Griff in die Tasche – und ein rundes Stückchen Metall an einer Bandschleife fiel in meine Hand.

»Das ist die von Montenegro.«

Zu meiner Überraschung sah das Ding ganz echt aus. Ringsum lief eine Inschrift ›Orderi de Danilo, Montenegro, Nicolas Rex‹.

»Drehen Sie es einmal um.«

»Major Jay Gatsby«, las ich, »Für außerordentliche Tapferkeit.«

»Hier ist noch etwas, das ich stets bei mir trage. Ein Andenken an meine Zeit in Oxford. Das ist im Hof von Trinity aufgenommen – der Mann links von mir ist der jetzige Earl of Doncaster.«

Das Foto zeigte ein halbes Dutzend müßig herumstehender junger Leute in Clubjacken unter einer Arkadenarchitektur mit Ausblick auf eine Reihe spitzer Türme. Da war auch Gatsby; er sah etwas – nicht viel – jünger aus und hatte einen Cricketschläger in der Hand.

Also stimmte alles. Ich sah im Geist die geflammten Tigerfelle in seinem Palazzo am Canal Grande, und ich sah ihn selbst, wie er ein Kästchen mit Rubinen öffnete, um sich am Anblick ihres tiefen Feuers von dem Kummer zu erholen, der ihm am Herzen nagte.

»Ich habe vor, Sie noch heute um eine große Gefälligkeit zu bitten«, sagte er, indem er befriedigt seine Erinnerungsstücke wieder in die Tasche gleiten ließ, »daher hielt ich es für richtig, daß Sie ein wenig über mich Bescheid wissen. Sie sollen nicht glauben, ich sei irgendwer. Sehen Sie, ich bin meist unter Menschen, die mir fremd sind, weil ich mich ganz treiben lasse, hierhin und dahin – immer in dem Bemühen zu vergessen, was mir Trauriges zugestoßen ist.« Er zögerte. »Sie werden heute mittag Näheres darüber hören.«

»Beim Lunch?«

»Nein, heute nachmittag. Ich habe zufällig erfahren, daß Sie mit Miss Baker zum Tee verabredet sind.«

»Soll das heißen, Sie sind in Miss Baker verliebt?«

»Nein, alter Junge, keineswegs. Aber Miss Baker hat sich freundlicherweise bereit erklärt, mit Ihnen über diese Angelegenheit zu sprechen.«

Ich hatte keine blasse Ahnung, was ›diese Angelegenheit‹ war, aber ich war eher gelangweilt als neugierig. Ich hatte Jordan nicht zum Tee gebeten, um mit ihr über Mr. Jay Gatsby zu sprechen. Sicher betraf die Bitte etwas ganz Ausgefallenes. Ich bedauerte einen Augenblick, daß ich je meinen Fuß auf seinen übervölkerten Rasen gesetzt hatte.

Er äußerte sich nicht weiter und wurde um so reservierter, je mehr wir uns der Stadt näherten. Wir ließen Port Roosevelt hinter uns, wo ein paar Überseedampfer mit rotem Streifen aufleuchteten, und sausten an notdürftig ausgebesserten Slums vorbei, die von dunklen, überfüllten Vergnügungsetablissements im abgeblaßten Goldstuck des neunzehnten Jahrhunderts gesäumt waren. Dann öffnete sich zu beiden Seiten das Aschental, und ich erblickte im Fluge Mrs. Wilson, die sich gerade keuchend an der Benzinpumpe abmühte, als wir vorüberfuhren.

Mit unseren weit ausladenden Kotflügeln schwebten wir durch halb Astoria – wirklich nur halb, denn als wir uns zwischen den Pfeilern der Hochbahn hindurchwanden, hörte ich hinter uns das vertraute Gepuff und Geknatter eines Motorrades – und schon war ein wutschnaubender Polizist an unserer Seite.

»Wird gemacht, alter Junge«, rief Gatsby ihm zu und verlangsamte das Tempo. Dabei holte er eine weiße Karte aus seiner Brieftasche und fuchtelte damit dem Manne vor der Nase herum.

»Geht in Ordnung«, bestätigte der Polizist und tippte grüßend an die Mütze. »Werd Sie nächstes Mal gleich kennen, Mr. Gatsby. Entschuldigen Sie bitte!«

»Was war denn das?« fragte ich. »Etwa das Foto aus Oxford?«

»Ich habe dem Polizeikommissar einmal eine Gefälligkeit erwiesen, und nun schickt er mir immer zu Weihnachten eine Karte.«

Weiter über die große Brücke, wo die Sonne durch das Tragwerk hindurch einen flackernden Schein auf die flitzenden Autos wirft, und drüben über dem Fluß die Stadt, aufgetürmt aus weißen Quadern und Zuckerwürfeln – ein realisierter Wunschtraum aus properem Geld. Von der Queensborough-Brücke gesehen ist diese Stadt immer wie am ersten Tag und nimmt sich aus wie eine abenteuerliche Verheißung aller Schönheiten und Wunder dieser Welt.

Ein Toter fuhr vorüber, der Leichenwagen mit Blumen überhäuft und gefolgt von zwei dichtverhängten Autos; dahinter die etwas freundlicheren offenen Wagen mit den Freunden und Bekannten. Diese sahen zu uns herüber, alle mit den melancholischen Augen und kurzen Oberlippen der Balkanvölker, und ich war froh, daß der Anblick von Gatsbys funkelndem Wagen etwas Licht in ihren düsteren Feiertag brachte. Als wir die Welfare-Insel überquerten, holte uns eine Limousine ein. Darin saßen, von einem weißen Chauffeur gefahren, drei geckenhaft angezogene Neger, zwei Kavaliere und ein Mädchen. Als sie uns mit abschätzigen Blicken maßen und ihre dottergroßen Augäpfel gegen uns rollten, mußte ich laut herauslachen.

›Wenn wir über diese Brücke sind, ist alles möglich‹, dachte ich, ›einfach alles . . .‹

Sogar Gatsby war möglich und nicht im geringsten mehr zum Verwundern.

Um mich brauste und brodelte der Mittag. In einem angenehm ventilierten Kellerlokal in der 42. Straße traf ich mich mit Gatsby zum Lunch. Ich war noch von der strahlenden Helligkeit draußen geblendet und mußte heftig blinzeln, ehe ich ihn im Vorraum entdeckte, wo er sich unauffällig mit jemand unterhielt.

»Mr. Carraway, dies ist mein Freund Mr. Wolfsheim.«

Ein kleiner stumpfnasiger Jude hob seinen großen Kopf und sah mich an. Zuerst fielen mir zwei feine Haarbüschel auf, die ihm ganz überflüssigerweise aus den Nasenlöchern wuchsen, dann erst entdeckte ich in dem Halbdunkel seine winzigen Augen.

»— ich sah mir also den Mann an«, sagte Mr. Wolfsheim, indem er mir ausgiebig die Hand schüttelte, »und was glauben Sie, tat ich dann?«

»Nun?« fragte ich höflich.

Aber offenbar hatte er gar nicht zu mir gesprochen, denn er ließ meine Hand fahren und wandte sich mit seiner beredten Nase ausschließlich an Gatsby.

»Ich händigte Katspaugh das Geld ein und sagte: ›In Ordnung, Katspaugh, du zahlst ihm keinen Pfennig, solange er noch einmal den Mund aufmacht.‹ Da war er sofort still.«

Gatsby nahm uns beide beim Arm und schob uns in das Restaurant. Mr. Wolfsheim verschluckte eine neue Rede, zu der er gerade ansetzen wollte, und verfiel in eine schlafwandlerische Geistesabwesenheit.

»Whisky Soda?« fragte der Oberkellner.

»Nettes Lokal«, sagte Mr. Wolfsheim und blickte zu den sittsamen Nymphen an der Stuckdecke empor. »Aber das über die Straße ist mir lieber.«

»Ja, Whisky Soda«, sagte Gatsby, und dann zu Mr. Wolfsheim: »Dort drüben ist's zu heiß.«

»Heiß und eng – ja«, sagte Mr. Wolfsheim, »aber gespickt mit alten Erinnerungen.«

»Welches Lokal meinen Sie?« fragte ich.

»Das alte Metropol.«

»Ja – das alte Metropol«, murmelte Mr. Wolfsheim dumpf und schwermütig. »Lauter vertraute Gesichter – tot und vorbei. Freunde, die für immer von uns gegangen sind. Die Nacht, als sie dort Rosy Rosenthal umgelegt haben, werd ich im Leben nicht vergessen. Wir waren sechs am Tisch, und Rosy hatte den ganzen Abend reichlich gegessen und getrunken. Es ging schon auf den Morgen, da kommt der Ober zu ihm heran und guckt so komisch und sagt, draußen will ihn jemand sprechen. ›Schön‹, sagt Rosy und will aufstehen, und ich ziehe ihn wieder in seinen Sessel zurück. ›Laß die Halunken reinkommen, wenn sie was von dir wollen, Rosy, aber um Himmels willen geh nicht hinaus.‹ Es war inzwischen vier Uhr morgens, und wenn wir die Vorhänge aufgezogen hätten, wäre es schon hell gewesen.«

»Ging er?« fragte ich harmlos.

»Natürlich ging er.« Mr. Wolfsheims Nase blitzte unwillig zu mir herüber. »In der Tür dreht er sich noch mal um und sagt: ›Der Kellner soll nur ja meinen Kaffee stehenlassen!‹ Dann ging er hinaus auf den Gehsteig, und sie jagten ihm drei Kugeln in seinen vollen Bauch und rasten davon.«

»Vier wurden hingerichtet«, erinnerte ich mich.

»Fünf, mit Becker.« Seine Nüstern wandten sich mir interessiert zu. »Ich höre, Sie suchen geschäftliche Bessiehungen?« lispelte er.

Das Nebeneinander dieser beiden Bemerkungen war entwaffnend.

Gatsby antwortete für mich:

»O nein«, rief er, »das ist nicht Ihr Mann.«

»Nein?« Mr. Wolfsheim schien enttäuscht.

»Dies ist nur ein Freund von mir. Ich sagte Ihnen doch, darüber würden wir ein andermal sprechen.«

»Entschuldigen Sie bitte«, sagte Mr. Wolfsheim, »dann habe ich mich geirrt.«

Man servierte uns ein saftstrotzendes Ragout, und Mr. Wolfsheim, der seine sentimentalen Erinnerungen an das alte Metropol alsbald vergaß, machte sich mit Feinschmeckerleidenschaft darüber her. Dabei ließ er seine Äuglein langsam durch den ganzen Raum wandern – ja er drehte sich sozusagen um seine eigene Achse, um auch die hinter ihm sitzenden Leute zu mustern. Wahrscheinlich hielt ihn nur meine Gegenwart davon ab, sogar einen kurzen Blick unter unseren Tisch zu werfen.

»Hören Sie, alter Junge«, sagte Gatsby und beugte sich zu mir, »ich fürchte, ich habe Sie heute morgen im Wagen leicht verstimmt.«

Da war wieder sein Lächeln, aber diesmal hielt ich ihm stand.

»Ich bin nicht für Geheimnisse«, antwortete ich, »und ich begreife nicht, weshalb Sie nicht offen damit herausrücken und mir sagen, was Sie eigentlich von mir wollen. Wozu dieser Umweg über Miss Baker?«

»Oh, es ist kein Schiebergeschäft«, beruhigte er mich. »Miss Baker ist eine große Sportlerin, nicht wahr, und sie würde nie etwas Unrechtes tun.«

Plötzlich sah er auf seine Uhr, sprang auf und eilte hinaus. Ich blieb mit Mr. Wolfsheim allein am Tisch.

»Er muß telefonieren«, sagte Mr. Wolfsheim und blickte

ihm nach. »Feiner Junge, nicht? Sieht gut aus und ist ein Gentleman durch und durch.«

»Ja.«

»Er ist ein Oggsfordmann.«

»Oh.«

»Er war auf dem Oggsford-College in England. Kennen Sie Oggsford-College?«

»Habe schon mal davon gehört.«

»Eins der berühmtesten Colleges in der Welt.«

»Sind Sie schon länger mit Gatsby bekannt?« forschte ich.

»Seit mehreren Jahren«, antwortete er geschmeichelt. »Gleich nach dem Krieg hatte ich die Ehre, seine Bekanntschaft zu machen. Ich hatte mich nur eine Stunde mit ihm unterhalten, da wußte ich, daß ich einen Mann aus guter Familie vor mir hatte. Ich sagte mir: so einen Mann würdest du ohne weiteres mit nach Hause nehmen und deiner Mutter und deiner Schwester vorstellen.« Er legte eine kleine Pause ein. »Ich sehe, Sie interessieren sich für meine Manschettenknöpfe.«

Ich hatte nichts dergleichen getan, aber jetzt sah ich sie mir an. Sie bestanden aus kleinen Stückchen Elfenbein, deren Form mir verteufelt bekannt vorkam.

»Erstklassige Exemplare menschlicher Backenzähne«, erläuterte er.

»Hm!« Ich betrachtete sie. »Auch eine Idee, wirklich sehr interessant.«

»Ja-a.« Er schnippte die Manschette wieder in den Rockärmel. »Ja, Gatsby ist sehr penibel mit Frauen. Er würde nie nach der Frau eines Freundes schielen.«

Als derjenige, dem dieses spontane Vertrauensvotum galt, wieder am Tisch erschienen war und Platz genommen hatte, trank Mr. Wolfsheim mit einem Ruck seinen Kaffee aus und erhob sich.

»Ich habe meinen Lunch gehabt«, sagte er, »und ich will mich rasch von euch zwei jungen Leuten zurückziehen, ehe ich nicht mehr erwünscht bin.«

»Das hat keine Eile, Meyer«, sagte Gatsby ohne besonderen

Eifer. Mr. Wolfsheim hob die Hand, als wolle er uns seinen Segen geben.

»Sie sind sehr höflich, aber ich gehöre nun mal einer anderen Generation an«, verkündete er feierlich. »Sie sitzen hier zusammen und wollen gewiß über Ihren Sport reden, über Ihre jungen Damen und über Ihre –« er begnügte sich, das Wort durch eine neuerliche Handbewegung anzudeuten. »Was mich betrifft – ich bin fünfzig und möchte Ihnen nicht länger zur Last fallen.«

Als er uns die Hand drückte und sich abwandte, bebten seine sensiblen Nüstern. Ich fragte mich, ob ich ihn etwa irgendwie verletzt hatte.

»Er wird manchmal sentimental«, erklärte Gatsby. »Heute hat er seine sentimentale Tour. Er ist eine bekannte Type in New York; seine Heimat ist der Broadway.«

»Was ist er übrigens, Schauspieler?«

»Nein.«

»Dentist?«

»Meyer Wolfsheim? Nein, er ist ein Spieler.« Gatsby zögerte und setzte dann kühl hinzu: »Er ist der Mann, der 1919 den Ausgang der World's Series bestimmt hat.«

»Den Ausgang der World's Series bestimmt?«

Mir schwindelte bei der bloßen Vorstellung. Ich wußte natürlich von dem Bestechungsskandal bei den Baseball-Meisterschaften im Jahre 1919, aber hätte – wenn überhaupt – gedacht, das sei lediglich ›passiert‹ und sei das Endergebnis einer langwierigen Kausalkette gewesen. Es war mir nie in den Sinn gekommen, daß ein einzelner Mann sich erkühnt haben könnte, mit dem Vertrauen von fünfzig Millionen Leuten sein Spiel zu treiben – mit der Skrupellosigkeit eines Bankräubers, der ein Safe aufsprengt.

»Wie kam er denn dazu?« fragte ich nach einer Weile.

»Er sah eben die Chance.«

»Und wieso läuft er noch frei herum?«

»Sie können ihn nicht kriegen, alter Junge. Er ist ein schlauer Fuchs.«

Ich bestand darauf, meine Rechnung selbst zu bezahlen. Als der Kellner mir das Wechselgeld brachte, erspähte ich durch die Menschenfülle hindurch Tom Buchanan.

»Kommen Sie einen Augenblick mit«, sagte ich, »da ist jemand, dem ich guten Tag sagen muß.«

Als er uns erblickt hatte, sprang Tom auf und kam uns ein paar Schritte entgegen.

»Wo steckst du denn immer?« fragte er lebhaft. »Daisy ist wütend, weil du nie angerufen hast.«

»Mr. Gatsby – Mr. Buchanan.«

Sie gaben sich kurz die Hand, und auf Gatsbys Gesicht erschien ein gequälter Ausdruck von Verlegenheit, den ich gar nicht an ihm kannte.

»Wie ist es dir übrigens ergangen?« fragte mich Tom. »Wie kommst du zum Essen in diese Gegend?«

»Ich hatte mit Mr. Gatsby eine Verabredung zum Lunch.«

Damit wandte ich mich nach Mr. Gatsby um, aber er war plötzlich nicht mehr da.

An einem Tag im Oktober neunzehnhundertsiebzehn – (so begann Jordan Baker, als sie an jenem Nachmittag sehr aufrecht auf einem steifen Stuhl im Dachgarten des Plaza-Hotels mir beim Tee gegenübersaß) – hatte ich irgendeinen Weg zu machen und schritt halb auf dem Gehsteig und halb auf dem Rasen dahin. Ich ging lieber auf dem Rasen, denn ich trug neue englische Schuhe mit geriffelten und gehöckerten Gummisohlen, die sich in den weichen Boden eindrückten. Ich trug auch einen neuen Schottenrock, und jedesmal, wenn er sich im Wind blähte, ließen die blauen, weißen und roten Fahnen, die stramm von allen Häusern wehten, ein mißbilligendes Knattern vernehmen.

Die größte Fahne und die größte Rasenfläche gehörte zu dem Haus von Daisy Fay. Sie war gerade achtzehn, zwei Jahre älter als ich, und weitaus am beliebtesten von allen jungen Mädchen in Louisville. Sie ging immer ganz in Weiß und hatte einen kleinen weißen Roadster. Den ganzen Tag hingen bei ihr die jungen Offiziere von Camp Taylor am Telefon und bemühten sich aufgeregt um die Gunst, sie am Abend ausführen zu dürfen. »Ach bitte, wenn auch nur für eine Stunde!« Als ich an jenem Morgen vor ihrem Hause ankam, stand ihr weißer Roadster an der Bordschwelle, und sie saß darin mit einem Leutnant, den ich noch nie bei ihr gesehen hatte. Sie waren so ineinander verschossen, daß sie mich erst bemerkte, als ich auf zwei Meter heran war.

»Hallo, Jordan«, rief sie unerwartet aus. »Bitte, komm einmal her.«

Ich fühlte mich sehr geschmeichelt, daß sie mir etwas zu sagen hatte, denn von den älteren Mädchen war sie mein ganzer Schwarm. Sie fragte, ob ich zum Roten Kreuz ginge, Verbandspäckchen machen. Ja? Dann möge ich dort bestellen, sie könne heute nicht kommen. Bei diesen Worten sah der Offizier Daisy so schmachtend an, daß darüber jedes andere Mädchen vor Neid erblaßt wäre. Die Szene hat sich mir für immer eingeprägt, weil sie mir so ungeheuer romantisch erschien. Dieser Offizier hieß Jay Gatsby. Ich habe ihn dann über vier Jahre aus den Augen verloren – und noch als ich ihn auf Long Island wiedergetroffen hatte, ahnte ich nicht, daß es dieser selbe Mann war.

Das war 1917. Im folgenden Jahr hatte ich selbst ein paar Verehrer und begann schon Turnier zu spielen. Daher bekam ich Daisy nur selten zu Gesicht. Sie hatte jetzt – wenn überhaupt – Umgang mit etwas älteren Leuten. Wilde Gerüchte waren über sie im Umlauf. Ihre Mutter hatte sie angeblich eines Abends im Winter dabei überrascht, wie sie ihren Koffer für New York packte, um dort von einem Soldaten, der sich nach Europa einschiffte, Abschied zu nehmen. Die Sache wurde verhindert, aber sie sprach mehrere Wochen mit ihrer Familie kein Wort. Danach gab sie sich nicht mehr mit Soldaten ab, sondern allenfalls mit ein paar plattfüßigen oder kurzsichtigen jungen Leuten ihrer Heimatstadt, die völlig kriegsuntauglich waren.

Im folgenden Herbst war sie wieder obenauf und lebenslustig wie nur je. Nach dem Waffenstillstand wurde sie als Debütantin in die Gesellschaft eingeführt, und im Februar war sie angeblich mit einem Mann aus New Orleans verlobt. Im Juni heiratete sie mit einem für Louisville unerhörten Pomp und Aufwand Tom Buchanan aus Chikago. Er kam mit einem Aufgebot von hundert Verwandten und Freunden, für die im Zug vier Wagen reserviert waren, und belegte im Hotel Muhlbach gleich ein ganzes Stockwerk. Am Tag vor der Hochzeit schenkte er ihr eine Perlenkette, Wert dreihundertfünfzigtausend Dollar.

Ich war Brautjungfer. Eine halbe Stunde vor dem Hochzeitsdiner kam ich in ihr Zimmer und fand sie auf dem Bett liegend, traumhaft schön in ihrem blumenübersäten Brautkleid – und sinnlos betrunken. In der einen Hand hielt sie eine Flasche Sauternes und in der anderen einen Brief.

»Kanns' mir gra-ulieren«, murmelte sie. »Hatte noch nie 'nen Tropfen getrunken. O-ah, ist das schön!«

»Was ist denn mit dir los, Daisy?«

Das war ein schöner Schreck, kann ich Ihnen sagen. Noch nie hatte ich ein Mädchen in einem solchen Zustand gesehen.

»Hier, Liebling.« Sie grapschte in einem Papierkorb, den sie neben sich am Bett hatte, und zog die Perlenkette heraus. »Nimm die mit nach unten und gib sie zurück, wem sie gehören. Sag allen, Daisy ha' sich's aners ü-erlegt. Sag: Daisy ha' sich's aners ü-erlegt!«

Sie fing an zu weinen – weinte und weinte. Ich stürzte hinaus, fand irgendwo die Zofe ihrer Mutter, und wir schlossen uns ein und steckten Daisy in ein kaltes Bad. Von dem Brief wollte sie nicht lassen. Sie nahm ihn mit in die Badewanne und knüllte ihn zu einer nassen Kugel zusammen; erst als sie sah, daß er sich ohnehin wie Schnee in Flocken auflöste, durfte ich ihn auf die Seifenschale legen.

Bei alledem sagte sie weiter kein Wort. Wir gaben ihr Salmiakgeist zu riechen, legten ihr Eisbeutel auf die Stirn und zwängten sie wieder in ihr Kleid. Eine halbe Stunde später, als wir aus dem Zimmer traten, lagen die Perlen um ihren Hals und der Anfall war überstanden. Am folgenden Nachmittag um fünf heiratete sie, ohne mit der Wimper zu zucken, Tom Buchanan und reiste mit ihm für drei Monate in die Südsee.

Ich sah sie in Santa Barbara wieder, als sie zurück waren. Mir schien sie so wahnsinnig in ihren Mann verliebt, wie ich es noch bei keinem Mädchen erlebt hatte. Wenn er nur einen Augenblick hinausgegangen war, hob sie sogleich unruhig den Kopf: »Wo ist Tom hin?« – und versank dann in völlige Apathie, bis sie ihn wieder hereinkommen sah. Stundenlang konnte sie, seinen Kopf in ihrem Schoß, am Strand sitzen, ihm mit dem Finger über die Augen streichen und ihn verzückt betrachten. Es war rührend, sie zusammen zu sehen – man war fasziniert und mußte immerfort still vor sich hinlachen. Das war im August. Eine Woche später – ich hatte Santa Barbara schon verlassen – fuhr Tom eines Abends auf der Ventura Allee in einen Lastwagen hinein und verlor bei dem Anprall ein Vorderrad. In der Zeitungsnotiz wurde auch seine Mitfahrerin genannt, weil sie sich dabei einen Arm gebrochen hatte – es war eins der Stubenmädchen vom Hotel Santa Barbara.

Im April bekam Daisy ihr kleines Mädchen, und sie gingen auf ein Jahr nach Frankreich. Ich traf sie irgendwann im Frühjahr in Cannes und später in Deauville. Dann kehrten sie nach Chikago zurück und ließen sich dort nieder. Wie Sie wissen, war Daisy in Chikago sehr bekannt. Sie bewegten sich in einer amüsierfreudigen Clique junger Leute, die ebenso reich wie übermütig waren, aber Daisy ging aus alledem mit einem tadellosen Ruf hervor. Vielleicht kam es nur daher, daß sie nicht trank. In einer Gesellschaft von Säufern gibt einem das eine große Überlegenheit. Man hat seine Zunge in der Gewalt und kann, was noch wichtiger ist, seine eigenen Extratouren zu einer Zeit abmachen, da die anderen völlig blind sind und sich um nichts kümmern. Vielleicht ließ Daisy sich auch nie auf Liebesgeschichten ein – aber sie hat so ein gewisses Timbre in ihrer Stimme ...

Jedenfalls, vor etwa sechs Wochen hörte sie den Namen Gatsby seit Jahren zum ersten Male wieder. Sie erinnern sich? Ich fragte Sie, ob Sie Gatsby drüben in West Egg kennen. An jenem Abend kam Daisy, nachdem Sie fort waren, in mein Zimmer und weckte mich mit der Frage: »Welcher Gatsby?« Noch halb im Schlaf beschrieb ich ihn ihr, und sie sagte in einem ganz merkwürdigen Ton, das müsse der sein, den sie einmal gekannt hatte. Da erst ging mir auf, daß zwischen diesem Gatsby und dem jungen Leutnant in ihrem weißen Roadster ein Zusammenhang bestand.

Als Jordan mit dieser ganzen Erzählung zu Ende war, hatten wir mittlerweile das Plaza-Hotel auf eine halbe Stunde verlassen und fuhren in einer Victoria durch den Central Park. Die Sonne war hinter den Luxusetagen der Filmstars in den westlichen Fünfziger Straßen untergegangen, und durch die schwüle Dämmerung klang es von zarten Kinderstimmen wie Grillengezirp:

»Ich bin Arabiens Wüstenscheich.
Deine Liebe gehört nur mir.
Heute nacht, wenn du entschlummert, schleich
Ich mich ins Zelt zu dir –«

»Ein merkwürdiger Zufall«, sagte ich.

»Aber es ist doch gar kein Zufall.«

»Wieso nicht?«

»Gatsby hat das Haus gekauft, um Daisy gegenüber zu wohnen – nur durch die Bucht getrennt.«

Also hatte er in jener Juninacht, als ich ihn zuerst sah, doch nicht seine Hände sehnsüchtig zu den Sternen erhoben. Er stand mir jetzt ganz deutlich vor Augen, befreit von dem Nimbus sinnloser Prachtentfaltung.

»Er läßt fragen«, fuhr Jordan fort, »ob Sie Daisy einmal nachmittags zu sich einladen wollen und ihm erlauben, auch herüberzukommen.«

Ich fand die Bescheidenheit dieser Bitte geradezu erschütternd. Fünf Jahre hatte er gewartet und dieses Haus gekauft, wo er silbernen Sternenglanz über einen Mottenschwarm von Besuchern ausgoß – alles mit dem Ziel, eines Nachmittags in den Garten eines Unbekannten ›herüberkommen‹ zu dürfen.

»Und das alles mußte ich wissen, ehe er mich um diese kleine Gefälligkeit bitten konnte?«

»Er fürchtet, zu lange gezögert zu haben. Er glaubt, Sie könnten beleidigt sein. Sie sehen, unterwärts ist er ganz solide und korrekt.«

Etwas an der Sache gefiel mir nicht.

»Warum hat er denn Sie nicht gebeten, ein Zusammentreffen zu arrangieren?«

»Er will, daß sie sein Haus sieht«, erklärte sie, »und Ihr Haus ist gleich nebenan.«

»Oh.«

»Ich vermute, er hat halb und halb erwartet, sie würde irgendeinmal auf einer seiner Gesellschaften auftauchen«, fuhr Jordan fort, »aber sie kam nicht. Da ging er dazu über, die Leute unauffällig auszufragen, ob sie Daisy kennten, und ich war die erste, die er fand. Das war an jenem Abend, als er mich durch den Butler zu sich bitten ließ. Sie hätten nur hören sollen, wie umständlich und behutsam er mit seinem Anliegen herausrückte. Natürlich schlug ich ihm sofort ein gemeinsames Mittagessen mit Daisy in New York vor und dachte, er werde vor Freude darüber außer sich geraten. Aber:

›Ich will kein besonderes Arrangement!‹ beharrte er. ›Ich möchte sie nur so nebenan treffen.‹

Als ich ihm erzählte, Sie seien speziell mit Tom befreundet, wollte er das Ganze schon wieder aufgeben. Er weiß nicht viel über Tom, obwohl er sagt, er habe jahrelang eine Chikagoer Zeitung gelesen in der Hoffnung, vielleicht zufällig einmal auf Daisys Namen zu stoßen.«

Es war jetzt schon dunkel, und als wir unter einer kleinen Brücke durchfuhren, legte ich meinen Arm um Jordans goldbraune Schulter, zog sie ein wenig an mich und bat sie, mit mir zu Abend zu essen. Auf einmal dachte ich überhaupt nicht mehr an Daisy und Gatsby, sondern nur noch an ihre klare, festumrissene Person, die allem so skeptisch gegenüberstand und die sich jetzt wohlig in die Beuge meines Armes zurücklehnte. Ein Satz ging mir durch den Kopf und versetzte mich in eine Art von Rausch: »Es gibt nur die Verfolgten und die Verfolger, die Hastenden und die Müden.«

»Und Daisy brauchte so etwas in ihrem Leben«, flüsterte Jordan mir zu.

»Will sie Gatsby wiedersehen?«

»Sie soll überhaupt nichts davon wissen. Gatsby will nicht, daß sie etwas erfährt. Sie sollen sie lediglich zum Tee einladen.«

Wir fuhren an einer dunklen Baumgruppe vorüber, und dann leuchtete zart und matt die Häuserfront der Neunundfünfzigsten Straße auf den Park hernieder. Ich hatte nicht wie Gatsby und Tom Buchanan ein Mädchen, dessen Antlitz losgelöst an dunklen Häuserfronten und in der blendenden Leuchtschrift der Reklamen vor mir herschwebte; so schloß ich denn das Mädchen neben mir fester in meine Arme. Auf ihrem blassen, spöttischen Mund erschien ein Lächeln; da zog ich sie noch enger an mich und zu mir empor, bis ihr Gesicht an meinem lag.

V

Als ich nach jenem Abend wieder nach West Egg hinauskam, dachte ich einen Augenblick ernstlich, mein Haus stünde in Flammen. Zwei Uhr nachts – und die ganze Spitze der Halbinsel loderte in strahlender Helle, die sich gespenstisch auf die Sträucher und Hecken am Straßenrand legte und glitzernd auf den Telegrafendrähten spielte. Erst hinter der letzten Straßenbiegung sah ich, daß es Gatsbys Haus war – taghell erleuchtet vom Keller bis unters Dach.

Zuerst dachte ich, es handle sich wieder um eine große Gesellschaft, vielleicht eine wilde Horde, die darauf verfallen war, Verstecken zu spielen oder ›Räuber und Gendarm‹, und dabei durch das ganze Haus tobte. Aber man hörte keinen Laut, nur den Wind in den Bäumen und in den Telegrafendrähten, auf denen bei jeder Bewegung die Lichtreflexe abwechselnd aufleuchteten und wieder erloschen, so daß es aussah, als würden vom Hause Blinkzeichen hinaus in die Dunkelheit gesendet. Als mein Taxi ächzend davonfuhr, erblickte ich Gatsby, der quer über seinen Rasen auf mich zukam.

»Ihr Haus ist erleuchtet wie zur Weltausstellung«, sagte ich.

»Ja?« Er blickte geistesabwesend zurück. »Ich habe nur eben in ein paar Zimmer hineingeschaut. Kommen Sie, alter Junge. Ich hol meinen Wagen, und dann fahren wir zusammen nach Coney Island.«

»Es ist zu spät dazu.«

»Schön, aber nehmen wir noch rasch ein Bad in meinem Schwimmbassin. Ich hab's den ganzen Sommer noch nicht benutzt.«

»Nein, ich muß ins Bett.«

»Nun gut.«

Er zögerte noch und blickte mich mit mühsam bezähmter Ungeduld an.

»Ich habe mit Miss Baker gesprochen«, sagte ich dann. »Ich werde Daisy morgen anrufen und sie zum Tee herüberbitten.«

»Oh, das ist nett«, sagte er leichthin. »Aber ich möchte Ihnen keine Umstände machen.«

»Welcher Tag würde Ihnen am besten passen?«

»Welcher würde Ihnen passen?« verbesserte er mich schnell. »Ich möchte Ihnen, wie gesagt, keinerlei Umstände machen.«

»Wie wär's mit übermorgen?«

Er überlegte einen Augenblick. Dann mit leichtem Widerstreben:

»Ich möchte noch den Rasen schneiden lassen«, sagte er.

Wir sahen beide prüfend auf das verwahrloste Gras zu unseren Füßen, von dem sich seine gepflegte Rasenfläche dunkler und mit einem scharfen Trennungsstrich absetzte. Ich hatte entschieden den Verdacht, daß er auf den Zustand *meines* Rasens anspielte.

»Dann ist da noch eine Kleinigkeit«, sagte er unsicher und zögerte.

»Wollen Sie es lieber noch um ein paar Tage verschieben?« fragte ich.

»Nein, darum handelt es sich nicht, nur –« er suchte nach einem passenden Anfang. »Ja, ich dachte nämlich – hm, sehn Sie mal, alter Junge, Sie verdienen nicht allzuviel, oder?«

»Nicht besonders viel.«

Das schien ihn zu ermutigen, und er fuhr zuversichtlicher fort.

»Das habe ich mir gedacht, natürlich ohne Ihnen zu nahe – Wissen Sie, ich führe da noch ein kleines Geschäft nebenbei, eine Art Nebenerwerb – Sie verstehen. Und ich dachte, wenn Sie nicht viel Geld – Sie handeln mit Wertpapieren, nicht wahr, alter Junge?«

»Ich bemühe mich.«

»Nun, das schlüge in Ihr Fach. Es würde Sie nicht viel Zeit kosten, und Sie könnten dabei ein schönes Stück Geld verdienen. Es handelt sich sozusagen um einen Vertrauensposten.«

Heute weiß ich, daß diese Unterredung unter anderen Umständen einen Wendepunkt in meinem Leben bedeutet haben könnte. Da aber das Angebot so unverhohlen und taktlos im Zusammenhang mit dem Dienst erfolgte, den ich ihm leisten sollte, hatte ich keine andere Wahl, als es von vornherein abzulehnen.

»Ich habe alle Hände voll zu tun«, sagte ich. »Vielen Dank, aber ich könnte keine weitere Beschäftigung übernehmen.«

»Sie würden nichts mit Wolfsheim zu tun haben.«

Offenbar dachte er, diese ›Bessiehung‹, von der beim Lunch die Rede gewesen war, schrecke mich ab; ich versicherte ihm jedoch, das sei nicht der Fall. Er wartete noch, ob ich vielleicht die Unterhaltung fortführen werde, aber ich war zu sehr mit mir beschäftigt, um mich auf ein weiteres Gespräch einzulassen, und so ging er unlustig nach Hause.

Mir war nach diesem Abend vor lauter Glück etwas wirr im Kopf, und bald nachdem ich mein Häuschen betreten hatte, lag ich wahrscheinlich schon in tiefem Schlaf. Daher weiß ich nicht, ob Gatsby noch nach Coney Island hinausfuhr oder nicht, oder ob er weiter den Rest der Nacht damit verbrachte, ›in ein paar Zimmer hineinzuschauen‹, während sein Haus in Festbeleuchtung erstrahlte. Am nächsten Morgen rief ich Daisy vom Büro an und lud sie zum Tee ein.

»Bring aber Tom nicht mit«, sagte ich warnend.

»Was?«

»Du möchtest Tom nicht mitbringen.«

»Welchen Tom?« fragte sie naiv.

An dem vereinbarten Tag goß es in Strömen. Um elf Uhr klopfte ein Mann in einem Regenmantel bei mir an; er schleppte einen Rasenmäher hinter sich her und sagte, Mr. Gatsby habe ihn geschickt, meinen Rasen zu schneiden. Da fiel mir ein, daß ich ganz vergessen hatte, mein finnisches Weib zu beordern. Also fuhr ich nach West Egg hinein, um sie in den morastigen Gassen in einem der weißgetünchten Häuschen ausfindig zu machen. Außerdem wollte ich ein paar Tassen, Zitronen und Blumen kaufen.

Die Blumen hätte ich mir sparen können, denn um zwei

Uhr schickte Gatsby ein ganzes Gewächshaus nebst zahllosen Behältnissen und Vasen herüber. Eine Stunde später pochte jemand nervös an meine Haustür, und Gatsby, in einem weißen Flanellanzug mit silbergrauem Hemd und goldgelber Krawatte, kam hastig herein. Er war bleich; dunkle Schatten unter seinen Augen deuteten auf eine schlaflos verbrachte Nacht.

»Ist alles bereit?« war seine erste Frage.

»Der Rasen sieht prächtig aus, wenn Sie das meinen.«

»Welcher Rasen?« fragte er verständnislos. »Ach so, der Rasen auf dem Vorplatz.« Er tat einen Blick aus dem Fenster, aber man merkte ihm an, daß er überhaupt nichts zur Kenntnis nahm.

»Sieht gut aus«, bemerkte er zerstreut. »In einer Zeitung hieß es, der Regen werde vielleicht gegen vier aufhören. Ich glaube es war im ›Journal‹. Haben Sie alles, was man so braucht zum – zum Tee?«

Ich führte ihn in die Anrichte, wo er einen etwas entsetzten Blick auf das Finnenweib warf. Gemeinsam betrachteten wir kritisch die zwölf Stücke Teekuchen aus dem Delikatessengeschäft.

»Wird das reichen?« fragte ich.

»Natürlich, natürlich! Ausgezeichnet!« und er fügte ein hohl klingendes »Alter Junge« hinzu.

Gegen halb vier schlug sich der Regen in einen dampfenden Nebel nieder, in dem nur noch hin und wieder ein Tropfen wie Tau aufglitzerte. Gatsby blätterte mit leerem Blick eine Nummer von Clay's Economics durch und schrak jedesmal zusammen, wenn unter dem Schritt des Finnenweibs die Küche erbebte. Von Zeit zu Zeit äugte er durch die beschlagenen Fensterscheiben, als spielten sich draußen unsichtbare, aber aufregende Dinge ab. Schließlich stand er auf und erklärte mit unsicherer Stimme, er werde nach Hause gehen.

»Warum das?«

»Es kommt ja niemand zum Tee. Es ist schon über die Zeit!« Er sah auf seine Uhr, als werde er anderwärts noch dringend erwartet. »Ich kann nicht den ganzen Tag hier versitzen.«

»Seien Sie nicht albern; es ist genau zwei Minuten vor vier.«

Mit unglücklicher Miene, wie unter einem Zwang, ließ er sich wieder in den Sessel fallen. Im gleichen Augenblick hörte man den Motor eines Wagens, der zu meinem Hause einbog. Wir sprangen auf, und ich ging, selbst etwas nervös, hinaus auf den Vorplatz.

Unter den tröpfelnden Fliedersträuchern kam ein großer offener Wagen den Weg herauf. Er hielt. Daisys Gesicht, etwas seitwärts geneigt unter einem lavendelfarbenen Dreispitz, strahlte mich verzückt lächelnd an.

»Also ausgerechnet hier wohnst du, mein Bester?«

Ihre Stimme tropfte wie ein beglückendes Labsal durch die regenfeuchte Luft. Mein Ohr lauschte gebannt dem Auf und Ab ihres Klangs, ehe ich die Worte aufnahm. Eine feuchte Haarsträhne lag wie ein dunkler Strich auf ihrer Wange, und auf ihrer Hand, die ich faßte, um ihr aus dem Wagen zu helfen, glitzerten Regentropfen.

»Sind wir ein Liebespaar?« sagte sie leise an meinem Ohr, »oder warum mußte ich allein kommen?«

»Das ist das Geheimnis dieser Bruchbude. Sag deinem Chauffeur, er möge auf eine Stunde wegfahren.«

»Kommen Sie in einer Stunde zurück, Ferdie.« Dann, leise und feierlich: »Er heißt Ferdie.«

»Ist vielleicht auch seine Nase anfällig – für Benzin?«

»Ich hoffe nicht«, sagte sie unbefangen. »Wieso übrigens?«

Wir gingen hinein. Zu meiner grenzenlosen Verwunderung war das Wohnzimmer leer und verlassen.

»Das ist ein Witz«, rief ich aus.

»Was ist ein Witz?«

Sie wandte den Kopf, denn an der Vordertür war ein zartes wohlerzogenes Klopfen zu hören. Ich ging hinaus und öffnete. Da stand Gatsby – totenblaß, die Hände wie Zentnergewichte in die Rocktaschen gestemmt, in einer Regenpfütze und starrte mich mit tragischem Ausdruck an.

Immer noch die Hände in den Rocktaschen, stelzte er an mir vorbei in die Diele, machte dort, ruckartig wie eine Puppe am Draht, eine Linkswendung und entschwand ins Wohnzimmer. Es war alles andere als komisch. Ich fühlte mein Herz schlagen, während ich die Haustür gegen den Regen schloß, der wieder zugenommen hatte.

Wohl eine halbe Minute lang war alles ruhig. Dann hörte ich aus dem Wohnzimmer ein leises halberstícktes Sprechen und ein abgerissenes Lachen und dann Daisys Stimme, klar und gekünstelt melodiös:

»Aber nein, ich freue mich wahnsinnig, Sie wiederzusehen.«

Wieder eine Pause; sie dauerte entsetzlich lange. Ich hatte in der Diele nichts mehr zu tun, und so ging ich hinein.

Gatsby, immer noch die Hände in den Taschen, stand gegen den Kamin gelehnt und bemühte sich krampfhaft um eine zwanglose, ja gelangweilte Haltung. Er hatte den Kopf weit zurückgelegt und stützte sich damit gegen das Zifferblatt einer alten Pendule auf dem Kaminsims. So starrte er mit abwesendem Blick auf Daisy herab, die steif und verschüchtert, aber reizvoll auf der Kante eines Stuhles saß.

»Wir kennen uns schon von früher«, murmelte Gatsby.

Er sah flüchtig zu mir hin, und seine Lippen öffneten sich zu dem mißglückten Versuch eines Lächelns. Glücklicherweise geriet in diesem Augenblick die Uhr unter dem Druck seines Kopfes gefährlich ins Wanken; er drehte sich rasch um, fing sie mit zitternden Händen auf und stellte sie an ihren Platz zurück. Dann setzte er sich steif auf das Sofa, den Ellbogen auf die Lehne und das Kinn in die Hand gestützt.

»Verzeihen Sie bitte – das mit der Uhr«, sagte er.

Mein Gesicht hatte inzwischen eine tiefdunkle Röte angenommen. Ich bemühte mich vergebens, unter den tausend Redensarten, die mir durch den Kopf gingen, etwas Passendes zu finden.

»Es ist eine alte Uhr«, bemerkte ich geistreich.

Wir benahmen uns einen Augenblick gerade so, als läge die Uhr zerschmettert am Boden.

»Wir haben uns viele Jahre nicht gesehen«, sagte Daisy so sachlich, wie sie irgend konnte.

»Im November sind es genau fünf Jahre.«

Die mechanische Präzision von Gatsbys Antwort ließ uns minutenlang in ein neues verlegenes Schweigen zurücksinken. Schließlich brachte ich beide mit dem verzweifelten Vorschlag auf die Beine, mir in der Küche beim Teemachen zu helfen, aber da trug das finnische Teufelsweib ihn schon auf einem Tablett herein.

In dem willkommenen Durcheinander mit den Teetassen und den Kuchenstücken ließ unser physisches Unbehagen etwas nach, und die Situation wurde einigermaßen normal. Gatsby zog sich, während Daisy und ich uns unterhielten, in eine dunkle Ecke zurück und blickte gequält von einem zum anderen. Da das nicht immer so weitergehen konnte, ergriff ich die erste schickliche Gelegenheit, entschuldigte mich und stand auf.

»Wo wollen Sie hin?« fragte Gatsby sogleich beunruhigt.

»Ich bin bald wieder da.«

»Bevor Sie gehen, muß ich noch etwas mit Ihnen besprechen.«

Er folgte mir ungestüm in die Küche, schloß die Tür hinter sich und flüsterte todunglücklich: »Oh, mein Gott!«

»Was haben Sie denn?«

»Wir haben einen entsetzlichen Fehler gemacht«, sagte er und schüttelte den Kopf hin und her, »einen entsetzlichen Fehler, entsetzlich!»

»Sie sind nur entsetzlich verlegen, das ist alles.« Und zum Glück fügte ich hinzu: »Auch Daisy ist verlegen.«

»Sie ist verlegen?« wiederholte er ungläubig.

»Genauso verlegen wie Sie.«

»Nicht so laut.«

»Sie benehmen sich wie ein kleiner Junge«, brach ich unwirsch aus. »Obendrein sind Sie äußerst unhöflich. Sie lassen Daisy ganz allein da drinnen sitzen.«

Er gebot mir mit der Hand Schweigen und sah mich an mit einem vorwurfsvollen Blick, der mir unvergeßlich ist. Dann öffnete er behutsam die Tür und ging ins Zimmer zurück.

Ich spazierte zur Hintertür hinaus – genau wie Gatsby, als

er vor einer halben Stunde in seiner Nervosität den Umweg rund ums Haus gemacht hatte – und lief auf den knorrigen Stamm eines großen dunklen Baumes zu, dessen dichte Blätter ein Dach gegen den Regen bildeten. Es goß jetzt wieder, und mein unebener Rasen, den Gatsbys Gärtner fabelhaft kurz geschnitten hatte, nahm sich mit seinen Sümpfen und Morästen wie eine Urlandschaft im kleinen aus. Von meinem Standort unter dem Baum hatte man nur eine Aussicht, nämlich auf Gatsbys mächtiges Schloß, und so starrte ich es eine halbe Stunde lang an, wie einst Kant seinen Kirchturm. Ein Brauereibesitzer hatte es sich zu Beginn des vorigen Jahrzehnts bauen lassen, als man noch auf ›Stilechtheit‹ ganz versessen war. Es hieß, er habe sich erboten, den Eigentümern aller umliegenden Bauernhäuser auf fünf Jahre die Steuern zu bezahlen, wenn sie ihre Dächer mit Stroh decken ließen. Sie weigerten sich, und damit hatte wahrscheinlich sein Plan, Ahnherr eines mächtigen Geschlechts zu werden, seinen eigentlichen Reiz eingebüßt. Es ging von da an rapide mit ihm bergab. Seine Kinder verkauften das Haus, während noch der Trauerflor am Türknauf hing. Die Amerikaner geben sich zwar zu aller Art von Leibeigenschaft willig her, ja sie drängen sich sogar dazu, aber wenn man sie zu Bauern machen will, werden sie äußerst widerspenstig.

Nach einer halben Stunde schien wieder die Sonne. Das Lieferauto des Kolonialwarenhändlers umrundete Gatsbys Auffahrt und brachte alles, was für das Abendessen des Personals gebraucht wurde, denn er selbst – dessen war ich sicher – würde wohl nicht einen Löffel hinunterbringen. Ein Mädchen begann alle Fenster im oberen Stock des Hauses zu öffnen. Als sie in dem großen Mittelerker erschien, lehnte sie sich hinaus und spuckte gedankenvoll in den Garten. Es war Zeit für mich hineinzugehen. Solang es regnete, hatte ich dieses Geräusch für das Murmeln ihrer Stimmen genommen, das hin und wieder leidenschaftlicher anschwoll. Nun aber war es draußen still, und mir wurde auf einmal bewußt, daß es auch drinnen im Haus still geworden war.

Ich ging hinein – nicht ohne zuvor in der Küche jeden erdenklichen Lärm zu vollführen, nur daß ich nicht gerade den Ofen umstieß –, aber ich glaube, sie waren taub für alles, was um sie her vorging. Sie saßen jeder an einem Ende der Couch und blickten einander an, als sei eine entscheidende Frage gestellt worden oder liege in der Luft. Alle Verlegenheit war von ihnen abgefallen. Daisys Gesicht zeigte Tränenspuren. Als ich hereinkam, sprang sie auf, trat vor den Spiegel und begann sich mit einem Taschentuch das Gesicht zu wischen. Mit Gatsby jedoch war eine geradezu bestürzende Veränderung vorgegangen. Er glühte buchstäblich. Ohne daß er mit einem Wort oder einer Geste seinem Überschwang Luft machte, ging eine ganz neue strahlende Glückseligkeit von ihm aus und verbreitete sich im Raum.

»Hallo, alter Junge«, sagte er, als hätte er mich seit Jahren nicht gesehen. Ich fürchtete einen Augenblick, er werde mir die Hand schütteln.

»Es hat aufgehört zu regnen.«

»Wirklich?« Als er begriff, wovon die Rede war und daß die Sonne im Raum ihr funkelndes Spiel trieb, lächelte er wie ein Wetterprophet, wie eine verzückte Gottheit des wiederkehrenden Himmelslichts, und teilte Daisy noch einmal die gute Botschaft mit. »Was sagen Sie nun? Es hat aufgehört zu regnen.«

»Ich freue mich, Jay.« In ihrer leidvoll verklärten Stimme war nur dieser Ton unerwarteten Glücks.

»Ich möchte, daß Sie und Daisy mit herüberkommen in mein Haus«, sagte er, »ich möchte ihr alles zeigen.«

»Sind Sie auch sicher, daß Sie mich dabeihaben wollen?«

»Absolut sicher, alter Junge.«

Daisy ging nach oben, um ihr Gesicht aufzufrischen – zu spät erinnerte ich mich beschämt meiner Handtücher. Inzwischen warteten Gatsby und ich draußen auf dem Rasen.

»Hübsch – mein Haus, nicht wahr?« fragte er. »Sehen Sie nur, wie die ganze Front in der Sonne liegt.«

Ich bestätigte, es sei fabelhaft.

»Ja.« Seine Augen gingen darüber hin, musterten jeden Spitzbogen und jedes Türmchen. »Es hat genau drei Jahre gedauert, bis ich das Geld dafür zusammenhatte.«

»Ich dachte, Sie hätten Ihr Geld geerbt.«

»Hab ich auch, alter Junge«, sagte er automatisch, »aber ich habe das meiste wieder verloren – in der großen Panik während des Krieges.«

Ich glaube, er war sich der Bedeutung seiner Worte kaum bewußt, denn als ich ihn nach der Art seiner Geschäfte fragte, anwortete er: »Das ist meine Sache.« Dann erst ging ihm auf, wie ungeschickt diese Antwort war.

»Oh, ich habe mich in verschiedenen Branchen betätigt«, verbesserte er sich. »Ich war im Drogenhandel und dann in der Ölbranche. Aber heute habe ich damit nichts mehr zu tun.« Er sah mich aufmerksam an. »Heißt das, Sie haben sich meinen Vorschlag von gestern abend durch den Kopf gehen lassen?«

Ehe ich noch etwas erwidern konnte, trat Daisy aus dem Hause. Die Knöpfe an ihrem zweireihigen Kostüm leuchteten golden in der Sonne auf.

»Das gewaltige Besitztum da?« rief sie und zeigte auf das Haus.

»Gefällt es Ihnen?«

»Herrlich, aber ich begreife nicht, wie Sie da ganz allein wohnen.«

»Ich sorge dafür, daß immer interessante Leute da sind, Tag und Nacht. Leute mit interessanten Berufen. Prominente Leute.«

Wir gingen nicht den kurzen Weg am Sund entlang, sondern zur Straße hinunter und betraten das Grundstück durch das große herrschaftliche Portal. Daisy bewunderte das Haus aus jeder Distanz; sie bewunderte, wie es sich im ganzen als Silhouette vornehm gegen den Himmel abhob; sie bewunderte die Gartenanlagen; sie entzückte sich über den prickelnden Duft der Narzissen, den Duft von Weißdorn und Zierpflaume und den blaßgoldenen Duft der Stiefmütterchen. Es berührte mich seltsam, daß auf der marmornen Treppe zum Hause kein festliches Gewühl großer Abendkleider herrschte und daß alles still war, bis auf die Vogelstimmen in den Bäumen.

Auch drinnen, auf unserer Wanderung durch Musikzimmer à la Marie Antoinette und Salons im Stil der Restaurationszeit, war mir, als lauerten hinter jeder Couch und hinter jedem Möbelstück Gäste, die sich mäuschenstill verhalten mußten, bis wir wieder hinaus waren. Als Gatsby die Tür der ›Merton-College-Bibliothek‹ schloß, hätte ich schwören können, daß hinter uns der Eulengesichtige in ein gespenstisches Lachen ausbrach.

Wir gingen nach oben, kamen durch Stil-Schlafzimmer, die mit rosen- und lavendelfarbener Seide ausgeschlagen waren, und überall standen frische Blumen. Wir kamen durch Ankleideräume, Spielzimmer und durch Badezimmer mit in den Boden eingelassenen Wannen, und in einem Zimmer überraschten wir einen Mann im Schlafanzug mit wirrem Haar bei gymnastischen Übungen. Es war Mr. Klipspringer, der ›Kostgänger‹; ich hatte ihn schon am Morgen hungrig am Strand umherwandern sehen. Schließlich kamen wir in Gatsbys Privatgemächer, ein Schlafzimmer mit Bad und ein Studio, wo wir uns niedersetzten und einen Chartreuse tranken, den er aus einem Wandschränkchen holte.

Die ganze Zeit hatte er keinen Blick von Daisy gewandt. Ich glaube, er bewertete jedes Ding in seinem Hause nur noch nach dem mehr oder minder beifälligen Reflex, den es ihren geliebten Augen entlockte. Manchmal starrte auch er verblüfft auf dieses oder jenes kostbare Besitzstück, als habe das alles vor dem unverhofften Faktum ihrer Gegenwart seine Realität eingebüßt. Einmal stolperte er sogar und wäre um ein Haar ein paar Stufen hinabgestürzt.

Sein Schlafzimmer zeichnete sich vor allen Räumen durch besondere Schlichtheit aus – nur auf dem Toilettentisch prangte eine Garnitur aus purem Gold. Daisy griff entzückt nach der Bürste und glättete damit ihr Haar, worauf Gatsby sich in einen Stuhl fallen ließ und, die Hand vor den Augen, zu lachen anfing.

»Es ist geradezu ein Witz, alter Junge«, sagte er ausgelassen. »Wenn ich mir vorstelle ... Ich kann's einfach nicht glauben.«

Er war sichtlich aus einer Gemütsverfassung in die andere gestürzt und gelangte soeben in ein drittes Stadium. Nach der anfänglichen Verlegenheit und nach dem Freudentaumel überwältigte ihn jetzt das Wunder ihrer bloßen Gegenwart. Diese Vorstellung hatte ihn bis jetzt ganz ausgefüllt; er hatte es sich in allen Einzelheiten ausgemalt, hatte sozusagen mit zusammengebissenen Zähnen darauf gewartet. Seine Spannung war auf einem Höhepunkt, der alle Begriffe überstieg. Nun kam die Reaktion; er war am Ende seiner Kraft und versagte wie ein überdrehtes Uhrwerk.

In der nächsten Minute hatte er sich jedoch schon wieder gefaßt und öffnete vor unseren Augen zwei gewaltige Spezialwandschränke, in denen dichtgedrängt seine Anzüge, seine Hausmäntel, seine Krawatten hingen und seine Hemden in Stapeln von je einem Dutzend wie Ziegelsteine geschichtet waren.

»Ich habe in England einen Einkäufer für meine Garderobe. Er schickt mir im Frühjahr und im Herbst, wenn die Saison beginnt, immer eine Kollektion herüber.«

Er nahm einen Stoß Hemden heraus und warf sie eins nach dem anderen vor uns auf den Tisch – Hemden aus reinem Leinen, aus schwerer Seide, aus feinem Flanell, und sie fielen durcheinander, entfalteten sich und bedeckten in malerischer Unordnung den Tisch. Während wir noch die einen bewunderten, brachte er immer neue an, und der weiche üppige Haufen schwoll höher und höher – Hemden mit Streifen, Phantasiemustern und Karos in Korallenrot, Apfelgrün, Lavendel und Blaßgelb mit indigoblauem Monogramm. Plötzlich wühlte Daisy mit einem gequälten Laut ihren Kopf in die Hemden und begann hemmungslos zu weinen.

»So wundervolle Hemden«, schluchzte sie halberstickt aus den Falten hervor. »Es macht mich ganz traurig, ich habe im Leben nicht solche – solche wundervollen Hemden gesehen.«

Nach dem Haus sollten wir das ganze Grundstück, das Schwimmbassin, das Wasserflugzeug und den Garten mit den Sommerblumen besichtigen, aber vor Gatsbys Fenster begann es von neuem zu regnen, und so standen wir nebeneinander und blickten auf die gekräuselte Wasserfläche des Sunds.

»Wenn der Regendunst nicht wäre, könnten wir Ihr Haus drüben über der Bucht sehen«, sagte Gatsby. »Am Ende Ihres Stegs haben Sie immer ein grünes Licht brennen, die ganze Nacht.«

Daisy schob unvermittelt ihren Arm unter seinen, doch Gatsby schien noch ganz mit dem beschäftigt, was er eben gesagt hatte. Vielleicht kam ihm zum Bewußtsein, daß die ungeheure symbolische Bedeutung jenes grünen Lichts jetzt für immer dahin sei. An der großen Entfernung gemessen, die ihn von Daisy trennte, war das Licht ihr nahe gewesen, berührte sie fast. Es schien ihr so nahe zu sein wie ein Stern dem Mond. Und jetzt war es ein beliebiges grünes Licht an einem Bootssteg. Sein Leben war um ein verzaubertes Symbol ärmer geworden.

Ich ging ein wenig im Raum umher und sah mir verschiedenes, das in dem Halbdunkel nicht gleich zu erkennen war, näher an. Über seinem Schreibtisch an der Wand hing ein großes Foto eines älteren Herrn in weißem Jachtanzug, das mich interessierte.

»Wer ist das?«

»Das? Das ist Mr. Dan Cody, alter Junge.«

Der Name klang mir irgendwie bekannt.

»Jetzt lebt er nicht mehr. Er war vor Jahren einer meiner besten Freunde.«

Da stand auch auf dem Schreibsekretär ein kleines Foto von Gatsby selbst, ebenfalls im weißen Jachtanzug – Gatsby mit stolz zurückgeworfenem Kopf, aufgenommen im Alter von etwa achtzehn Jahren.

»Ich liebe es«, rief Daisy aus. »Diesen alten Pompadour-Schreibtisch! Sie haben mir nie gesagt, daß Sie so einen besitzen – oder eine Segeljacht.«

»Sehen Sie sich das an«, lenkte Gatsby rasch ab. »Hier habe ich eine ganze Menge Zeitungsausschnitte – über Sie.«

Sie standen nebeneinander und betrachteten sie. Ich wollte gerade die Rubinensammlung zu sehen verlangen, da klingelte das Telefon und Gatsby nahm den Hörer ab.

»Ja ... Ja, aber ich kann jetzt hier nicht sprechen ... Ich kann jetzt nicht sprechen, alter Junge ... Ich habe doch gesagt, eine kleine Stadt ... Er muß wissen, was eine kleine Stadt ist ... Schön, wenn er sich unter Detroit das vorstellt, was man eine kleine Stadt nennt, können wir ihn eben nicht gebrauchen ...«

Er hing ein.

»Kommt schnell einmal her!« rief Daisy vom Fenster. Es regnete immer noch, aber im Westen hatte sich die dunkle Wand geteilt, und über dem Wasser bauschte sich ein Gewoge rosiger Wölkchen, golden angestrahlt.

»Sehen Sie sich das an«, wisperte sie, und einen Augenblick später: »Ich möchte wohl eins dieser rosigen Wölkchen nehmen, Sie hineinstecken und umherwirbeln.«

Ich machte einen Versuch aufzubrechen, aber sie wollten davon nichts wissen; vielleicht bereitete ihnen das Alleinsein in meiner Gegenwart noch eine größere Genugtuung.

»Ich weiß, was wir machen«, sagte Gatsby, »wir lassen Klipspringer Klavier spielen.«

Er ging hinaus und rief: »Ewing!« Nach wenigen Minuten kam er wieder herein, gefolgt von einem verlegenen, etwas ramponierten jungen Mann mit Hornbrille und spärlichem blondem Haar.

Dieser war jetzt einigermaßen angezogen und trug ein ›Sporthemd‹ mit offenem Kragen, Tennisschuhe und verwaschene Leinenhosen, die in allen Farben schillerten.

»Haben wir Ihre gymnastischen Übungen unterbrochen?« erkundigte sich Daisy höflich.

»Ich habe geschlafen«, rief Mr. Klipspringer in grenzenloser Verlegenheit. »Das heißt, ich war eingeschlafen. Dann stand ich auf ...«

»Klipspringer kann Klavier spielen«, schnitt Gatsby ihm das Wort ab. »Stimmt's, Ewing, alter Junge?«

»Ich spiele nicht besonders. Eigentlich so gut wie gar nicht. Ich bin ganz aus der Üb –«

»Gehn wir hinunter«, unterbrach ihn Gatsby, und er drückte auf einen Knopf an der Wand, und die grauen Fenster verschwanden, während gleichzeitig das Innere des Hauses in hellem Licht erstrahlte.

Im Musikzimmer schaltete Gatsby eine einzige Lampe neben dem Flügel an. Er gab Daisy mit zitterndem Streichholz Feuer für ihre Zigarette und setzte sich mit ihr auf eine Couch am anderen Ende des Raumes, der bis auf das vom Parkett reflektierte Licht ganz im Dunkeln lag.

Als Klipspringer ›Das Liebesnest‹ gespielt hatte, drehte er sich auf dem Klavierstuhl herum und äugte unbehaglich in dem Dämmer zu Gatsby hinüber.

»Sie sehen, ich bin ganz aus der Übung. Ich sagte schon, daß ich gar nicht spielen kann. Ich bin ganz aus der –«

»Rede nicht so viel, alter Junge«, befahl Gatsby, »spiel lieber!«

»Am Morgen froh,
Am Abend froh,
War's nicht so –«

Draußen rauschte lauter der Wind, und ein schwaches Donnerrollen kam längs der Küste über den Sund. In West Egg gingen jetzt alle Lichter an; die elektrischen Züge mit ihrer Menschenfracht stampften von New York durch den Regen heimwärts. Es war die Stunde eines tiefen Einschnitts im menschlichen Alltag, und die Luft war mit Erregung geladen.

»Einzig gewiß in der Welt ist nur eins:
Die Reichen bekommen's Geld und die Armen
bekommen – Kinder.
Und insoweit,
In der Zwischenzeit –«

Als ich zu ihnen hinüberging, um mich zu verabschieden, sah ich an Gatsbys Gesichtsausdruck, daß er sich erneut in einem Zustand äußerster Verwirrung befand, als hege er einen leichten Zweifel an der Beschaffenheit seines gegenwärtigen Glücks. Nahezu fünf Jahre! Schon an diesem ersten Nachmittag mußte es Augenblicke gegeben haben, in denen Daisy hinter dem Wunschbild seiner Träume zurückblieb – nicht durch ihre Schuld, sondern lediglich im Verhältnis zu der gewaltigen Spannkraft seiner Illusion, die ihn über sie hinausgetragen hatte, ja alles menschliche Maß überstieg. Er hatte sich mit einer schöpferischen Leidenschaft in diese Illusion gestürzt, hatte immer neue Züge hineingedeutet und ihre Zier mit jedem bunten Federchen erhöht, das ihm zugeflogen war. Alle Glut und alle lebendige Frische reichen nicht aus, es mit den himmelstürmenden Traumgebilden aufzunehmen, deren ein Männerherz fähig ist.

Da Gatsby sich von mir beobachtet fühlte, nahm er sich sichtlich ein wenig zusammen. Seine Hand hielt die ihre; doch als Daisy ihm leise etwas ins Ohr sagte, wandte er sich mit plötzlich aufwallendem Gefühl ihr zu. Ich glaube, ihre Stimme vor allem kettete ihn an sie; man konnte sie nicht vibrierender, fiebriger, heißer erträumen, als sie war – diese Stimme war eine unendliche, beseligende Melodie.

Sie hatten mich ganz vergessen. Dann blickte Daisy flüchtig auf und streckte mir die Hand hin; Gatsby jedoch schien mich jetzt überhaupt nicht zu kennen. Ich sah noch einmal zu ihnen zurück, und sie sahen zu mir hin. Sie waren schon wieder entrückt und ganz von der Spannung ihres gegenwärtigen Lebens besessen. Da überließ ich sie sich selbst, ging aus dem Zimmer und schritt die marmornen Stufen hinab und hinaus in den Regen.

VI

Ungefähr um diese Zeit erschien eines Morgens ein ehrgeiziger junger Reporter bei Gatsby und fragte ihn, ob er etwas zu sagen habe.

»Zu sagen, worüber?« forschte Gatsby höflich.

»Nun – irgendeine Erklärung abzugeben.«

Sie redeten einige Minuten aneinander vorbei, und dann stellte sich heraus, daß Gatsbys Name auf der Redaktion gefallen war. In welchem Zusammenhang wollte der Reporter entweder nicht sagen oder hatte es selbst nicht ganz begriffen. Er hatte heute seinen freien Tag und so war er mit löblichem Eifer hinausgeeilt, um zu ›rekognoszieren‹.

Es war nur ein Versuchsballon; dennoch war der Reporter instinktiv auf dem richtigen Wege. Die paar hundert Menschen, die bei Gatsby aus und ein gingen und das Wissen um seine Vergangenheit gepachtet zu haben glaubten, hatten den ganzen Sommer so viel von ihm hergemacht, daß die Presse nahe daran war, Notiz zu nehmen. Damals umlaufende Gerüchte wie das von der ›unterirdischen Ölleitung nach Kanada‹ hefteten sich an ihn. Auch hielt sich hartnäckig die Geschichte, er wohne gar nicht in einem Hause, sondern auf einem Schiff, das wie ein Haus aussehe und heimlich vor der Küste von Long Island auf und ab fahre. Inwieweit diese Hirngespinste einem gewissen James Gatz aus Nord-Dakota irgendeine Genugtuung bereiteten, ist schwer zu sagen.

James Gatz – so hieß er in Wahrheit oder zumindest vor dem Gesetz – hatte diesen Namen im Alter von siebzehn Jahren abgelegt, und zwar genau in dem Augenblick, der den Beginn seiner Karriere bezeichnete, als nämlich Dan Codys Jacht an der heimtückischsten flachen Stelle des Lake Superior vor Anker gehen wollte. Der junge Mensch, der da in einem verschlissenen Jerseyanzug und Leinenschuhen am Strand herumlungerte und den Vorgang beobachtete, hieß noch James Gatz, aber er war schon ganz der künftige Jay Gatsby, als er sich ein Boot nahm, zur ›Tuolomee‹ hinausruderte und Cody darüber aufklärte, daß er bei einem aufkommenden Wind binnen einer halben Stunde mit seiner Jacht zerschellen werde.

Ich nehme an, er hatte sich den Namen damals schon seit langem zurechtgelegt. Seine Eltern lebten als kleine Farmer in dürftigen Umständen. Er hatte sich nie wirklich als ihr Sohn gefühlt. In Wahrheit war Jay Gatsby aus West Egg, Long Island, seinem eigenen Kopf entsprungen, eine Ausgeburt der platonischen Idee seiner selbst. Er war ein Sohn Gottes – nicht mehr und nicht weniger, wenn dieser Ausdruck überhaupt etwas besagt – und folgte nur dem Geheiß Seines Vaters, wenn er sich einem allumfassenden, banalen und verführerischen Schönheitskult weihte. So formte er sich einen Jay Gatsby, wie er der Wunschphantasie eines Siebzehnjährigen entsprach, und blieb diesem Bild bis ans Ende treu.

Länger als ein Jahr hatte er sich an der Südküste von Lake Superior durchgeschlagen – als Muschelsucher, als Lachsfischer oder in irgendeiner anderen Tätigkeit, sofern sie ihm Kost und ein Nachtlager verschaffte. Durch dieses natürliche Leben, bei dem er sich weder überarbeitete, noch je ganz müßig war, bräunte und stählte sich sein Körper in Wetter und Wind. Er geriet frühzeitig an Frauen, und da sie ihn verwöhnten, lernte er sie verachten – die jungen Mädchen wegen ihrer Unwissenheit, und die anderen, weil sie sich über Dinge hysterisch aufregen konnten, die er in seiner grenzenlosen Ich-Bezogenheit für selbstverständlich nahm.

Innerlich befand er sich jedoch ständig in einem wilden Aufruhr. Nachts wurde er von den absonderlichsten und phantastischsten Wunschbildern heimgesucht. Ein ganzes Bacchanal unerhörter Genüsse geisterte durch sein Hirn, während die Weckeruhr auf dem Waschtisch tickte und der Mond die am Boden verstreuten Kleider mit seinem kühlen Licht durchtränkte. Nacht für Nacht wob er neue Fäden in das Muster seines Wunschlebens, bis der Schlaf ihn über irgendeiner lebhaft ausgemalten Szene in die Arme des Vergessens schloß. Eine Zeitlang bildeten diese Träume ein Ventil für seine Einbildungskraft; sie bestätigten seine Ahnung von der Irrealität der Wirklichkeit, waren ein Versprechen, daß diese scheinbar so felsenfest gegründete Welt sicher auf einem Elfenflügel dahinschwebte. Eine Vorahnung künftiger Größe hatte ihn einige Monate zuvor auf das kleine lutheranische College St. Olaf im südlichen Minnesota geführt; aber es hielt ihn dort nur zwei Wochen. Er war von der grausamen Gleichgültigkeit enttäuscht, mit der man über sein Schicksal, das sich pochend ankündigte, hinwegging und überhaupt von schicksalhafter Bestimmung nichts wissen wollte. Er verschmähte die Pförtnerstelle, mit deren Hilfe er sein Studium bestreiten sollte, und trieb sich wieder am Lake Superior herum. Er suchte weiter nach einer passenden Beschäftigung, auch noch an dem Tage, als Dan Codys Jacht zwischen den Sandbänken vor der Küste Anker warf.

Cody war damals fünfzig. Er hatte sein Glück in den Silberminen von Nevada und am Yukon gemacht und war seit 1875 bei jedem Run auf Gold und Silber dabeigewesen. Aus den Transaktionen in Montanakupfer war er als vielfacher Millionär hervorgegangen, körperlich robust, aber geistig an der Grenze des Schwachsinns. Darauf spekulierend, hatten sich zahllose Frauen an ihn gehängt und bemühten sich, ihn von seinem Gelde zu trennen. Die nicht sehr geschmackvollen Machenschaften, durch die Ella Kaye, die Journalistin, bei ihm die Rolle einer Madame de Maintenon zu spielen suchte und ihn mit seiner Jacht auf See schickte, bildeten in dem schwülstigen Zeitungsstil von 1902 das Tagesgespräch. Fünf Jahre hindurch hatte er viele und allzu gastliche Gestade angelaufen, bis er eines Tages in der Little-Girl-Bucht aufkreuzte und für James Gatz zum Schicksal wurde.

Dem jungen Gatz, der, auf sein Ruder gestützt, zur Reling emporblickte, erschien diese Jacht als der Inbegriff alles Schönen und Verlockenden in der Welt. Ich vermute, er lächelte Cody zu; denn wahrscheinlich hatte er die günstige Wirkung dieses Lächelns schon an anderen Leuten erprobt. Jedenfalls richtete Cody ein paar Fragen an ihn (von denen eine ihm den funkelnagelneuen Namen entlockte) und stellte fest, daß er ein heller Kopf und ganz außergewöhnlich ehrgeizig war. Einige Tage später nahm er ihn mit nach Duluth und kaufte ihm ein blaues Jackett, sechs Paar weiße Leinenhosen und eine Seglermütze. Und als die ›Tuolomee‹ nach Westindien und Nordafrika in See stach, fuhr Gatsby mit.

Er wurde in einer privaten Funktion eingestellt, ohne daß seine Aufgaben näher umrissen waren. Solange er mit Cody fuhr, war er abwechselnd Steward, Erster Offizier, Kapitän, Privatsekretär und mußte sogar auf seinen Herrn aufpassen. Dan Cody wußte nämlich in nüchternem Zustande sehr wohl, zu welch maßlosen Dummheiten der betrunkene Dan Cody fähig war, und baute solchen Eventualitäten vor, indem er sich mehr und mehr vertrauensvoll auf Gatsby verließ.

Das Dienstverhältnis währte fünf Jahre. In dieser Zeit fuhr die Jacht dreimal rund um den ganzen Kontinent, und das hätte ewig so weitergehen können, wenn nicht eines Abends in Boston Ella Kaye an Bord gekommen und Dan Cody eine Woche darauf die Unfreundlichkeit besessen hätte zu sterben.

Ich sehe sein Bild in Gatsbys Schlafzimmer noch vor mir: ein grauhaariger, robuster Mann mit einem harten, ausdruckslosen Gesicht – einer jener ausschweifenden Pioniere, die in einer gewissen Entwicklungsphase der amerikanischen Geschichte die rauhen Grenzersitten aus Bordell und Kneipe an die Ostküste mit heimbrachten. Daß Gatsby so wenig trank, hatte er indirekt Cody zu verdanken. Bei wüsten Gelagen kam es zuweilen vor, daß die Frauen Gatsby Champagner ins Haar rieben; er selbst aber gewöhnte sich den Alkohol mehr und mehr ab.

Ebenfalls Cody verdankte er auch seine Erbschaft – ein Legat von fünfundzwanzigtausend Dollar. Aber er bekam das Geld nicht. Die juristischen Kunstgriffe, durch die man es ihm vorenthielt, hatte er nie begriffen. Jedenfalls ging das, was von den Millionen übrig war, in Bausch und Bogen an

Ella Kaye. Ihm blieb nur seine einzigartige Spezialausbildung. Die vagen Umrisse von Jay Gatsby hatten Substanz bekommen und sich zum Bild eines Mannes verfestigt.

Alles das erzählte er mir sehr viel später, aber ich habe es hier eingeschaltet in der Absicht, jene ersten wilden Gerüchte über seine Herkunft, an denen auch kein wahres Wort war, endgültig zu widerlegen. Überdies erzählte er es mir zu einem Zeitpunkt, als ich selbst so verwirrt war, daß ich überhaupt nicht mehr wußte, was ich von ihm halten sollte. So mache ich mir denn diese kurze Pause, in der Gatsby sozusagen Atem holte, zunutze, um jenen ganzen Komplex von Mißdeutungen aus der Welt zu schaffen.

Übrigens war auch, was meine Verwicklung in seine Angelegenheiten betraf, eine Atempause eingetreten. Ich sah ihn mehrere Wochen nicht und telefonierte auch nicht mit ihm. Die meiste Zeit war ich in New York, bummelte mit Jordan umher und versuchte, mich mit ihrer senilen Tante gut zu stellen. Schließlich aber, an einem Sonntagnachmittag, ging ich zu ihm hinüber. Ich war noch keine zwei Minuten dort, als irgendwer Tom Buchanan zu einem Drink anbrachte. Ich war begreiflicherweise verblüfft, aber das eigentlich Überraschende an der Sache war, daß dieser Fall sich noch nicht früher ereignet hatte.

Es war eine dreiköpfige Gesellschaft zu Pferde – Tom, ein Mann namens Sloane und eine hübsche Frau in braunem Reitkostüm, die früher schon mal dort gewesen war.

»Sehr erfreut, Sie zu sehen«, sagte Gatsby in der Haustür. »Ich freue mich, daß Sie einmal hereinschauen.« Als wenn sie danach überhaupt gefragt hätten!

»Setzen Sie sich. Nehmen Sie eine Zigarette oder eine Zigarre?« Er eilte geschäftig im Zimmer umher und setzte Klingeln in Bewegung. »Sie sollen sogleich etwas zu trinken bekommen.«

Die Tatsache, daß Tom da war, imponierte ihm mächtig. Dennoch fühlte er sich nicht wohl, ehe er ihnen nicht etwas angeboten hatte; denn eine dunkle Ahnung sagte ihm, daß sie nur deswegen gekommen waren. Mr. Sloane wollte nichts.

Eine Limonade? Nein, danke. Ein Gläschen Champagner? Nein, gar nichts, danke ... Bedaure sehr ...

»Haben Sie einen schönen Ritt gehabt?«

»Sehr gute Wege hier.«

»Ich dachte, die Autos –«

»Ja-a.«

Aus einem unwiderstehlichen Impuls wandte sich Gatsby an Tom, der sich wie ein Unbekannter hatte einführen lassen.

»Ich glaube, wir trafen uns schon, Mr. Buchanan.«

»O ja«, sagte Tom barsch, aber höflich. Doch offenbar erinnerte er sich nicht. »Ja, ja, ich erinnere mich.«

»Vor etwa vierzehn Tagen.«

»Richtig. Sie waren mit Nick zusammen.«

»Ich kenne Ihre Frau«, fuhr Gatsby fort, und es klang fast aggressiv.

»Ach, sieh mal an.«

Tom wandte sich an mich.

»Du wohnst hier in der Nähe, Nick?«

»Gleich nebenan.«

»Ach, wirklich.«

Mr. Sloane beteiligte sich nicht an der Unterhaltung, sondern rekelte sich gelangweilt in seinem Sessel. Auch die Frau sagte nichts, bis sie nach zwei Gläsern überraschend auftaute.

»Wir kommen alle zu Ihrem nächsten Abend herüber, Mr. Gatsby«, schlug sie vor. »Was sagen Sie dazu?«

»Abgemacht. Es wird mir ein Vergnügen sein, Sie dazuhaben.«

»Nett von Ihnen«, sagte Mr. Sloane ohne Wärme.

»Hm – glaube, wir müssen aufbrechen.«

»Aber bitte, keine Eile«, sagte Gatsby beschwörend. Er hatte sich jetzt ganz in der Gewalt, und er wollte Tom noch halten. »Warum müssen Sie – warum können Sie nicht zum Abendessen bleiben? Sicher kommen noch ein paar Leute aus New York. Ich bin an solche Überraschungen gewöhnt.«

»Nein, Sie kommen zum Abendessen zu mir«, rief die Dame begeistert aus. »Sie alle beide.«

Damit war auch ich gemeint. Mr. Sloane erhob sich. »Kommen Sie«, sagte er – aber nur zu ihr.

»Nein, im Ernst«, beharrte sie. »Ich würde mich freuen, wenn Sie kämen. Bei mir ist Platz genug.«

Gatsby sah mich fragend an. Er wollte mitkommen und merkte nicht, daß Mr. Sloane ihn nicht dabeihaben wollte.

»Ich fürchte, ich werde nicht können«, sagte ich.

»Aber Sie kommen«, drängte sie und hielt sich dabei ganz an Gatsby.

Mr. Sloane flüsterte ihr etwas ins Ohr.

»Wenn wir gleich gehen, kommen wir noch zurecht«, sagte sie laut, ohne sich beirren zu lassen.

»Ich habe kein Pferd«, sagte Gatsby. »Beim Heer bin ich viel geritten, aber ich habe mir noch nie ein Pferd gekauft. Ich werde im Wagen hinter Ihnen herfahren. Nur einen Augenblick, entschuldigen Sie mich bitte.«

Wir übrigen gingen vors Haus, wo Sloane die Dame zu einem heftigen Disput beiseitenahm.

»Um Himmels willen, der ist imstande und kommt«, sagte Tom. »Merkt er denn nicht, daß ihr gar nichts an ihm liegt?«

»Aber sie hat ihn ausdrücklich eingeladen.«

»Sie hat eine große Abendgesellschaft, und er würde keinen Menschen kennen.« Er runzelte die Stirn. »Möchte wissen, wo in aller Welt er Daisy kennengelernt hat. Gott, ich bin vielleicht altmodisch, aber für meinen Geschmack kommen die Frauen heutzutage viel zuviel herum. Sie treiben die komischsten Leute auf.«

Plötzlich gingen Mr. Sloane und seine Begleiterin die Treppe hinab und bestiegen ihre Pferde.

»Kommen Sie«, sagte Mr. Sloane zu Tom, »wir sind spät dran. Wir müssen gehen.« Und dann zu mir: »Sagen Sie ihm, wir hätten nicht warten können, ja?«

Tom und ich schüttelten uns die Hand, den beiden anderen machte ich eine kühle Verbeugung, die sie erwiderten. Dann trabten sie rasch den Weg hinab und waren gerade hinter den sommerlich dichten Sträuchern verschwunden, als Gatsby mit Hut und leichtem Sommerpaletot über dem Arm in der Haustür erschien.

Augenscheinlich war Tom darüber, daß Daisy soviel allein unterwegs war, beunruhigt; denn am folgenden Sonnabend kam er mit ihr zu Gatsbys Party. Seiner Anwesenheit war auch wohl jene beklemmende Schwüle zuzuschreiben, durch die sich der Abend in meiner Erinnerung von den anderen Abenden dieses Sommers bei Gatsby abhebt. Man sah die gleichen Leute oder zumindest die gleiche Art von Leuten; der Sekt floß wie immer in Strömen; es war das gleiche vielfarbige und vielstimmige Menschengewühl. Dennoch lag für mein Gefühl etwas in der Luft, ein durchgängiger Mißton, den es bis dahin nicht gegeben hatte. Vielleicht hatte ich mich auch nur an alles das gewöhnt und nahm mittlerweile West Egg als eine Welt für sich mit ihren eigenen Konventionen und ihren eigenen markanten Gestalten – eine Welt, die darum so einzigartig war, weil sie sich dessen nicht bewußt wurde. Nun sah ich diese Welt neu, mit Daisys Augen. Es hat immer etwas Bestürzendes, Dinge und Verhältnisse, auf die man sich mühsam eingestellt hatte, plötzlich mit den Augen eines anderen zu sehen.

Sie kamen im Dämmerlicht an, und als wir unter den hundert und aberhundert Gästen umherschlenderten, fühlte sich Daisy angesichts dieses flimmernden Gewoges zu übermütigen Scherzen aufgelegt, die sie mir mit leiser Stimme zuwisperte.

»Das regt mich alles maßlos auf«, flüsterte sie. »Wenn du mich irgendwann im Lauf des Abends küssen willst, Nick, laß es mich wissen; ich werde mit Vergnügen Mittel und Wege finden. Sag einfach meinen Namen. Oder zeig eine grüne Karte vor. Ich gebe heute grüne Karten aus –«

»Schauen Sie sich nur um«, empfahl Gatsby.

»Das tue ich schon. Ich finde es einfach –«

»Sicher sehen Sie viele Leute, von denen Sie schon gehört haben.«

Tom ließ seinen arroganten Blick über die Menge schweifen.

»Wir gehen nicht viel unter Menschen«, sagte er, »tatsächlich, ich hatte nicht erwartet, ein bekanntes Gesicht anzutreffen.«

»Jene Dame dürfte Ihnen nicht unbekannt sein.« Gatsby zeigte auf eine überaus farbenprächtige, geradezu orchideenhafte Frau, die kaum noch etwas von einem menschlichen Wesen an sich hatte. Sie saß dekorativ unter einem weißen Pflaumenbaum. Tom und Daisy starrten sie mit jenem einzigartigen Gefühl von Unwirklichkeit an, mit dem man eine bis dahin himmelweit entrückte Filmschönheit zur Kenntnis nimmt.

»Sie ist entzückend«, sagte Daisy.

»Der Mann, der sich gerade über sie beugt, ist ihr Regisseur.«

Er führte Daisy und Tom zeremoniös von einer Gruppe zur anderen.

»Mrs. Buchanan ... und Mr. Buchanan –« und nach einem Augenblick des Zögerns fügte er hinzu: »Der bekannte Polospieler.«

»O nein«, wehrte Tom rasch ab, »das bin ich nicht.«

Aber offenbar fand Gatsby, das klinge sehr gut; denn Tom blieb für den Rest des Abends ›der Polospieler‹.

»Ich habe noch nie so viele berühmte Leute beisammen gesehen«, rief Daisy aus. »Ich fand den Mann besonders nett – wie hieß er doch? – mit der etwas blau angelaufenen Nase.«

Gatsby nannte ihn und fügte hinzu, er sei ein kleiner Filmproduzent.

»Macht nichts, ich fand ihn nett.«

»Ich möchte doch lieber nicht als ›der Polospieler‹ vorgestellt werden«, sagte Tom gutmütig, »sondern alle diese berühmten Leute nur so ansehen – nur so, ohne daß man von mir Notiz nimmt.«

Daisy und Gatsby tanzten miteinander. Ich weiß noch, wie sehr mich sein anmutiger, etwas altmodischer Foxtrott überraschte. Ich hatte ihn bis dahin noch nie tanzen sehen. Dann stahlen sie sich zu meinem Haus hinüber und saßen dort eine halbe Stunde lang auf der Türschwelle, während ich auf ihre Bitte im Garten Wache hielt. »Falls es eine Feuersbrunst oder eine Überschwemmung geben sollte oder sonst ein Gottesgericht«, erläuterte Daisy.

Tom tauchte aus seiner Vergessenheit auf, als wir uns gerade zum Souper niederließen. »Hast du etwas dagegen, wenn ich mich drüben zu den Leuten setze?« fragte er. »Da ist einer, der das tollste Zeug erzählt.«

»Geh nur hin«, antwortete Daisy freundlich, »und wenn du dir eine Adresse notieren willst – hier ist mein kleiner goldener Bleistift.« Nach einer Weile hielt sie Ausschau und sagte mir, das Mädchen sei »etwas gewöhnlich, aber hübsch«; da wußte ich, daß ihr, abgesehen von der halben Stunde mit Gatsby allein, nicht wohl zumute war.

Wir saßen an einem besonders feuchtfröhlichen Tisch. Das war meine Schuld. Gatsby war ans Telefon gerufen worden, und ich hatte mit diesen Leuten erst vor vierzehn Tagen zusammengesessen. Aber alles, worüber ich mich beim vorigen Mal höchlich amüsiert hatte, bekam unversehens einen faulen Beigeschmack.

»Geht es Ihnen jetzt besser, Miss Baedeker?«

Das Mädchen, dem diese Frage galt, bemühte sich vergeblich, sich an meine Schulter sinken zu lassen. Bei der Frage setzte sie sich hoch und riß die Augen auf. »Was's los?«

An ihrer Stelle ergriff eine korpulente, schläfrige Frau das Wort, die bisher Daisy beschworen hatte, morgen im Golfclub eine Partie mit ihr zu spielen.

»Oh, sie ist schon wieder ganz in Ordnung. Nach fünf oder sechs Cocktails wird sie immer so laut. Ich sag ihr immer, sie soll das Trinken lassen.«

»Ich laß es ja schon«, versicherte, nicht sehr überzeugend, die also Beschuldigte.

»Wir hörten Sie kreischen, und so sagte ich zu Dr. Civet hier: ›Da braucht Sie jemand, Doktor.‹«

»Sie ist Ihnen gewiß zu Dank verpflichtet«, sagte ein

anderer Freund von ihr mißvergnügt, »aber Sie haben ihr ganzes Kleid durchnäßt, als Sie sie mit dem Kopf ins Wasser steckten.«

»Nichts 's mir so verhaßt wie mit'm Kopf ins Wasser gesteckt zu wer'n«, lallte Miss Baedeker. »Drüben 'n New Jersey hamse mich eimal fast ersäuft.«

»Ein Grund mehr, das Trinken zu lassen«, hielt Dr. Civet ihr vor.

»Fassen Sie sich an die eigene Nase!« fuhr ihn Miss Baedeker wütend an. »Ihre Hand zittert ja. Ich möchte mich nicht von Ihnen operieren lassen.«

Das war so der Ton an diesem Tisch. Schließlich erinnere ich mich noch, wie ich mit Daisy stand und wir den Filmstar und seinen Regisseur beobachteten. Sie saßen immer noch unter dem weißen Pflaumenbaum. Ihre Gesichter berührten sich fast und waren nur noch durch einen schmalen blassen Mondstrahl getrennt. Es kam mir vor, als habe er sich den ganzen Abend unmerklich näher zu ihr geneigt, nur um diesen Grad äußerster Nähe zu erreichen, und während ich noch hinsah, bemerkte ich, wie er sich noch um ein letztes weniges tiefer beugte und sie auf die Wange küßte.

»Ich bin ganz verliebt in sie«, sagte Daisy, »ich finde sie entzückend.«

Aber im übrigen fühlte sie sich abgestoßen. Es war nur ein Gefühl, das sich nach außen hin durch keine Geste verriet und sich nicht beweisen ließ. Sie war entsetzt von West Egg, diesem unerhörten ›Treffpunkt der großen Welt‹, den der Broadway in diesem harmlosen Fischerdörfchen auf Long Island ins Leben gerufen hatte; entsetzt von der Roheit und Gier, die unter den verschlissenen schönen Phrasen zum Vorschein kam, und entsetzt von der fatalen Zwangsläufigkeit, mit der seine Bewohner auf kürzestem Wege von einem Nichts in ein anderes Nichts getrieben wurden. Der lapidare Vorgang flößte ihr Angst ein und machte sie ratlos.

Ich saß mit ihnen auf den Stufen vor dem Haus, während sie auf ihren Wagen warteten. Es war noch dunkel hier draußen; nur aus der hellerleuchteten Tür fielen einige Quadratmeter Licht in die graue Morgenfrühe. Dann und wann bewegte sich hinter dem Fenstervorhang eines Garderobenraumes ein Schatten, um alsbald einem anderen Schatten Platz zu machen – eine endlose Prozession schattenhafter Wesen, die sich vor unsichtbaren Spiegeln puderten und Rouge auflegten.

»Wer ist dieser Gatsby nun wirklich?« fragte Tom unvermittelt. »Irgendein Schmugglerkönig?«

»Wie kommst du darauf?« fragte ich.

»Das hat mir niemand gesagt. Ich denke es mir so. Fast alle diese Neureichen sind weiter nichts als große Schmuggler, nicht wahr?«

»Aber Gatsby nicht«, sagte ich schroff.

Er schwieg einen Augenblick. Der Kies der Auffahrt knirschte unter seinen Füßen.

»Jedenfalls muß er sich verdammt angestrengt haben, um diesen Zoo auf die Beine zu stellen.«

Ein Lüftchen sträubte den federleichten grauen Pelz, den Daisy trug.

»Zumindest sind sie interessanter als die Leute, die wir kennen«, sagte sie mit Nachdruck.

»Du sahst aber nicht so aus, als ob sie dich besonders interessierten.«

»Doch.«

»Hast du gesehen, was Daisy für ein Gesicht machte, als dieses Mädchen sie bat, ihr den Kopf unter die kalte Dusche zu halten?«

Daisy begann leise mit der Musik zu singen; es war ein heiseres rhythmisches Flüstern, das jedem Wort eine Bedeutung verlieh, die es nie gehabt hatte und nie wieder haben würde. Wenn die Melodie höher stieg, brach sich ihre Stimme, indem sie den Tönen mit jener Süße folgte, die manchen Altstimmen eigen ist, und mit jedem Stimmwechsel teilte sie der Luft etwas von ihrer warmen bestrickenden Menschlichkeit mit.

»Es kommen eine Menge Leute, die gar nicht eingeladen sind«, sagte sie plötzlich. »Jenes Mädchen war auch nicht eingeladen. Sie brechen einfach bei ihm ein, und er ist zu höflich, um zu protestieren.«

»Ich möchte doch wissen, wer er ist und was er macht«, sagte Tom hartnäckig. »Ich denke, ich werde es schon herausbekommen.«

»Ich kann's dir gleich sagen«, entgegnete sie. »Er besaß einige Drugstores, einen ganzen Konzern. Er hat ihn selbst aufgebaut.«

Ihr Wagen, eine Limousine, kam angerollt.

»Gute Nacht, Nick«, sagte Daisy.

Ihr Blick ging von mir noch einmal hinauf zu der hellerleuchteten Treppe, wo die wehmütigen Klänge eines damals gerade beliebten Walzers – ›Three o'clock in the Morning‹ – durch die offene Tür zu uns herausgeweht würden. Wie dem auch sei – gerade in der planlosen Zufälligkeit der Abende bei Gatsby lagen romantische Möglichkeiten, die ihrer eigenen Welt völlig abgingen. Was lag nicht alles in dem Walzerlied dort oben, das zu ihr herausklang und sie zurückzurufen schien? Was würde sich in dem Dämmer dieser unwägbaren Stunden noch alles ereignen? Vielleicht kam noch irgendein unglaublicher Gast an, den man wie eine kostbare Rarität anstaunte, oder ein wirklich frisches, strahlendes junges Geschöpf, das mit einem einzigen Blick in Gatsbys Augen, in einer einzigen zauberhaften Begegnung, jene fünf Jahre unwandelbar ergebener Liebe auslöschen würde.

An diesem Abend blieb ich sehr lange, weil Gatsby mich gebeten hatte zu warten, bis er frei sei. Ich lungerte im Garten herum, bis die unvermeidliche Badegesellschaft, durchfroren und neu gestärkt, von dem nachtschwarzen Strand heraufgerannt kam, und weiter, bis oben in den Gastzimmern die Lichter ausgingen. Als Gatsby dann endlich die Treppe herabkam, merkte man seinem Gesicht mit der straffer als sonst gespannten braunen Haut und dem flackernden Blick an, daß er müde und überanstrengt war.

»Es hat ihr nicht gefallen«, begann er sogleich.

»Aber wieso? Natürlich.«

»Nein, es hat ihr nicht gefallen«, beharrte er. »Sie hat sich nicht wohl gefühlt.«

Er schwieg, und ich suchte zu erraten, was ihn so unsagbar deprimierte.

»Ich fühle so ganz anders als sie«, sagte er. »Schwer, es ihr begreiflich zu machen.«

»Sie meinen den Ball heute abend?«

»Den Ball?« Er schnippte verächtlich mit den Fingern und tat damit alle Bälle ab, die er je veranstaltet hatte. »Das, mein Lieber, ist ganz unwichtig.«

Er verlangte nichts Geringeres von Daisy als, sie solle zu Tom gehen und sagen: ›Ich habe dich nie geliebt.‹ Wenn sie mit diesem einen Satz die fünf Jahre ausgelöscht hätte, könnten sie sich über die konkreteren Maßnahmen, die zu treffen wären, schlüssig werden. Unter anderem müßten sie, nachdem Daisy ihre Freiheit wiedererlangt hätte, zurückgehen nach Louisville, und er würde in ihrem Elternhaus um sie anhalten und sie heiraten – ganz als seien die fünf Jahre nicht gewesen.

»Aber sie begreift das nicht«, sagte er. »Dabei verstand sie mich sonst immer. Wir haben schon stundenlang –«

Er brach ab und begann auf dem Weg, auf einer trostlosen Spur von Apfelsinenschalen, weggeworfenen Liebespfändern und zertretenen Blumen auf und ab zu gehen.

»Ich würde nicht zuviel von ihr verlangen«, versuchte ich einzulenken. »Sie können die Vergangenheit nicht wiederholen.«

»Nicht wiederholen?« rief er ungläubig aus. »Wieso, natürlich kann ich!«

Er blickte verstört um sich, als lauere die Vergangenheit hier oder da im Schatten seines Hauses, ohne daß er sie mit der Hand greifen konnte.

»Ich werde alles so wiederherstellen, wie es vordem war«, sagte er und nickte finster entschlossen. »Sie soll sehen.«

Er sprach des längeren über die Vergangenheit, und ich

ahnte, daß er etwas wiederfinden wollte, vielleicht eine Idee seiner selbst, die in seiner Liebe zu Daisy aufgegangen war. Sein Leben war seitdem in Verwirrung und Unordnung geraten, doch wenn es ihm nur einmal gelänge, zu einem gewissen Ausgangspunkt zurückzukehren und alles noch einmal langsam zu überdenken, dann würde er schon herausfinden, was es war ...

... An einem Abend im Herbst, fünf Jahre zurück, als die Bäume sich schon entblätterten, waren sie zusammen eine Straße hinabgegangen, und sie kamen an eine Stelle, wo die Bäume aufhörten und der Gehsteig im weißen Mondlicht lag. Dort blieben sie stehen, einander zugewandt. Der Abend war schon kühl und hatte jenes geheimnisvoll Erregende, das nur an den zwei Wendepunkten im Wechsel der Jahreszeiten spürbar wird. Die Lichter aus den Häusern schimmerten still in die Dunkelheit hinaus, und am Sternenhimmel war Bewegung und Aufruhr. Aus einem Augenwinkel sah Gatsby, daß die Quadern der Häuserblocks eine Leiter bildeten, die zu einem geheimen Ort über den Bäumen emporstieg. Er konnte hinaufgelangen – er ganz allein – und konnte, einmal oben, an den Brüsten des Lebens saugen und die unvergleichliche wunderkräftige Milch in sich hineintrinken.

Sein Herz schlug schneller und schneller, als Daisys weißes Gesicht dem seinen näherkam. Da wußte er: wenn er dieses Mädchen jetzt küssen und seine unaussprechliche Vision mit ihrem vergänglichen Atemhauch vermählen würde, dann würde in seinen Geist für immer Ruhe einziehen, eine göttliche Ruhe. So wartete er, lauschte noch einen Augenblick der himmlischen Stimmgabel, die in der Berührung eines Sterns zum Klang erwachte. Dann küßte er sie. Unter der Berührung seiner Lippen blühte sie für ihn auf, und seine Vision nahm Gestalt an und wurde vollkommen.

Alles, was er sagte, auch noch seine erschreckende Sentimentalität, rührte etwas in mir auf – einen unfaßlichen Rhythmus, Bruchstücke längst vergessener Worte, die ich irgendwo vor langer Zeit gehört hatte. Einen Augenblick wollte ein Satz in meinem Munde Gestalt annehmen, und meine Lippen öffneten sich wie bei einem Taubstummen, als sei es nicht nur der gestaute Lufthauch, mit dem ich zu ringen habe. Aber die Worte wurden nicht zum Klang, und was in mir an die Grenze des Erinnerns gelangte, blieb unsagbar in alle Ewigkeit.

VII

Es war zu der Zeit, als das allgemeine Interesse für Gatsby auf dem Höhepunkt war – da gingen an einem Samstagabend nicht wie sonst in seinem Hause alle Lichter an, und dunkel, wie sie begonnen hatte, war seine Rolle eines modernen Trimalchio mit einemmal zu Ende. Erst nach und nach bemerkte ich, daß die Autos, die so erwartungsfreudig in seine Auffahrt einbogen, nur einen Augenblick hielten und dann mißmutig wieder davonfuhren. Ich dachte, er sei vielleicht krank, und ging hinüber, um mich zu erkundigen. Ein ganz fremder Butler mit einem wenig vertrauenerweckenden Gesicht erschien in der Haustür und schielte mißtrauisch nach mir hin.

»Ist Mr. Gatsby krank?«

»No.« Nach einer Pause fügte er zögernd und widerwillig ein »Sir« hinzu.

»Ich habe ihn hierherum gar nicht mehr gesehen und war etwas besorgt. Sagen Sie ihm, Mr. Carraway sei gekommen.«

»Wer?« fragte er barsch.

»Carraway.«

»Carraway. Schön, werd's ausrichten.«

Er schlug mir die Tür vor der Nase zu.

Von meiner finnischen Aufwartefrau erfuhr ich, daß Gatsby vor einer Woche alle seine Dienstboten entlassen und durch ein halbes Dutzend anderer ersetzt habe, die überhaupt nicht mehr nach West Egg hinuntergingen, um sich von den Kaufleuten bestechen zu lassen, sondern nur das Notdürftigste telefonisch bestellten. Der Laufjunge des Lebensmittelhändlers hatte berichtet, die Küche sehe wie ein Schweinestall aus, und die allgemeine Ansicht im Dorf ging dahin, daß diese neuen Leute überhaupt kein Dienstpersonal seien.

Am nächsten Tage rief Gatsby mich an.

»Wollen Sie verreisen?« fragte ich.

»Aber nein, alter Junge.«

»Ich höre, Sie haben alle Ihre Dienstboten an die Luft gesetzt.«

»Ich wollte Leute um mich haben, die nicht über mich klatschen. Daisy kommt oft zu mir herüber – nachmittags.«

Also war die ganze Karawanserei unter einem mißbilligenden Blick von ihr zusammengefallen wie ein Kartenhaus.

»Es sind Leute von Wolfsheim. Er wollte ihnen irgendwie behilflich sein. Alles Brüder und Schwestern. Sie hatten vorher ein kleines Hotel.«

»Ah, ich verstehe.«

Er rief auf Daisys Bitte an – ob ich nicht morgen zu ihr zum Lunch kommen wolle? Miss Baker würde auch da sein. Eine halbe Stunde später war Daisy selbst am Telefon und schien sehr erleichtert, daß ich zusagte. Irgend etwas bereitete sich vor. Und doch konnte ich nicht glauben, daß sie gerade diese Gelegenheit für eine Szene ausersehen hätten – zumal für jene etwas peinliche Szene, die Gatsby mir bei unserem nächtlichen Gespräch ausgemalt hatte.

Der folgende Tag war brütend heiß; es war wohl der letzte, jedenfalls der heißeste Tag dieses Sommers. Als mein Zug aus dem Tunnel in die Sonnenglut emportauchte, umfing uns die summende Stille des Mittags, die nur von den hitzigen Sirenen der National Biscuit Company unterbrochen wurde. Die Strohpolster im Zuge waren nahe daran, in Flammen aufzugehen; eine Frau neben mir schwitzte eine Weile diskret in ihrer weißen Hemdbluse, als dann aber die Zeitung unter ihren Händen zerschmolz, ließ sie sich mit einem leichten Aufschrei von der Hitze überwältigen. Ihr Portemonnaie glitt zu Boden.

»Mein Gott!« seufzte sie.

Ich bückte mich mit größter Anstrengung und gab es ihr zurück. Dabei hielt ich es auf Armlänge und nur an der äußersten Ecke, um anzuzeigen, daß ich keine bösen Absichten hätte – dennoch schienen die Umsitzenden, vor allem die Frau selbst, mich verdächtigen zu wollen.

»Heiß!« sagte der Schaffner zu denen, die er kannte.

»Das ist ein Wetter! ... Heiß! ... Heiß! ... Heiß! ... Ist Ihnen warm genug? Ist das 'ne Hitze? Ist das ...«

Mein Umsteigebillett, das er mir zurückgab, wies einen dunklen Fleck von seiner Hand auf. War es bei dieser Hitze nicht schon ganz gleich, wessen rote Lippen man küßte oder wessen Kopf einem an der Brust lag und einem den Pyjama aufweichte!

... In der Halle bei Buchanans ging ein schwacher Luftzug und trug das Läuten des Telefons an unser Ohr, als Gatsby und ich vor der Haustür warteten.

»Der Leib des Hausherrn?« brüllte der Butler in den Apparat. »Bedaure, Madame, aber wir können Ihnen damit nicht dienen – er ist viel zu heiß zum Anfassen heute mittag!«

Das sagte er natürlich nicht, sondern: »Ja ... Ja ... Ich will nachsehen.«

Er legte den Hörer hin und kam, ein wenig schweißglänzend, zu uns, um uns unsere steifen Strohhüte abzunehmen.

»Madame erwartet Sie im Salon!« rief er und wies uns ganz unnötigerweise die Richtung. Bei dieser Hitze war jedes Zuviel an Bewegung ein Affront, ein Angriff auf die allgemeinen Lebensreserven.

Der Raum war durch Markisen gut abgeschirmt, dämmrig und kühl. Daisy und Jordan lagen auf der riesigen Couch wie silberne Idole und bemühten sich, ihre weißen Gewänder in der summenden Brise der Ventilatoren niederzuhalten.

»Unmöglich, auch nur ein Glied zu regen«, sagten sie im Chor.

Jordans braune, weiß überpuderte Hand ruhte einen Augenblick in meiner.

»Und Mr. Thomas Buchanan, der große Sportsmann?« fragte ich.

Im selben Augenblick hörte ich auch seine Stimme draußen am Telefon, mürrisch, verhalten und heiser.

Gatsby stand mitten auf dem roten Teppich und ließ seine Augen verzückt umhergehen. Daisy beobachtete ihn und lachte ihr süßes, bestrickendes Lachen. Ihrem Busenausschnitt entstieg ein winziger Dufthauch von Puder.

»Man munkelt«, flüsterte Jordan, »daß da Toms Freundin am Telefon ist.«

Wir verhielten uns still. Die Stimme draußen in der Halle klang jetzt höher und ärgerlich: »Schön, dann werde ich Ihnen den Wagen eben überhaupt nicht verkaufen ... Ich bin Ihnen in keiner Weise verpflichtet ... und daß Sie mich überhaupt zur Mittagszeit damit belästigen, das lasse ich mir schon gar nicht bieten!«

»Wobei er die Hand auf die Sprechmuschel hält«, bemerkte Daisy boshaft.

»Nein, keineswegs«, versicherte ich ihr. »Es handelt sich um eine Gefälligkeit. Ich weiß zufällig Bescheid.«

Tom riß die Tür auf, füllte einen Augenblick den Türrahmen mit seiner massigen Gestalt ganz aus und kam dann rasch herein.

»Mr. Gatsby!« Er streckte ihm mit gut geheuchelter Freundlichkeit seine große, breite Hand hin. »Sehr erfreut, Sie zu sehen ... Tag, Nick ...«

»Hol uns etwas Kaltes zu trinken«, rief Daisy.

Als er wieder hinausgegangen war, stand sie auf und ging auf Gatsby zu. Sie zog sein Gesicht zu sich herab und küßte ihn auf den Mund.

»Sie wissen, daß ich nur Sie liebe«, sagte sie leise.

»Du vergißt, daß hier noch eine Dame im Zimmer ist«, sagte Jordan.

»So küß doch Nick.«

»Was bist du für ein ordinäres Frauenzimmer!«

»Ist mir gleich!« rief Daisy und begann zerstreut im Kamin zu stochern. Dann fiel ihr die Hitze ein, und sie setzte sich schuldbewußt auf die Couch gerade in dem Augenblick, als eine frischgeplättete Nurse ins Zimmer trat, die ein kleines Mädchen an der Hand führte.

»Mein herziger kleiner Schatz«, girrte Daisy und breitete die Arme aus. »Komm zu deiner Mutti, die dich liebhat.«

Das Kind, von der Nurse freigelassen, lief quer durchs Zimmer und drückte sich scheu an das mütterliche Gewand.

»Der herzige Schatz! Hat dein goldblondes Köpfchen was von Muttis Puder abbekommen? Ach! Nun steh auf und sag gu'n Tag.«

Gatsby und ich, einer nach dem anderen, beugten uns herab und ergriffen die kleine widerstrebende Hand. Gatsby sah das Kind noch lange überrascht an. Ich glaube, er hatte bis dahin die Existenz dieses Kindes überhaupt nicht für möglich gehalten.

»Ich bin extra zum Lunch angezogen worden«, sagte das Kind und wandte sich eifrig Daisy zu.

»Ja, weil deine Mutter mit dir Staat machen wollte.« Ihr Gesicht schmiegte sich in das süße Fältchen an dem kleinen weißen Hals. »Mein Traum, du. Du einziger kleiner Traum.«

»Ja«, pflichtete das Kind still bei. »Tante Jordan hat auch ein weißes Kleid an.«

»Magst du Muttis Freunde auch leiden?« Daisy drehte sie zu Gatsby herum. »Findest du sie nett?«

»Wo ist Papi?«

»Sie sieht ihrem Vater gar nicht ähnlich«, erklärte Daisy. »Sie gleicht ganz mir. Sie hat mein Haar und meinen Gesichtsschnitt.«

Daisy lehnte sich auf der Couch zurück. Die Nurse tat einen Schritt vorwärts und streckte die Hand aus. »Komm, Pammy.«

»Good-bye, Liebling!«

Leicht widerstrebend und mit einem Blick zu uns zurück, ließ das wohlerzogene Kind sich bei der Hand nehmen und wurde zur Tür hinausgezerrt, gerade als Tom zurückkam, in seinem Gefolge vier Gläser mit Gin und viel Eis.

Gatsby nahm sein Glas hoch.

»Sieht wahrhaftig kühl aus«, sagte er sichtlich gereizt.

Wir tranken in langen gierigen Zügen.

»Ich habe irgendwo gelesen, daß die Sonne mit jedem Jahr heißer wird«, sagte Tom gemütlich. »Es heißt, die Erde werde schon sehr bald in die Sonne hineinstürzen – oder, Moment mal – es ist gerade umgekehrt: die Sonne wird jedes Jahr kälter.«

»Gehen wir nach draußen«, schlug er Gatsby vor, »ich möchte Ihnen gern zeigen, wie wir hier wohnen.«

Ich ging mit ihnen auf die Veranda. Auf der grünen Wasserfläche des Sunds, die in der Hitze völlig reglos dalag, kroch ein winziges Segelboot langsam auf die offene See hinaus. Gatsby verfolgte es kurz mit den Augen; dann hob er die Hand und wies über die Bucht.

»Ich wohne Ihnen gerade gegenüber.«

»So? Ja.«

Unsere Blicke schweiften über die Rosenbeete, über die sonnendürren Rasenflächen und weiter am Ufer entlang über den aufgeschossenen Wildwuchs der Hundstage. Ganz langsam bewegten sich die weißen Schwingen des Segelboots vor der kühlen Ferne des Horizonts. Weit voraus dehnte sich das Meer mit seinen gezackten Buchten und reichgesegneten Inseln.

»Das wär ein Sport«, sagte Tom und nickte. »Ich möchte wohl für 'ne Stunde dort auf dem Boot sein.«

Wir nahmen den Lunch im Speisezimmer, das ebenfalls gegen die Hitze verdunkelt war, und entwickelten bei eisgekühltem Bier eine krampfhafte Lustigkeit.

»Was wollen wir denn am Nachmittag mit uns anstellen?« rief Daisy, »und am Tag, der dann folgt, und die nächsten dreißig Jahre?«

»Sei nicht so trübselig«, sagte Jordan. »Es fängt alles wieder von vorne an, wenn's im Herbst frisch wird.«

»Aber es ist so heiß«, beharrte Daisy und war den Tränen nahe, »und alles ist so verworren. Fahren wir doch alle in die Stadt!«

Ihre Stimme kämpfte mühsam gegen die Hitze an, mit verzweifelten Schlägen, als wolle sie die sinnlose Glut in eine Form zwingen.

»Ich habe schon gehört, daß man einen Stall zu einer Garage umbaut«, sagte Tom gerade zu Gatsby, »aber ich bin bestimmt der erste, der je aus einer Garage einen Pferdestall gemacht hat.«

»Wer fährt mit in die Stadt?« fragte Daisy eigensinnig. Gatsbys Blick schweifte zu ihr hin. »Ah«, rief sie aus, »wie kühl Sie aussehen!«

Ihre Augen trafen sich. Sie starrten einander an, als seien nur sie beide vorhanden. Dann riß sie sich los und blickte vor sich auf den Tisch.

»Immer blicken Sie so kühl«, wiederholte sie.

Sie hatte ihm zu verstehen gegeben, daß sie ihn liebe, und Tom Buchanan sah es. Er war sprachlos vor Staunen. Sein Mund öffnete sich ein wenig. Er blickte zu Gatsby hin und dann wieder zurück zu Daisy, als habe er in ihr soeben einen Menschen wiedergefunden, den er vor langer Zeit gekannt hatte.

»Sie sehen aus wie eine lebende Reklame für den Mann«, fuhr Daisy harmlos fort. »Sie wissen doch, die Reklame –«

»Schon gut«, unterbrach Tom hastig, »ich bin durchaus bereit, in die Stadt zu fahren. Los – fahren wir alle in die Stadt.«

Er stand auf, während seine Augen zwischen seiner Frau und Gatsby hin und her blitzten. Niemand machte eine Bewegung.

»Los! Kommt!« Er hielt mit Mühe an sich. »Was wird nun? Wenn wir in die Stadt wollen, müssen wir losfahren.« Seine Hand führte, vor Selbstbeherrschung zitternd, das letzte Glas Bier zum Munde.

»Sollen wir denn so einfach aufbrechen?« wandte Daisy ein. »So plötzlich? Darf nicht, wer will, erst noch eine Zigarette rauchen?«

»Wir haben alle bei Tisch genug geraucht.«

»Oh, seien wir doch lustig«, bat sie ihn. »Es ist viel zu heiß, um zu streiten.«

Er gab keine Antwort.

»Also wie du willst«, sagte sie. »Komm, Jordan.«

Sie gingen nach oben, um sich zurechtzumachen, während

wir drei Männer draußen herumstanden und mit den Füßen im heißen Kies schurrten. Im Westen stand schon eine mattsilberne Sichel des Mondes am Himmel. Gatsby machte Anstalten, etwas zu sagen, und ließ es dann. Doch schon war Tom nach ihm herumgefahren und sah ihn erwartungsvoll an.

»Haben Sie Ihre Stallungen hier?« brachte Gatsby mühsam heraus.

»Etwa einen halben Kilometer weiter unten an der Straße.«

»Ah.«

Pause.

»Ich weiß nicht, was es für einen Sinn haben soll, in die Stadt zu fahren«, fuhr Tom heftig auf. »So was kann auch nur den Frauen einfallen –«

»Sollen wir etwas zu trinken mitnehmen?« rief Daisy oben aus einem Fenster.

»Ich werde einen Whisky holen«, rief Tom zurück. Er ging ins Haus.

Gatsby wandte sich steif zu mir:

»Ich bringe in dieser Umgebung kein Wort heraus, alter Junge.«

»Daisys Stimme hat neuerdings etwas Aufdringliches«, sagte ich. »Sie klingt so –« Ich zögerte.

»Ihre Stimme klingt nach Geld«, sagte er plötzlich.

Das war es. Ich hatte es bis dahin nie begriffen. Sie klang nach Geld – das war der unergründliche Charme in ihrem Steigen und Fallen, das metallische Klingeln darin, der Zimbel-Klang ... Hoch droben in ihrem weißen Palast des Königs Tochter, die Goldene ...

Tom kam mit einer Literflasche Whisky aus dem Hause, die er in ein Handtuch einschlug; ihm folgten Daisy und Jordan mit kleinen, enganliegenden Hüten auf dem Kopf und leichten Capes über dem Arm.

»Sollen wir alle in meinem Wagen fahren?« schlug Gatsby vor. Er befühlte die heißen grünen Lederpolster. »Ich hätte ihn im Schatten parken sollen.«

»Hat er normale Schaltung?« fragte Tom.

»Ja.«

»Schön, dann nehmen Sie mein Coupé und lassen mich Ihren Wagen fahren.«

Der Vorschlag gefiel Gatsby ganz und gar nicht.

»Ich glaube, das Benzin reicht nicht mehr«, wandte er ein.

»Benzin die Menge«, fuhr ihm Tom über den Mund und blickte auf den Druckmesser. »Und wenn's ausgeht, halte ich bei irgendeinem Drugstore an. Heutzutage bekommt man ja alles und jedes im Drugstore.«

Nach dieser recht witzlosen Bemerkung trat eine Pause ein. Daisy sah Tom mißbilligend an, und über Gatsbys Gesicht huschte ein undefinierbarer Ausdruck, der mir völlig neu war und mir doch zugleich irgendwie bekannt vorkam, als hätte ich bisher nur in Büchern davon gelesen.

»Komm, Daisy«, sagte Tom und schob sie zu Gatsbys Wagen hin. »Ich werde dich in diesem Wanderzirkus von Wagen mitnehmen.«

Er öffnete den Schlag, aber sie schlüpfte aus der Beuge seines Arms.

»Du nimmst Nick und Jordan mit. Wir folgen euch mit dem Coupé.«

Sie trat nahe an Gatsby heran und faßte ihn mit der Hand am Ärmel. Jordan, Tom und ich setzten uns vorne in Gatsbys Wagen. Tom probierte ein wenig an der Schaltung, um sich mit ihr vertraut zu machen, und schon schossen wir in die drückende Hitze hinaus. Die anderen blieben weit zurück und waren bald außer Sicht.

»Hast du das gesehen?« fragte Tom.

»Was?«

Er warf mir einen durchdringenden Blick zu und begriff, daß Jordan und ich längst alles wußten.

»Ihr müßt mich für schön dumm halten!« begann er tastend. »Vielleicht bin ich's auch, aber ich habe einen – ich habe sozusagen das zweite Gesicht, manchmal jedenfalls, und das sagt mir, was ich zu tun habe. Ihr mögt's nicht glauben, aber die Wissenschaft –«

Er unterbrach sich. Das Gefühl, unmittelbar betroffen zu sein, überwältigte ihn und bewahrte ihn davor, sich weiter in theoretische Erörterungen zu verlieren.

»Ich habe eine kleine Untersuchung über diesen Burschen angestellt«, fuhr er fort. »Ich hätte noch tiefer einsteigen können, wenn ich gewußt hätte –«

»Soll das heißen, du warst bei einem Medium?« fragte Jordan humorvoll.

»Was?« Er sah uns verständnislos an; wir lachten.

»Ein Medium?«

»Ja. Wegen Gatsby.«

»Wegen Gatsby? Nein, keine Spur. Ich sagte, ich habe ein wenig Nachforschungen nach seiner Vergangenheit angestellt.«

»Und hast gefunden, daß er in Oxford studiert hat«, ermunterte ihn Jordan.

»In Oxford studiert!« Er war ungläubig. »Nicht die Bohne! Er trägt einen rosa Anzug.«

»Trotzdem hat er in Oxford studiert.«

»Oxford, New Mexico«, schnaubte Tom verächtlich, »oder so was Ähnliches.«

»Hör zu, Tom. Wenn du so hochnäsig bist, warum hast du ihn dann zum Lunch eingeladen?« entgegnete Jordan scharf.

»Daisy hat ihn eingeladen; sie kannte ihn von früher, vor unserer Heirat – weiß Gott, wo sie ihn aufgegabelt hat!«

In der Ernüchterung nach dem starken Bier waren wir jetzt alle reizbar; in dieser Erkenntnis fuhren wir eine Weile schweigend weiter. Als dann Doktor T. J. Eckleburgs verblaßtes Augenpaar vor uns in Sicht kam, erinnerte ich an Gatsbys Warnung wegen des Benzins.

»Wir haben genug bis in die Stadt«, sagte Tom.

»Hier ist aber gerade eine Garage«, wandte Jordan ein. »Bei dieser Bruthitze möchte ich nicht auf der Straße liegenbleiben.«

Tom trat ärgerlich auf die Fußbremse, und wir glitten jäh auf den staubigen Platz unter Wilsons Firmenschild. Nach einer Weile tauchte aus dem Innern des Etablissements der Besitzer auf und blinzelte hohläugig nach dem Wagen.

»Wir müssen tanken!« rief Tom ihm unwirsch zu. »Was glauben Sie, wozu wir angehalten haben – die Aussicht zu genießen?«

»Ich bin krank«, sagte Wilson und rührte sich nicht vom Fleck. »Krank, schon den ganzen Tag.«

»Was ist denn los?«

»Ich bin erledigt.«

»Da soll ich mich wohl selbst bedienen?« fragte Tom. »Am Telefon waren Sie noch ganz gut in Form.«

Wilson raffte sich auf und kam aus dem schützenden Schatten der Haustür hervor. Keuchend schraubte er den Tankverschluß ab. In der hellen Sonne war sein Gesicht ganz grün.

»Ich wollte Sie nicht beim Essen stören«, sagte er. »Aber ich brauche dringend Geld und wollte gern wissen, was nun mit Ihrem alten Wagen wird.«

»Wie gefällt Ihnen denn dieser?« fragte Tom. »Den hab ich vorige Woche gekauft.«

»Ein hübscher gelber«, sagte Wilson, während er sich an der Pumpe abmühte.

»Wollen Sie ihn kaufen?«

»Dickes Geschäft«, lächelte Wilson schwach. »Nein, aber mit dem anderen könnte ich was machen.«

»Wozu brauchen Sie so plötzlich Geld?«

»Ich bin schon zu lange hier. Ich will weg. Meine Frau und ich wollen in den Westen.«

»Das heißt: Ihre Frau will«, rief Tom und war sichtlich verblüfft.

»Sie spricht schon seit zehn Jahren von nichts anderem.« Wilson ruhte sich einen Moment an der Pumpe aus und beschattete seine Augen. »Und jetzt muß sie, ob sie will oder nicht. Ich werde sie schon hier wegbringen.«

Das Coupé blitzte in einer Staubwolke an uns vorbei; man sah flüchtig eine Hand winken.

»Was bin ich schuldig?« fragte Tom barsch.

»Man hat mir vor zwei Tagen eine kuriose Sache hinterbracht«, bemerkte Wilson. »Deshalb will ich fort von hier. Deshalb dränge ich auch so wegen des Wagens.«

»Was bin ich Ihnen schuldig?«

»Einen Dollar zwanzig.«

Die unablässig andrängende Hitze brachte mich ganz durcheinander; ich verlor einen Augenblick die Fassung, bis mir klarwurde, daß sein Verdacht sich bis jetzt noch nicht auf Tom erstreckte. Er hatte lediglich entdeckt, daß Myrtle eine Art Doppelleben führte, abseits von ihm und in einer anderen Welt. Dieser Schock hatte ihn physisch krank gemacht. Ich schaute erst ihn und dann Tom an, der vor kaum einer Stunde eine ganz ähnliche Entdeckung gemacht hatte. Da ging mir auf, daß zwischen Menschen – jenseits aller Verschiedenheiten der Rasse und Intelligenz – nur ein wirklich tiefgreifender Unterschied besteht: der Unterschied zwischen den Kranken und den Gesunden. Wilson war so krank, daß die Krankheit wie eine Schuld auf ihm lag – eine Schuld ohne Vergebung, als hätte er ein armes Mädchen mit einem Kind sitzenlassen.

»Ich werde Ihnen den anderen Wagen überlassen«, sagte Tom. »Ich schicke ihn morgen nachmittag rüber.«

Die ganze Örtlichkeit hatte immer etwas Beunruhigendes, sogar im gleißenden Licht dieses Nachmittags.

Ich wandte den Kopf, als sei ich vor etwas Drohendem in unserem Rücken gewarnt worden. Hoch über den Aschenhalden hielten die gigantischen Augen von Dr. T. J. Eckleburg einsam Wache; dann aber bemerkte ich, daß noch ein anderes Augenpaar, nur sechs Meter entfernt, uns scharf beobachtete.

An einem Fenster über der Garage war die Gardine ein wenig zurückgezogen, und Myrtle Wilson lugte zu unserem Wagen herab. Sie war von dem, was sie sah, so in Anspruch genommen, daß sie nicht einmal merkte, wie ich sie beobachtete. Wie auf einem Foto, das man entwickelt, ein Objekt nach dem anderen deutlich wird, so erschien auf ihrem Gesicht eine Gefühlsregung nach der anderen – eine Ausdrucksskala, die mir seltsam vertraut war. Ich hatte sie oft auf Frauengesichtern gesehen, doch bei Myrtle Wilson erschien mir das grundlos und unverständlich, bis mir klarwurde, daß ihre in eifersüchtigem Entsetzen weit aufgerissenen Augen sich nicht auf Tom hefteten, sondern auf Jordan Baker, die sie für seine Frau hielt.

Keine Bestürzung kommt der gleich, die ein einfaches Gemüt befällt. Als wir abfuhren, schien Tom wie von Angst gepeitscht. Seine Frau und seine Geliebte, bis vor einer Stunde vor jeder Profanierung sicher, waren dabei, ihm zusehends und unheimlich schnell zu entgleiten. Instinktiv trat er stärker auf den Gashebel, einmal, um Daisy einzuholen, und dann, um Wilson möglichst rasch hinter sich zu lassen. Wir sausten mit achtzig Kilometern über den Astoria-Boulevard, bis wir zwischen den spinnenarmigen Strebepfeilern der Hochbahn das langsam fahrende blaue Coupé in Sichtweite hatten.

»In den großen Kinos um die Fünfzigste Straße herum ist es angenehm kühl«, regte Jordan an. »Ich liebe New York an heißen Nachmittagen, wenn es ganz ausgestorben ist. Es hat dann etwas Sinnliches, Überreifes, als fielen einem im nächsten Augenblick allerlei seltsame Früchte in die Hand.«

Durch das Wort ›sinnlich‹ wurde Toms Unruhe nur noch gesteigert, aber ehe ihm eine Entgegnung einfiel, stoppte das Coupé vor uns, und Daisy machte uns ein Zeichen, wir möchten ebenfalls halten.

»Wo wollen wir hin?« rief sie.

»Wie wär's mit einem Kino?«

»Zu heiß«, jammerte sie. »Geht ihr. Wir fahren spazieren und treffen euch später, an irgendeiner Straßenecke.« Sie raffte sich mühsam zu einem Witz auf. »Ich werde zwei Zigaretten im Mund halten; daran erkennt ihr mich.«

»Wir können das hier nicht erörtern«, sagte Tom ungeduldig, als ein Lastwagen hinter uns bösartig hupte. »Ihr fahrt hinter mir her auf die Südseite vom Central Park, gegenüber vom Plaza Hotel.«

Beim Weiterfahren wandte er sich mehrmals um und hielt

nach ihrem Wagen Ausschau; wenn sie an einer Kreuzung aufgehalten wurden, mäßigte er das Tempo, bis sie wieder in Sicht kamen. Ich glaube, er hatte Angst, sie könnten in eine Seitenstraße flitzen und für immer aus seinem Leben entschwinden.

Das taten sie indessen nicht. Noch unbegreiflicher war es, daß wir gemeinsam auf die Idee verfielen, uns im Plaza Hotel den Salon eines Apartments reservieren zu lassen.

Von der heftigen und langwierigen Auseinandersetzung, die damit endete, daß wir uns in diesem Raum eingesperrt fanden, weiß ich nicht mehr viel, aber ich spüre heute noch physisch, wir mir dabei das Hemd feucht und glitschig den Leib höher und höher kroch und wie mir in regelmäßigen Abständen Schweißtropfen kühl über den Rücken liefen. Es fing jedenfalls damit an, daß Daisy anregte, fünf Badezimmer zu mieten und kalte Duschen zu nehmen. Dann kamen wir mit dem Vorschlag, ›irgendwo einen Pfefferminz zu trinken‹, der Sache schon näher. Wir redeten alle gleichzeitig auf einen verdutzten Empfangschef ein und glaubten – oder vielmehr taten so, als seien wir sehr komisch . . .

Der Raum war groß, aber stickig, und obwohl es mittlerweile schon vier Uhr war, drang beim Öffnen der Fenster lediglich ein Glutschwall aus den Sträuchern des Parks herein. Daisy trat vor den Spiegel und richtete, mit dem Rücken zu uns, ihr Haar.

»Sehr vornehm hier«, flüsterte Jordan respektvoll, und wir lachten.

»Macht noch ein Fenster auf«, befahl Daisy, ohne sich umzuwenden.

»Sind keine mehr da.«

»Dann sollten wir lieber eine Axt kommen lassen –«

»Es kommt nur darauf an, nicht an die Hitze zu denken«, sagte Tom zurechtweisend. »Du machst es zehnmal schlimmer, wenn du immer darauf herumreitest.«

Er wickelte die Whiskyflasche aus dem Handtuch und stellte sie auf den Tisch.

»Lassen Sie sie, alter Junge«, bemerkte Gatsby. »Sie waren es doch, der unbedingt in die Stadt wollte.«

Einen Augenblick herrschte Schweigen. Das Telefonbuch löste sich von dem Nagel, an dem es hing, und klatschte auf den Fußboden, woraufhin Jordan wisperte: »Entschuldigt meine Ungeschicklichkeit« – aber jetzt lachte niemand.

»Ich werd's aufheben«, bot ich mich an.

»Hab's schon.« Gatsby untersuchte die zerrissene Schnur, machte interessiert ›Hm!‹ und warf das Buch auf einen Stuhl.

»Ist wohl Ihr Lieblingsausdruck, wie?« sagte Tom scharf.

»Was?«

»Dieses ganze Getue mit ›alter Junge‹. Wo haben Sie das eigentlich aufgeschnappt?«

»Jetzt hör einmal zu, Tom«, sagte Daisy und wandte sich vom Spiegel um, »wenn du hier anzüglich werden willst, bleibe ich keinen Augenblick länger. Ruf mal unten an und laß Eis kommen für unseren Drink.«

Als Tom den Hörer aufnahm, machte die drückende Schwüle sich in Tönen Luft, und wir lauschten den pomphaften Klängen von Mendelssohns Hochzeitsmarsch aus dem Tanzsaal unter uns.

»Man stelle sich vor, bei dieser Hitze zu heiraten!« rief Jordan gequält.

»Warte mal – ich habe Mitte Juni geheiratet«, erinnerte sich Daisy, »Louisiana im Juni! Einer wurde ohnmächtig. Wer war es doch, Tom?«

»Biloxi«, antwortete er kurz.

»Ein Mann, der Biloxi hieß. ›Blocks‹ Biloxi, und machte ausgerechnet Büchsen – Tatsache – und er stammte obendrein aus Biloxi in Tennessee.«

»Man brachte ihn zu uns«, fiel nun Jordan ein, »weil wir nur zwei Häuser von der Kirche entfernt wohnten. Und er blieb ganze drei Wochen, bis Papa ihn höflich hinauswarf. Am Tag nach seiner Abreise starb Papa.« Und im nächsten Moment fügte sie hinzu: »Natürlich bestand keinerlei Kausalzusammenhang.«

»Ich habe einmal einen Bill Biloxi aus Memphis gekannt«, bemerkte ich.

»Das war ein Vetter von ihm. Bis zu seiner Abreise kannte ich seine ganze Familiengeschichte. Er schenkte mir einen Golfschläger aus Aluminium, den ich noch heute manchmal benutze.«

Die Musik hatte sich gelegt, als unten die Trauungszeremonie begann, und jetzt hörten wir durchs Fenster langgezogene Hochrufe, gefolgt von weiteren Begeisterungsausbrüchen; dann setzte der Jazz ein, und man begann zu tanzen.

»Wir werden alt«, sagte Daisy. »Wenn wir uns jung fühlten, würden wir jetzt aufstehen und ebenfalls tanzen.«

»Denk an Biloxi«, warnte Jordan. »Woher kanntest du ihn eigentlich, Tom?«

»Biloxi?« Er dachte angestrengt nach. »Ich kannte ihn nicht. Er war einer von Daisys Freunden.«

»Das war er nicht«, leugnete sie ab. »Ich hatte ihn nie zuvor gesehen. Er kam mit euch in einem der Salonwagen.«

»So, er sagte aber, er kenne dich. Er behauptete, in Louisville aufgewachsen zu sein. Asa Bird brachte ihn im letzten Augenblick an und fragte, ob wir ihn noch gebrauchen könnten.«

Jordan lächelte.

»Wahrscheinlich war er auf der Heimreise irgendwo hängengeblieben. Er sagte mir, er sei Präsident eures Jahrgangs in Yale gewesen.«

Tom und ich sahen uns verdutzt an.

»Biloxi?«

»Erstens gab es bei uns überhaupt keinen Präsidenten –«

Gatsby vollführte einen kurzen nervösen Trommelwirbel mit dem Fuß, und Tom sah ihn plötzlich scharf an.

»Apropos, Mr. Gatsby – wie ich höre, haben Sie in Oxford studiert.«

»Nicht durchaus.«

»Doch, ich denke, Sie waren in Oxford.«

»Ja – ich war dort.«

Pause. Dann wieder Toms Stimme, ungläubig und beleidigend:

»Sie haben wohl ebenso viel von Oxford gesehen wie Biloxi von Yale?«

Wieder eine Pause. Ein Kellner klopfte an und brachte zerstampftes Pfefferminz und Eis herein, aber das Schweigen währte noch fort, nachdem er sein ›Thank you‹ gemurmelt und die Tür leise hinter sich geschlossen hatte. Das biographische Detail hatte erschreckliches Gewicht bekommen und harrte weiter der Klärung.

»Ich sagte Ihnen ja, daß ich dort war«, sagte Gatsby.

»Ich hab's gehört, aber ich wüßte gern, wann?«

»Das war 1919. Ich blieb nur fünf Monate, und darum eben kann ich mich nicht als Oxford-Mann bezeichnen.«

Tom blickte reihum, um sich zu vergewissern, ob wir seinen Unglauben teilten. Aber wir hingen alle mit den Augen an Gatsby.

»Es war eine Vergünstigung, die einigen Offizieren nach dem Waffenstillstand geboten wurde«, fuhr er fort. »Wir konnten uns eine Universität aussuchen, in England oder in Frankreich.«

Ich wäre gern aufgestanden und hätte ihm auf die Schulter geklopft. Mich überkam, wie ich es schon einmal erlebt hatte, eine neue Welle rückhaltlosen Vertrauens zu ihm.

Daisy erhob sich, matt lächelnd, und ging an den Tisch.

»Mach den Whisky auf, Tom«, befahl sie, »und dann werde ich euch einen Pfefferminz-Drink mixen. Dann kommt ihr euch nicht mehr so blöde vor ... Hier ist das Pfefferminz!«

»Moment noch«, schnappte Tom ein, »ich möchte Mr. Gatsby noch eine Frage stellen.«

»Bitte«, sagte Gatsby höflich.

»Was für eine Art Skandal wollen Sie eigentlich in meinem Hause anrichten?«

Jetzt kämpften sie endlich mit offenem Visier, und Gatsby war das nur recht.

»Er macht keinen Skandal.« Daisy blickte verzweifelt vom

einen zum anderen. »Du machst einen Skandal. Bitte nimm dich etwas zusammen.«

»Zusammennehmen!« wiederholte Tom ungläubig. »Das ist wohl das Letzte, die Hände im Schoß zuzusehen, wie irgendein hergelaufener Herr Soundso von Sonstwoher mit meiner eigenen Frau ein Verhältnis anfängt. Wenn du das meinst, dann bist du bei mir an den Falschen geraten ... Heutzutage rümpfen die Leute über Familienleben und Familiensitten die Nase, und als nächstes werden sie alles in den Schmutz treten und Mischehen zwischen Schwarz und Weiß dulden.«

Geschwellt von seinem rhetorischen Ausbruch, sah er sich wohl schon als einsamen Kämpfer auf der letzten Barrikade der Zivilisation.

»Soweit ich sehe, sind wir hier alle Weiße«, murmelte Jordan.

»Ich weiß, ich bin nicht sehr beliebt. Ich gebe keine großen Gesellschaften. Wahrscheinlich müssen Sie Ihr Haus in einen Saustall verwandeln, damit überhaupt jemand zu Ihnen kommt – in dieser ›modernen‹ Welt.«

Wütend wie ich war, wie wir alle waren, mußte ich mir jedesmal das Lachen verbeißen, wenn er den Mund öffnete. Der Wechsel vom Wüstling zum Tugendbold war einfach perfekt.

»Jetzt muß ich Ihnen einmal etwas sagen, alter Junge«, begann Gatsby, aber Daisy ahnte, was er vorhatte.

»Bitte nicht!« unterbrach sie hilflos. »Bitte laßt uns nach Hause gehen. Warum gehen wir nicht alle nach Hause?«

»Ausgezeichnete Idee.« Ich stand auf. »Komm, Tom. Etwas zu trinken will ohnehin keiner.«

»Ich möchte hören, was Mr. Gatsby mir zu sagen hat.«

»Ihre Frau liebt Sie nicht«, sagte Gatsby. »Sie hat Sie nie geliebt. Sie liebt mich.«

»Sie sind wohl verrückt!« rief Tom unwillkürlich aus.

Gatsby sprang auf; er bebte vor Erregung.

»Sie hat Sie nie geliebt, hören Sie?« schrie er. »Sie hat Sie nur geheiratet, weil ich arm war und weil sie es satt hatte, auf mich zu warten. Es war ein entsetzlicher Irrtum, aber in ihrem Herzen liebte sie keinen anderen als mich!«

Als die Sache bis zu diesem Punkt gediehen war, machten Jordan und ich Anstalten zu gehen, doch Tom und Gatsby, der eine noch energischer als der andere, bestanden darauf, daß wir blieben – als habe keiner von beiden etwas zu verbergen und als sei es geradezu unser Vorrecht, Zeugen ihres Gefühlslebens zu werden.

»Setz dich hin, Daisy.« Tom suchte vergeblich einen väterlich überlegenen Ton zu treffen. »Was ist nun eigentlich los? Ich möchte alles wissen.«

»Ich sage Ihnen ja, was los ist«, sagte Gatsby, »was los ist seit fünf Jahren – und Sie hatten keine Ahnung.«

Tom wandte sich mit einem Ruck an Daisy.

»Du triffst dich mit diesem Burschen seit fünf Jahren?«

»Nein«, sagte Gatsby. »Treffen konnten wir uns nicht. Aber wir haben uns während dieser ganzen Zeit geliebt, alter Junge, und Sie wußten es nicht. Ich mußte manchmal lachen« – aber er lachte jetzt durchaus nicht –, »wenn ich mir vorstellte, daß Sie überhaupt nichts wußten.«

»Wenn's weiter nichts ist.« Tom lehnte sich im Sessel zurück und faltete die Hände wie ein Pfarrer.

»Sie sind wohl wahnsinnig«, brach er dann los. »Was sich vor fünf Jahren zugetragen hat – darüber kann ich nichts sagen, weil ich Daisy damals noch nicht kannte, aber ich will verdammt sein, wenn ich mir vorstellen könnte, wie Sie auch nur von ferne in Daisys Gesichtskreis gelangt sein sollten, es sei denn, Sie hatten am Lieferanteneingang etwas abzugeben. Alles weitere aber ist eine gottverdammte Lüge. Daisy liebte mich, als sie mich heiratete, und sie liebt mich auch jetzt noch.«

»Nein«, sagte Gatsby und schüttelte den Kopf.

»Doch, sie liebt mich. Das einzige ist, daß sie manchmal auf verrückte Ideen kommt und dann nicht weiß, was sie tut.« Er nickte weise. »Und was wichtiger ist: ich liebe Daisy ebenfalls. Von Zeit zu Zeit mache ich einen Seitensprung oder stelle sonstwas Dummes an, doch ich komme jedesmal zurück und liebe sie unbeirrbar in meinem Herzen.«

»Du bist unverschämt«, sagte Daisy. Sie wandte sich zu mir, und ihre Stimme, jetzt eine Oktave tiefer, bebte vor Zorn: »Weißt du, Nick, weshalb wir aus Chikago weggingen? Es sollte mich überraschen, wenn man dir nicht längst die Geschichte jenes ›Seitensprungs‹ serviert hätte.«

Gatsby ging zu ihr hinüber und stellte sich neben sie.

»Daisy, das liegt nun alles hinter Ihnen«, sagte er ernst. »Das spielt gar keine Rolle mehr. Nur, sagen Sie ihm die Wahrheit – daß Sie ihn nie geliebt haben –, und schon ist alles weggewischt für immer.«

Sie sah ihn aus blinden Augen an. »Wirklich, wie konnte ich ihn nur lieben?«

»Sie haben ihn nie geliebt.«

Sie zögerte. Ihre Augen suchten Jordan und mich und erflehten gleichsam unseren Beistand, als komme ihr jetzt erst zum Bewußtsein, was sie tue, und als habe sie das alles von Anfang an überhaupt nicht gewollt. Aber nun war es geschehen. Es war zu spät.

»Ich habe ihn nie geliebt«, sagte sie mit fühlbarem Widerstreben.

»Nicht in Kapiolani?« fragte Tom plötzlich.

»Nein.«

Aus dem Tanzsaal unter uns stiegen mit der heißen Luft gedämpfte, abgerissene Klänge zu uns herauf.

»Auch nicht damals, als ich dich von der ›Punsch-Bowle‹ heruntertrug, damit du keine nassen Füße bekämst?« Seine Stimme klang heiser vor Zärtlichkeit. ... »Daisy?«

»Bitte laß das.« Ihre Stimme war kalt, aber der Groll war aus ihr gewichen. Sie blickte auf Gatsby. »Da haben Sie's, Jay«, sagte sie, aber ihre Hand zitterte, als sie sich eine Zigarette anzünden wollte. Plötzlich warf sie die Zigarette und das brennende Streichholz auf den Teppich.

»Oh, Sie verlangen zuviel!« rief sie jammernd. »Ich liebe Sie – ist Ihnen das nicht genug? Für das, was gewesen ist, kann ich doch nichts.« Sie begann hilflos zu schluchzen. »Ich habe ihn einmal geliebt – aber Sie liebte ich auch.«

Gatsbys Lider hoben und senkten sich.

»Sie liebten mich *auch*?« wiederholte er.

»Selbst das ist gelogen«, sagte Tom roh. »Sie wußte nicht mal, daß Sie noch lebten. Wozu auch – zwischen Daisy und mir gibt es Dinge, von denen Sie nie erfahren werden, Dinge, die uns beiden für immer unvergeßlich sind.«

Die Worte schienen Gatsby einen physischen Schmerz zu bereiten.

»Ich möchte mit Daisy allein sprechen«, erklärte er verbissen. »Sie ist jetzt zu aufgeregt –«

»Selbst dann könnte ich nicht sagen, daß ich Tom nie geliebt hätte«, gestand sie kleinlaut. »Ich müßte lügen.«

»Natürlich«, beeilte sich Tom zuzustimmen.

Sie wandte sich ihrem Mann zu.

»Als wenn dir überhaupt daran läge«, sagte sie.

»Selbstverständlich liegt mir daran. Ich werde mich von nun an mehr um dich kümmern.«

»Sie begreifen nicht«, sagte Gatsby, aber es klang unsicher. »Sie werden sich überhaupt nicht mehr um sie zu kümmern haben.«

»So?« Tom riß die Augen weit auf und lachte. Er hatte sich jetzt wieder in der Gewalt. »Wie das?«

»Daisy wird Sie verlassen.«

»Unsinn.«

»Doch, das werde ich«, sagte sie mit sichtlicher Anstrengung.

»Sie wird mich nicht verlassen!« Toms Worte hagelten plötzlich schwer auf Gatsby nieder. »Schon gar nicht einem notorischen Schwindler zuliebe, der ihr nicht einmal einen Ring anstecken könnte, ohne ihn zu stehlen.«

»Ich halte das nicht mehr aus!« schrie Daisy auf. »Bitte, bitte, laßt uns endlich gehen.«

»Wer sind Sie denn überhaupt?« legte Tom los. »Sie gehören zu diesem Klüngel um Meyer Wolfsheim – ich weiß darüber zufällig Bescheid. Ich habe ein wenig nachgeforscht, was Sie so treiben – und schon morgen werde ich noch mehr darüber wissen.«

»Da sollten Sie lieber bei sich selber anfangen, alter Junge«, sagte Gatsby gleichmütig.

»Ich weiß jetzt, was hinter Ihren ›Drugstores‹ steckt.« Tom wandte sich an uns, und seine Worte überstürzten sich. »Er und dieser Wolfsheim haben eine Reihe kleiner Drugstores in Nebenstraßen aufgekauft, hier und in Chikago, und dann verkauften sie Getreideschnaps unter dem Ladentisch. Das ist nur einer seiner kleinen Tricks. Ich habe ihn von Anfang an für einen Alkoholschmuggler genommen und hatte damit nicht ganz unrecht.«

»Und was ist dabei?« sagte Gatsby höflich. »Ihr Freund Walter Chase hielt es nicht für unter seiner Würde mitzumachen.«

»Und Sie haben ihn in der Patsche sitzenlassen, nicht wahr? Sie ließen ihn für einen Monat drüben in New Jersey ins Kittchen gehen. Mein Gott, Sie sollten mal hören, wie Walter über Sie spricht.«

»Er kam völlig erledigt zu uns, alter Junge, und war nur zu froh, etwas Geld machen zu können.«

»Ich verbitte mir Ihr ›alter Junge‹!« brüllte Tom.

Gatsby sagte nichts. »Walter könnte Sie auch wegen der Wettbestimmungen auffliegen lassen, aber Wolfsheim hat ihn eingeschüchtert, daß er den Mund hielt.«

Wieder kam jener befremdliche Ausdruck in Gatsbys Gesicht, den ich schon kannte.

»Dieses Drugstore-Geschäft war aber nur Kleingeld für Sie«, fuhr Tom ruhiger fort, »inzwischen haben Sie etwas angekurbelt, wovon selbst Walter mir nichts sagen will, weil er Angst hat.«

Ich schielte zu Daisy, die voll Entsetzen zwischen beiden hin und her blickte, und zu Jordan, die auf ihre bekannte Art das Kinn anhob und damit beschäftigt schien, einen unsichtbaren Gegenstand zu balancieren. Dann wandte ich mich wieder Gatsby zu und war entsetzt über seinen Gesichtsausdruck. Er sah aus – und das sage ich mit allem Abscheu vor dem verleumderischen Geschwätz, das in seinen Gärten umging –, er sah aus, als habe er einmal ›einen umgebracht‹. Nur mit dieser ungeheuerlichen Wendung läßt sich ausdrücken, was auf seinem Gesicht vorging.

Das währte nur einen Augenblick, dann begann er aufgeregt auf Daisy einzureden, leugnete alles ab, suchte seinen Namen von Anschuldigungen reinzuwaschen, die niemand erhoben hatte. Doch mit jedem seiner Worte zog sie sich mehr und mehr in sich zurück. So gab er es auf, nur sein abgewürgter Traum setzte im davongleitenden Nachmittag seinen Todeskampf fort, versuchte zu berühren, was ihm schon entzogen war, und rang unselig und verzweifelt mit Daisys Stimme, die sich im Raum verlor.

Diese Stimme bat erneut, daß wir gingen.

»Bitte, Tom! Ich halte das nicht mehr aus.«

Ihren verschreckten Augen sah man an, daß ihr ganzer Mut und alles, wozu sie sich stark gefühlt hatte, endgültig zusammengebrochen war.

»Ihr beiden, Daisy, fahrt jetzt nach Hause«, sagte Tom. »In Mr. Gatsbys Wagen.«

Sie sah Tom entsetzt an, aber er bestand darauf mit einer Mischung aus Großmut und Verachtung.

»Fahr nur. Er wird dich nicht mehr quälen. Ich denke, es ist ihm klargeworden, daß es mit dem kleinen Flirt, den er sich angemaßt hatte, vorbei ist.«

Sie waren ohne ein Wort gegangen, ausgemerzt und zur Bedeutungslosigkeit verurteilt; sie waren völlig isoliert und, wie abgetretene Geister, nicht einmal mehr für unser Mitgefühl erreichbar.

Nach einer kleinen Weile stand Tom auf und begann, die ungeöffnete Flasche Whisky wieder in das Handtuch zu wickeln.

»Will noch jemand von dem Zeug? Jordan?... Nick?« Ich reagierte nicht.

»Nick?« fragte er nochmals.

»Was?«

»Willst du etwas davon?«

»Nein ... Mir fiel nur gerade ein, daß ich heute Geburtstag habe.«

Ich war dreißig. Vor mir lag zukunftsträchtig und drohend ein neues Jahrzehnt meines Lebens.

Es war sieben Uhr, als wir mit Tom in das blaue Coupé stiegen und nach Long Island starteten. Er sprach unaufhörlich, lachte und genoß seinen Triumph, aber was er sagte, berührte Jordan und mich so wenig wie das ferne Getriebe auf dem Gehsteig oder der Lärm der Hochbahn über unseren Köpfen. Auch die menschliche Sympathie hat ihre Grenzen, und uns lag nur daran, zugleich mit den Lichtern der City auch den theatralischen Disput dieses Nachmittags hinter uns zu lassen. Dreißig – das bedeutete ein Jahrzehnt der Einsamkeit, bedeutete, daß die Männerfreundschaften dünner gesät waren, daß das Portefeuille der freudigen Erwartungen dünner und das Haar auf dem Kopf dünner wurde. Aber ich hatte Jordan neben mir, die, anders als Daisy, viel zu klug war, um längst vergessene Träume in ein neues Lebensalter hinüberzuschleppen. Als wir über die dunkle Brücke fuhren, sank ihr bleiches Gesicht müde an meine Schulter, und der fürchterliche Schock meiner dreißig Jahre verging unter dem beruhigenden Druck ihrer Hand.

So fuhren wir in der Dämmerkühle weiter unsere Straße, dem Tod entgegen ...

Der junge Grieche, Mavromichaelis, dem die Kaffeestube am Fuß der Aschenberge gehörte, war der Hauptzeuge bei der Aufnahme des Tatbestands. Er hatte den heißen Mittag über geschlafen bis nach fünf, als er zur Garage hinüberschlenderte und George Wilson krank in seinem Büro fand – wirklich krank, so bleich wie sein bleiches Haar und an allen Gliedern schlotternd. Michaelis riet ihm dringend, sich zu Bett zu legen, aber Wilson weigerte sich, weil ihm dann, wie er sagte, viele gute Geschäfte entgehen würden. Während sein Nachbar ihn noch zu überreden versuchte, gab es über ihren Köpfen einen gewaltigen Lärm.

»Ich habe meine Frau oben eingesperrt«, erklärte Wilson ruhig. »Sie kommt bis übermorgen nicht heraus, und dann gehen wir von hier weg.«

Michaelis war starr vor Staunen; sie wohnten nun vier Jahre Haus an Haus, aber er hätte Wilson nie und nimmer eine solche Erklärung zugetraut. In seinem ganzen Gehabe war Wilson ein verbrauchter Mann; wenn er nicht gerade arbeitete, saß er auf einem Stuhl unter seinem Torweg und starrte dumpf auf die Leute und auf die Autos, die des Weges kamen. Wenn ihn jemand ansprach, machte er ein freundliches Gesicht und setzte ein stereotypes, mattes Lächeln auf. Er war der Mann seiner Frau und nicht sein eigener Herr.

So versuchte denn Michaelis herauszubekommen, was da vorging, aber Wilson sagte kein Wort weiter darüber, sondern begann, seinen Besucher neugierig und argwöhnisch zu beäugen, und fragte ihn aus, wo er an dem oder jenem Tag zu der und der Stunde gewesen sei. Michaelis fing schon an, sich unbehaglich zu fühlen; da kam ein Arbeiter an der Tür vorbei, der in sein Restaurant wollte. So benutzte er die Gelegenheit wegzukommen und nahm sich vor, später wieder nachzuschauen. Aber er kam nicht dazu; vermutlich vergaß er es einfach. Kurz nach sieben, als er herauskam, fiel ihm die Unterredung wieder ein, denn er hörte Mrs. Wilsons Stimme laut und keifend unten in der Garage.

»Schlag mich doch!« hörte er sie schreien. »Wirf mich nieder und schlag mich, du dreckiger Feigling!«

Im nächsten Augenblick stürzte sie, brüllend und mit den Händen fuchtelnd, hinaus auf die halbdunkle Straße – und ehe Michaelis auch nur eine Bewegung machen konnte, war schon alles vorbei.

Das ›Todes-Auto‹, wie die Zeitungen es am nächsten Tag nannten, hielt nicht an; es tauchte aus der zunehmenden Dunkelheit auf, geriet einen Augenblick dramatisch ins

Schleudern und verschwand dann hinter der nächsten Kurve. Mavromichaelis war sich seiner Farbe nicht einmal sicher – dem ersten Schutzmann sagte er bei der Vernehmung, es sei hellgrün gewesen. Das andere Auto, das nach New York fuhr, kam hundert Meter weiter zum Stehen. Sein Fahrer rannte zurück bis zu der Stelle, wo Myrtle Wilson auf den Knien lag und ihr dickes, dunkelrotes Blut mit dem grauen Straßenstaub mischte. Ihr Leben war mit einem einzigen heftigen Schlage ausgelöscht worden.

Michaelis und der Fahrer waren zuerst bei ihr, aber als sie ihr das schweißfeuchte Hemd aufrissen, sahen sie, daß ihre linke Brust wie ein loser Fleischlappen herunterhing und daß es vergeblich war, darunter nach Herzschlägen zu lauschen. Ihr Mund stand weit offen und war an den Seiten etwas ausgefranst, als hätte sie nur röchelnd ihre so lange gestaute, erschreckende Lebenskraft ausgehaucht.

Schon aus einiger Entfernung erblickten wir die drei oder vier Autos und die Menge, die sich angesammelt hatte.

»Karambolage!« sagte Tom. »Gut. Da hat wenigstens Wilson eine kleine Einnahme.«

Er verlangsamte die Fahrt, hatte aber nicht die Absicht zu stoppen, bis ihn, im Näherkommen, die schweigenden und ernsten Gesichter der Leute in der Garageneinfahrt veranlaßten, automatisch auf die Bremse zu treten.

»Mal eben hineinschauen«, sagte er unschlüssig, »nur mal eben.«

Jetzt wurde mir bewußt, daß aus der Garage unablässig ein schauerlich hohles Jammern zu hören war, das sich, als wir ausstiegen und auf das Tor zugingen, zu einem wieder und wieder keuchend hervorgestoßenen ›Oh, mein Gott, mein Gott‹ verdeutlichte.

»Da hat's was Schlimmes gegeben«, sagte Tom erregt. Er stellte sich auf die Zehenspitzen und lugte über die Köpfe hinweg in die Garage, die von einer gelben, in einem Drahtkorb an der Decke schaukelnden Birne nur schwach erleuchtet war. Dann gab er einen heiseren Laut von sich und bahnte sich, heftig mit den Armen rudernd, einen Weg durch die Menge.

Mit einem Murmeln der Entrüstung schloß sich der Kreis wieder, ehe ich noch sehen konnte, was vorging. Dann stießen Neuankömmlinge nach, die Menge geriet wieder in Bewegung, und mit diesem Schub sahen Jordan und ich uns plötzlich ins Innere des Kreises geschoben.

Myrtle Wilsons Leichnam, in doppelte Bettücher gehüllt, als müsse sie in der heißen Nacht vor Erkältung geschützt werden, lag auf einer Werkbank an der Mauer, und Tom stand, mit dem Rücken zu uns, reglos über sie gebeugt. Neben ihm stand ein Schutzmann von einer Motorstreife und stellte schwitzend und umständlich die Namen fest, die er in ein kleines Buch schrieb. Zuerst konnte ich nicht ausmachen, woher die stöhnenden Jammerlaute kamen, die in der leeren Garage schauerlich widerhallten – dann erblickte ich Wilson. Er stand, hin- und herschwankend, auf der Schwelle seines Büros und hielt sich mit beiden Händen mühsam am Türpfosten aufrecht. Ein Mann sprach leise auf ihn ein und versuchte von Zeit zu Zeit, ihm tröstend die Hand auf die Schulter zu legen, aber Wilson hörte und sah nichts. Seine Augen senkten sich langsam von der flackernden Lampe zu der Werkbank mit ihrer Last und zuckten dann erschreckt wieder empor ins Licht, wobei er unaufhörlich seinen lauten fürchterlichen Ruf ausstieß:

»Oh, mein Gott! Oh, mein Gott! O Gott! Oh, mein Gott!«

Jetzt hob Tom mit einem Ruck den Kopf, starrte mit glasigem Blick um sich und stammelte ein paar abgerissene Worte, die er dem Schutzmann sagen wollte.

»M – a – v –« buchstabierte der Polizist, »– o –«

»Nein, r –« verbesserte der Mann, »M – a – v – r – o –«

»Hören Sie mich an!« begehrte Tom leise auf.

»r«, sagte der Polizist, »o –«

»m –«

»m –« Er blickte auf, als Toms Hand sich hart auf seine Schulter legte. »Was wollen Sie denn?«

»Was ist hier passiert? – das will ich wissen.«

»Von'm Auto überfahren. Sofort tot.«

»Sofort tot«, wiederholte Tom und erstarrte wieder.

»Sie is auf die Straße gerannt. Der Kerl is durch die Lappen, hat nich mal angehalten.«

»Zwei Wagen waren's«, sagte Michaelis, »der eine kam, der andere fuhr, verstehste?«

»Fuhr wohin?« fragte der Schutzmann schlau.

»In jeder Richtung einer. Die da« – seine Hand machte eine halbe Bewegung zu den weißen Laken hin, fiel aber sogleich wieder herab – »sie rannte hier raus, und der von New York fuhr genau in sie hinein; er hatte siebzig oder achtzig drauf.«

»Wie heißt der Ort hier?« mischte sich der Oberwachtmeister von der Streife ein.

»Hat keinen Namen.«

Ein hellhäutiger, gutangezogener Neger trat näher.

»Es war ein gelber Wagen«, sagte er, »'n dicker gelber. Ganz neu.«

»Haben Sie's gesehen?« fragte der Polizist.

»Nein, aber der Wagen überholte mich unten auf der Straße; fuhr über achtzig. Der fuhr neunzig oder hundert.«

»Kommen Sie her und geben Sie Ihren Namen an. Ruhe. Ich will seinen Namen notieren.«

Etwas von dieser Unterhaltung mußte an Wilsons Ohr gedrungen sein. Er stand, immer noch schwankend, in der Tür, und plötzlich artikulierten sich seine Jammerlaute zu neuen Worten:

»Braucht mir niemand zu sagen, was für'n Wagen das war! Ich weiß, was für'n Wagen das war!«

Ich hatte Tom beobachtet und sah jetzt, wie seine Rückenmuskeln sich spannten. Er ging rasch entschlossen zu Wilson, stellte sich vor ihn hin und packte ihn fest an beiden Armen.

»Sie müssen sich zusammennehmen«, begütigte er ihn auf seine rauhe Art.

Wilsons Augen hefteten sich auf Tom; er versuchte sich hoch aufzurichten, wäre aber dabei fast in die Knie gebrochen, wenn Tom ihn nicht gehalten hätte.

»Hören Sie«, sagte Tom und schüttelte ihn leicht. »Ich bin vor einer Minute aus New York gekommen. Ich wollte Ihnen das Coupé bringen, von dem wir gesprochen haben. Der gelbe Wagen, den ich heute nachmittag fuhr, gehört nicht mir – hören Sie? Ich habe ihn den ganzen Nachmittag nicht wiedergesehen.«

Nur der Neger und ich standen nahe genug, um verstehen zu können, aber dem Schutzmann schien etwas daran auffällig; er sah drohend zu uns herüber.

»Was geht da vor?« fragte er.

»Ich bin 'n Freund von ihm.« Tom wandte den Kopf, ohne Wilson loszulassen. »Er behauptet, den Wagen zu kennen ... Es war ein gelber Wagen.«

Irgendeine dunkle Ahnung bewog den Schutzmann zu einem mißtrauischen Blick auf Tom.

»Und welche Farbe hat Ihr Wagen?«

»Ein blauer Wagen, ein Coupé.«

»Wir kommen eben erst von New York«, sagte ich.

Einer, der hinter uns gefahren war, bestätigte das, und der Schutzmann wandte sich wieder ab.

»So, nun laßt mich doch endlich mal die Namen richtig aufschreiben –«

Tom hob Wilson wie eine Puppe hoch und trug ihn ins Büro, wo er ihn auf einen Stuhl setzte. Dann kam er zurück.

»Er braucht Hilfe. Vielleicht fällt es mal jemand ein, sich zu ihm zu setzen«, sagte er in befehlendem Ton.

Er blieb noch, bis die beiden Männer, die am nächsten dabeistanden, einen verlegenen Blick tauschten und unwillig hineingingen. Dann schloß er hinter ihnen die Tür und kam die Stufe in die Garage herab, wobei er es vermied, zu dem Tisch mit der Leiche hinüberzusehen. Dicht bei mir flüsterte er: »Komm, gehen wir.«

Selbstbewußt und herrisch bahnte er uns einen Weg durch

die immer noch anwachsende Menge, und wir drängten uns durch und vorbei an einem hastig ankommenden Arzt mit seinem Köfferchen in der Hand, nach dem man vor einer halben Stunde in kopfloser Angst geschickt hatte.

Tom fuhr langsam, bis wir hinter der Straßenbiegung waren – dann trat er den Gashebel durch, und unser Coupé sauste durch die sinkende Nacht. Einmal hörte ich ein unterdrücktes heiseres Schluchzen und sah, daß sein Gesicht von Tränen überströmt war.

»Der verdammte Schurke!« winselte er. »Nicht einmal angehalten hat er.«

Im dunklen Blätterrauschen der Bäume kam das Haus der Buchanans plötzlich auf uns zu. Tom stoppte hart neben dem Portal und blickte zum ersten Stock hinauf, wo zwei Fenster hell durch das Weinlaub leuchteten.

»Daisy ist zu Hause«, sagte er. Als wir ausstiegen, sah er mich flüchtig stirnrunzelnd an.

»Ich hätte dich in West Egg absetzen sollen, Nick. Heute abend können wir nichts mehr unternehmen.«

Er war wie ausgewechselt; er sprach in gemessenem Ton und mit großer Entschiedenheit. Als wir über den mondbeschienenen Kies zur Haustür gingen, traf er in ein paar knappen Sätzen seine Dispositionen.

»Ich werde nach einem Taxi telefonieren, das dich nach Hause fährt. Inzwischen gehst du mit Jordan besser in die Küche, und dort laßt ihr euch etwas zum Abendessen geben – wenn euch danach ist.« Er schloß die Tür auf. »Kommt rein.«

»Nein, danke. Aber es wäre nett, wenn du mir das Taxi bestelltest. Ich warte draußen.«

Jordan legte ihre Hand auf meinen Arm.

»Wollen Sie nicht hereinkommen, Nick?«

»Nein, danke.«

Ich fühlte mich ein wenig krank und wollte allein sein. Aber Jordan zauderte noch einen Augenblick.

»Es ist erst halb zehn«, sagte sie.

Ich wollte um keinen Preis mit hineingehen. Ich hatte für heute genug von ihnen allen, und das galt in diesem Augenblick auch für Jordan. Sie mußte etwas Derartiges in meinem Ausdruck gespürt haben, denn sie machte plötzlich kehrt und lief die Stufen hinauf ins Haus. Ich setzte mich einige Minuten auf die Treppe, den Kopf in den Händen, bis ich drinnen am Telefon die Stimme des Butlers hörte, der das Taxi bestellte. Dann ging ich langsam vom Hause die Auffahrt hinunter in der Absicht, unten am Tor zu warten.

Ich war noch keine zwanzig Meter gegangen, da hörte ich leise meinen Namen rufen, und Gatsby kam zwischen zwei Büschen hervor. Ich war mittlerweile ziemlich vor den Kopf geschlagen, denn ich dachte weiter nichts als, wie stark sein rosa Anzug im Mondschein leuchtete.

»Was machen Sie denn hier?« fragte ich.

»Ich stehe nur so da, alter Junge.«

Eine hinterhältige Beschäftigung, dachte ich. Denn nach allem, was ich wußte, konnte er nur einen Anschlag auf das Haus vorhaben. Es hätte mich nicht überrascht, wenn hinter ihm die zweifelhaften Gestalten der ›Wolfsheim-Leute‹ aus dem dunklen Gesträuch aufgetaucht wären.

»Haben Sie irgendeinen Auflauf auf der Straße gesehen?« fragte er nach einer Weile.

»Ja.«

Er zögerte. »War sie tot?«

»Ja.«

»Dachte ich mir; ich habe es auch Daisy gleich gesagt. Es war besser, daß sie alles auf einmal erfuhr. Sie hat den Schock leidlich überstanden.«

Er sprach, als sei Daisys Reaktion das einzige, worauf es ankomme.

»Ich bin über Nebenstraßen nach West Egg gelangt«, fuhr er fort, »und habe den Wagen in meine Garage gefahren. Ich hoffe, es hat uns niemand gesehen, aber ich bin natürlich nicht sicher.«

Ich hatte mittlerweile einen solchen Widerwillen gegen ihn,

daß ich es nicht einmal für nötig hielt, ihm die Wahrheit zu sagen.

»Wer war die Frau?« fragte er.

»Sie hieß Wilson. Ihrem Mann gehörte die Garage. Wie zum Teufel kam denn das?«

»Nun, ich versuchte ins Steuer zu fallen –« Er brach ab, und sogleich dämmerte es mir.

»Hat Daisy gefahren?«

»Ja«, sagte er nach einem Augenblick, »aber natürlich werde ich sagen, ich hätte gefahren. Als wir aus New York heraus waren, wissen Sie, war sie sehr nervös und dachte, das Fahren werde sie beruhigen – und jene Frau kam herausgerannt, als wir gerade einem Wagen aus der anderen Richtung begegneten. Es geschah alles in einer Sekunde, aber mir schien, die Frau wollte uns anrufen; sie dachte wohl, wir seien jemand Bekanntes. Nun, zuerst schwenkte Daisy von der Frau weg und auf den anderen Wagen zu; dann verlor sie die Nerven und riß das Steuer herum. In der Sekunde, als ich meine Hand am Steuer hatte, fühlte ich schon den Stoß – sie muß auf der Stelle tot gewesen sein.«

»Sie wurde buchstäblich aufgerissen –«

»Ersparen Sie's mir, alter Junge.« Er zuckte zusammen. »Jedenfalls – Daisy fuhr drauflos. Ich versuchte, sie zum Halten zu bewegen, aber sie konnte nicht, da zog ich die Bremse an. Dann fiel sie zu mir hinüber in meinen Schoß, und ich fuhr weiter.

Morgen wird sie wieder ganz in Ordnung sein«, sagte er jetzt. »Ich warte hier nur, um zu sehen, ob er sie wegen jenes unfreundlichen Auftritts am Nachmittag noch quält und zur Rede stellt. Sie hat sich in ihrem Zimmer eingeschlossen, und wenn er irgendwie brutal werden sollte, knipst sie oben das Licht aus und wieder an.«

»Er würde ihr nichts tun«, sagte ich. »Er denkt augenblicklich gar nicht an sie.«

»Ich trau ihm aber nicht, alter Junge.«

»Wie lange wollen Sie denn hier warten?«

»Die ganze Nacht, wenn's nötig ist. Auf jeden Fall so lange, bis sie alle zu Bett sind.«

Da fiel mir plötzlich etwas Neues ein. Wenn nun Tom erfuhr, daß Daisy am Steuer gesessen hatte? Womöglich erblickte er darin einen tieferen Zusammenhang und konnte auf die tollsten Gedanken kommen. Ich blickte zum Haus hinüber. Im Erdgeschoß waren zwei oder drei Fenster hell erleuchtet, und oben sah man das rosige Licht aus Daisys Zimmer.

»Sie bleiben hier«, sagte ich. »Ich will sehen, ob sich drinnen irgendeine Unruhe feststellen läßt.«

Ich ging längs der Rasenkante zurück, überschritt leise den Kiesweg und ging auf den Zehenspitzen die Stufen zur Veranda hinauf. Die Vorhänge im Wohnzimmer waren zurückgezogen; ich sah, daß niemand im Zimmer war. Ich ging weiter über die Veranda, auf der wir vor zwei Monaten zu Abend gegessen hatten, und kam an ein kleines erleuchtetes Fenster, hinter dem ich die Anrichte vermutete. Der Vorhang war zugezogen, ließ aber unten am Fensterbrett einen schmalen Spalt.

Daisy und Tom saßen am Küchentisch einander gegenüber, zwischen sich eine Platte mit kaltem Geflügel und zwei Flaschen Ale. Er sprach über den Tisch hinweg eindringlich auf sie ein, und im Eifer des Gesprächs war seine Hand herabgefallen und hatte sich über ihre gelegt. Hin und wieder blickte sie zu ihm auf und nickte wie im Einverständnis mit ihm.

Sie machten keinen glücklichen Eindruck – keiner von beiden hatte das Essen oder das Bier angerührt –, und doch schienen sie auch nicht unglücklich zu sein. Sie boten unverkennbar das Bild einer natürlichen Vertrautheit miteinander, und wer sie so sah, hätte geschworen, daß sie gemeinsam etwas ausheckten.

Als ich mich von der Veranda schlich, hörte ich mein Taxi, das auf der dunklen Straße die Einfahrt suchte. Gatsby wartete an derselben Stelle, an der ich ihn zurückgelassen hatte.

»Ist oben alles ruhig?« fragte er besorgt.

»Ja, alles ruhig.« Ich zögerte. »Sie kämen besser mit nach Hause und legten sich schlafen.«

Er schüttelte den Kopf.

»Ich möchte hier warten, bis Daisy zu Bett geht, alter Junge.«

Er steckte die Hände in seine Rocktaschen und wandte sich wieder eifrig der Bewachung des Hauses zu, als störe ihn meine Gegenwart nur bei dieser heiligen Aufgabe. So ging ich denn hinweg und ließ ihn dort im Mondschein bei seiner Nachtwache über dem baren Nichts.

VIII

Ich konnte die ganze Nacht nicht schlafen; ein Nebelhorn tutete unablässig auf dem Sund, und ich fühlte mich halb krank, hin- und hergeworfen zwischen einer entstellten Wirklichkeit und wilden Angstträumen. Es dämmerte noch nicht, da hörte ich, wie ein Taxi zu Gatsbys Haus einbog. Sogleich sprang ich aus dem Bett und zog mich an. Mir war klar, daß ich ihm etwas Wichtiges mitzuteilen, ihn vor etwas zu warnen hatte, denn am Morgen würde es dazu zu spät sein.

Als ich über den Rasen kam, sah ich, daß die Haustür offen stand. Er selbst lehnte in der Halle über einem Tisch, völlig übermüdet oder in einem Zustand tiefster Niedergeschlagenheit.

»Es hat sich nichts ereignet«, sagte er schwach. »Ich habe gewartet und gewartet; gegen vier trat sie ans Fenster und stand dort eine kurze Weile, dann schaltete sie das Licht aus.«

Sein Haus war mir nie so riesig vorgekommen wie in dieser Nacht, als wir uns in den weitläufigen Räumen auf die Zigarettensuche machten. Wir schoben Vorhänge beiseite, die so schwer wie Zeltpavillons waren; wir tasteten uns kilometerweit an der Wand entlang, um den Lichtschalter zu finden, und einmal fiel ich mit einem Plumps auf die Tasten eines geisterhaften Klaviers. Überall lag fingerdick der Staub; die Zimmer waren muffig, als seien sie tagelang nicht gelüftet worden. Auf irgendeinem unmöglichen Platz fand ich endlich das Zigarettenetui und darin zwei alte, halbvertrocknete Zigaretten. Wir stießen die hohen Fenster im Wohnzimmer auf, setzten uns und rauchten in das Dunkel hinaus.

»Sie sollten verreisen«, sagte ich. »Es ist so gut wie sicher, daß man Ihren Wagen ausfindig machen wird.«

»Verreisen, jetzt verreisen, alter Junge?«

»Fahren Sie eine Woche nach Atlantic City oder hinauf nach Montreal.«

Er wollte davon nichts wissen. Unmöglich könne er Daisy verlassen, ohne ihre weiteren Entschlüsse abzuwarten. Er klammerte sich an eine letzte Hoffnung, und ich brachte es nicht über mich, ihn davon loszureißen.

In dieser Nacht erzählte er mir die merkwürdige Geschichte seiner Jugend mit Dan Cody – erzählte sie mir, weil jener ›Jay Gatsby‹ wie ein gläsernes Gebilde an dem harten bösen Willen von Tom zerbrochen war und die ganze seltsame Geheimnistuerei ein Ende hatte. Ich glaube, er hätte jetzt alles rückhaltlos gestanden, aber er hatte das Bedürfnis, von Daisy zu sprechen.

Sie war das erste ›feine‹ Mädchen, das er kennengelernt hatte. Bei verschiedenen Gelegenheiten, über die er sich nicht näher ausließ, war er schon mit solchen feinen Leuten in Kontakt gekommen, jedoch immer mit einem unsichtbaren Stacheldraht dazwischen. Er fand sie aufregend und begehrenswert. Er machte in ihrem Hause Besuch, zuerst mit anderen Offizieren vom Camp Taylor, später auch allein. Es überwältigte ihn – er war noch nie in einem so vornehmen und schönen Haus gewesen. Die atembeklemmende Spannung aber lag in der Tatsache, daß Daisy dort wohnte und sich darin ebenso selbstverständlich bewegte wie er in seinem Zelt draußen im Lager. Dieses Haus war für ihn ein schwellendes Geheimnis. Er stellte sich im Obergeschoß Schlafzimmer vor, so prächtig und kühl, wie es sie anderswo nicht gab, und auf den Gängen ein heiteres, ausgelassenes Treiben und Liebesaffären ohne abgestandenen Lavendelduft, sondern frisch und beschwingt im Stil der neuesten farbenfrohen Automodelle und der neuesten Tänze, deren Blumen noch kaum verblüht waren. Er fand es sogar aufregend, daß schon viele Männer sich in Daisy verliebt hatten; sie gewann dadurch nur in seinen Augen. Überall im Hause spürte er die Gegenwart, die sich der Luft als Schatten und Echo nachzitternder Erregung mitteilte.

Aber er war sich darüber klar, daß er den Zutritt zu Daisys Haus nur einem ungeheuren Zufall verdankte. Seine Zukunft als Jay Gatsby mochte noch so glänzend sein, im Augenblick war er ein junger Mann ohne Vergangenheit und ohne einen Pfennig; jeden Moment konnte der unsichtbare Deckmantel der Uniform ihm von den Schultern gleiten. So nutzte er denn die kurze Frist, die ihm gegeben war. Er nahm mit, was er konnte, heißhungrig und skrupellos – und bei Gelegenheit, an einem stillen Oktoberabend, nahm er auch Daisy – nahm sie, weil er im Grunde nicht einmal das Recht hatte, ihre Hand zu berühren.

Er müßte seine Selbstachtung verloren haben, denn er hatte sie unter falschen Voraussetzungen erobert. Nicht daß er ihr von dem Phantom seiner Millionenerbschaft erzählt hätte, aber er hatte sie ganz bewußt in Sicherheit gewiegt, hatte sie in dem Glauben gelassen, er sei jemand aus ihrer eigenen Lebenssphäre, jemand, der ganz für sie einstehen könne. Dabei war von alledem keine Rede. Er hatte keinen familiären Rückhalt und unterstand einer anonymen Staatsgewalt, die ihn in alle Weltgegenden verschicken konnte, wie es ihr gerade einfiel.

Aber er verachtete sich nicht, und es kam auch ganz anders, als er es sich gedacht hatte. Wahrscheinlich hatte er im Sinne, alle Annehmlichkeiten mitzunehmen und sich davonzumachen, mußte jedoch entdecken, daß er sich, ohne es zu wollen, auf so etwas wie eine Reise nach dem Gral eingelassen hatte. Er wußte, daß Daisy ungewöhnlich war, aber er hatte nicht gedacht, wie ungewöhnlich ein Mädchen aus guter Familie sein könnte. Sie entschwand in ihr reiches Zuhause, in ihr reiches, ausgefülltes Leben, und ließ Gatsby zurück mit – nichts. Er fühlte sich mit ihr verheiratet; das war alles.

Als sie sich zwei Tage später wiedertrafen, war es Gatsby, dem der Atem stockte und der sich irgendwie betrogen fühlte. Sie saßen unter dem Säulendach vor dem Hause. Die Sterne schienen hell und lieferten wie auf Bestellung den nötigen Beleuchtungskomfort. Der Korbsessel ächzte vornehm, als sie sich zu ihm neigte und er ihren lieblich geschwungenen, neugierigen Mund küßte. Sie war erkältet und sprach ein wenig heiser, was ihre Stimme reizender machte als je zuvor. Gatsby war überwältigt von dieser Jugend, die der Reichtum so geheimnisvoll umhegte und hütete, von der Frische, die der Besitz vieler Kleider einem Menschen verlieh, und von Daisy selbst, die wie ein silberner Stern aus stolzer Höhe auf die heißen Nöte und Kämpfe der Armen herabsah.

»Sie können sich nicht vorstellen, wie überrascht ich war, als ich entdecken mußte, daß ich sie liebte. Eine Zeitlang hoffte ich sogar, sie werde meiner überdrüssig werden; aber sie brach die Beziehung nicht ab, denn sie liebte mich ebenfalls. Sie dachte, ich wisse sehr viel, weil ich ein paar Einzelheiten über sie wußte. . . . Da war ich nun, weitab von all meinen ehrgeizigen Zielen, von Stunde zu Stunde tiefer in diese Liebe verstrickt – und plötzlich war mir alles andere gleichgültig. Was nützte es, große Taten zu vollbringen, wo es doch so viel schöner war, mit ihr zu sitzen und ihr von meinen Plänen zu erzählen?«

Am letzten Nachmittag, ehe seine Order ihn nach Europa rief, saß er lang schweigend und hielt Daisy still in seinen Armen. Es war ein kalter Herbsttag, und das Feuer im Kamin ließ ihre Wangen erglühen. Nur hin und wieder bewegte sie sich, und er legte seinen Arm ein wenig anders; einmal küßte er ihr dunkel schimmerndes Haar. Dieser Nachmittag gab ihnen beiden für eine Weile Ruhe und schien sich ihrem Gedächtnis für die lange Trennungszeit, die ihnen bevorstand, tief einprägen zu wollen. Nie in den vier Wochen ihrer Liebe waren sie einander näher und enger miteinander verbunden gewesen als jetzt, da sie, stumm an seine Schulter gelehnt, die Lippen an seinem Anzug rieb und er ganz zart, als wolle er eine Schlafende nicht aufwecken, ihre Fingerspitzen berührte.

Im Krieg bewährte er sich hervorragend. Er war als Hauptmann an die Front gekommen, wurde nach der Schlacht in den Argonnen Major und erhielt das Kommando über die Maschinengewehrabteilung der Division. Nach dem Waffenstillstand strebte er wild nach Hause, aber auf Grund irgendeiner bürokratischen Anordnung oder eines Mißverständnisses wurde er statt dessen nach Oxford geschickt. Er war sehr unglücklich darüber – in Daisys Briefen war ein Unterton verzweifelter Nervosität. Sie sah nicht ein, weshalb er nicht kommen konnte. Die äußere Welt stürmte mit Macht auf sie ein; sie wollte ihn wiedersehen und aus dem Gefühl seiner Gegenwart die Gewißheit schöpfen, daß sie mit ihrem Leben auf dem richtigen Wege war.

Denn Daisy war jung und lebte in einer künstlichen Welt, in der exotische Blumen ihren Duft verströmten, eine versnobte Geselligkeit sich angenehm und heiter entfaltete und der Rhythmus des Jahres von Tanzkapellen angegeben wurde, die in immer neuen Schlagern die berückende Schwermut des Lebens aufklingen ließen. Die ganze Nacht hindurch wimmerten die Saxophone den traurigen Refrain des ›Beale Street Blues‹, während hundert Paare goldener und silberner Sandalen den leuchtenden Staub aufwirbelten. Im grauen Dämmer der Teestunde gab es immer jene Räume, in denen unablässig dieses schwache süße Fieber pulsierte und frische junge Gesichter mal hier, mal da auftauchten, umhergetrieben wie Rosenblätter, die der Hauch aus klagenden Trompeten über das Parkett bläst.

Durch diese zwielichtige Welt bewegte Daisy sich aufs neue im Wechsel der Saison. Plötzlich hatte sie wieder jeden Tag ein halbes Dutzend Rendezvous mit einem halben Dutzend Männern, und die Morgendämmerung fand sie in dumpfem Schlummer auf ihrem Bett, neben dem am Boden Perlenketten und die Seidenbänder eines Abendkleides zwischen welkenden Orchideen verstreut umherlagen. Doch während dieser ganzen Zeit schrie alles in ihr nach einer Entscheidung. Sie hatte jetzt den dringenden Wunsch, ihr Leben zu gestalten, und zwar sofort. Die Entscheidung mußte von außen kommen, durch irgendeine Art von Gewalt – sei es Liebe, Geld oder zwingende Vernunftgründe, eine Gewalt, die unmittelbar in ihr Leben eingriff. Diese Gewalt nahm um die Mitte des Frühjahrs mit der Ankunft von Tom Buchanan greifbare Form an. Von seiner ganzen Person und Stellung ging etwas Kraftvolles und Gewichtiges aus, das ihr schmeichelte. Zweifellos kam sie in einen gewissen Konflikt und fühlte sich dennoch erleichtert. Der Brief erreichte Gatsby, während er noch in Oxford war.

Auf Long Island dämmerte jetzt der Morgen herauf. Wir gingen im Hause umher, rissen im Erdgeschoß auch alle anderen Fenster weit auf und ließen das graue Licht der Frühe herein, das die Sonne alsbald vergoldete. Ein Baum warf plötzlich seinen Schatten quer über den taufeuchten Rasen, und unsichtbare Vögel huben zwischen den blauen Blättern zu singen an. Es ging kaum ein Wind, nur ein leiser angenehmer Luftzug, der einen kühlen sonnigen Tag ankündigte.

»Ich glaube nicht, daß sie ihn je geliebt hat.« Gatsby wandte sich vom Fenster, an dem er gestanden hatte, zu mir herum und sah mich herausfordernd an. »Sie müssen bedenken, alter Junge, wie aufgeregt sie gestern nachmittag war. Er brachte seine Argumente auf eine Art vor, die sie einschüchterte und verängstigte; er drehte die Sache so, als sei ich irgendein hergelaufener Gauner. Und am Ende war sie ganz durcheinander und wußte kaum noch, was sie sagte.«

Er sah düster vor sich hin.

»Natürlich kann es sein, daß sie ihn, als sie heirateten, ganz kurz geliebt hat – und mich *mehr* geliebt hat, wie sie sagt. Aber selbst dann – verstehen Sie?«

Plötzlich machte er eine sehr sonderbare Bemerkung.

»Auf jeden Fall«, sagte er, »war das alles rein privat.«

Was sollte ich damit anfangen, es sei denn, er wollte andeuten, die Sache gehe ihm viel näher, als ein anderer überhaupt ermessen könne.

Er war aus Frankreich zurückgekehrt, als Tom und Daisy noch auf ihrer Hochzeitsreise waren, und unternahm aus unwiderstehlichem Drang, obwohl ihm dabei sehr elend zumute war, von seinen letzten Soldgroschen eine Reise nach Louisville. Er blieb eine Woche, ging immer wieder durch die Straßen, in denen er noch den Widerhall ihres vereinten Trittes von einem jener Novemberabende zu hören glaubte, und suchte noch einmal die abgelegenen Plätze auf, zu denen sie in ihrem weißen Roadster gefahren waren. Und wie Daisys Haus ihm stets geheimnisvoller und anziehender als andere Häuser erschienen war, so bekam für ihn das Bild der ganzen Stadt, obwohl Daisy nicht mehr in ihr weilte, einen melancholischen Reiz.

Er reiste ab mit einem Gefühl, als hätte er sie aufspüren können, wenn er nur eifriger gesucht hätte – als lasse er sie in Wahrheit dort zurück. In dem Bummelzug – er besaß keinen Pfennig mehr – war es sehr heiß. Er ging auf die offene Plattform hinaus und setzte sich auf einen Klappstuhl. Das vertraute Bahnhofsgebäude wich zurück, und fremde Hinterhäuser reihten sich an der Strecke auf. Dann folgten frühlingsgrüne Felder, und ein Omnibus fuhr minutenlang mit dem Zug auf gleicher Höhe. Womöglich hatten die Leute, die in ihm saßen, einst das blasse Wunder ihres Gesichts gerade an dieser beliebigen Straße erblickt.

Die Strecke beschrieb eine Kurve und wandte sich von der Sonne ab, die im Niedersinken sich segnend über die entschwindende Stadt hinzubreiten schien, in der Daisy einst geatmet hatte. Mit einer verzweifelten Gebärde streckte er die Hand aus, als wolle er mit ihr ein Lüftchen einfangen, ein letztes winziges Teilchen des Weichbildes retten, das er um ihretwillen so geliebt hatte. Aber schon glitt alles schneller in die Ferne, zu schnell, als daß er es mit seinen trüben Augen zu fassen und zu halten vermochte, und er wußte, daß er den besten und hellsten Teil seiner Vergangenheit auf immer hinter sich ließ.

Es war neun Uhr, als wir gefrühstückt hatten und unter das Säulendach hinaustraten. Über Nacht hatte sich das Wetter entscheidend gewandelt; es war jetzt etwas Herbstliches in der Luft. Der Gärtner, der als letzter von Gatsbys früherer Dienerschar übriggeblieben war, erschien unten an der Treppe.

»Ich will heute den Swimming-pool trockenlegen, Mr. Gatsby. Bald kommen schon die Blätter runter, und dann hat man immer Ärger mit den Abflußrohren.«

»Lassen Sie's heute noch«, antwortete Gatsby, und gleichsam entschuldigend zu mir: »Sie wissen ja, alter Junge, ich habe den ganzen Sommer noch keinen Gebrauch davon gemacht.«

Ich sah auf meine Uhr und stand auf.

»In zwölf Minuten geht mein Zug.«

Ich hatte keine Lust, in die Stadt zu fahren. Ich war zu keiner vernünftigen Arbeit fähig, aber es war nicht nur das – ich wollte Gatsby nicht allein lassen. Ich ließ diesen Zug fahren und noch einen, ehe ich mich losreißen konnte.

»Ich werde Sie anrufen«, sagte ich schließlich.

»Tun Sie das, alter Junge.«

»Ich werde gegen Mittag anrufen.«

Wir schritten langsam die Stufen hinab.

»Ich vermute, Daisy wird auch anrufen.« Er sah mich ängstlich an, als hoffe er auf eine Bestätigung von mir.

»Das denke ich auch.«

»Nun denn, good-bye.«

Wir schüttelten uns die Hand, und ich ging. Doch ehe ich am Zaun war, fiel mir etwas ein, und ich wandte mich rasch um.

»Eine ganz korrupte Gesellschaft!« rief ich ihm quer über den Rasen zu. »Sie sind mehr wert als die ganze Bande zusammengenommen.«

Ich habe es nie bereut, ihm das noch gesagt zu haben. Es war das einzige Kompliment, das ich ihm je gemacht habe; denn im Grunde mißbilligte ich ihn von Anfang bis Ende. Erst nickte er höflich; dann brach auf seinem Gesicht jenes strahlende und verstehende Lächeln hervor, als seien wir in dieser Sache seit je einer brüderlichen Meinung gewesen. Das Prachtstück von rosa Anzug, das er trug, hob sich als leuchtender Farbfleck von den weißen Stufen ab. Ich mußte an jenen Abend vor drei Monaten denken, als ich zum erstenmal sein feudales Haus betrat. Auf dem Rasen und auf dem Vorplatz drängten sich die Menschen und munkelten von Verbrechen und Verderbtheit – und er stand auf diesen selben Stufen und nährte heimlich in seinem Innern den unantastbaren Traum seines Lebens, indes er ihnen ein höfliches Lebewohl zuwinkte.

Ich dankte ihm für seine Gastlichkeit. Immer dankten wir ihm dafür – ich und die anderen.

»Good-bye«, rief ich. »Dank auch fürs Frühstück, Gatsby.«

In meinem Büro in der City mühte ich mich eine Zeitlang mit einer endlosen Liste von Aktiennotierungen ab und schlief dann auf meinem Drehstuhl ein. Kurz vor Mittag weckte mich das Telefon; ich fuhr auf und fühlte, wie mir auf der Stirn der Schweiß ausbrach. Es war Jordan Baker; sie rief mich oft um diese Stunde an, weil sie bei ihrem unruhigen Tagesablauf zwischen Hotels, Clubs und Privathäusern für mich auf andere Weise schwer erreichbar war. Gewöhnlich kam ihre Stimme wie etwas Frisches, Kühles über den Draht, als käme ein Hauch von einem grünen Golfplatz zu meinem Bürofenster hereingeweht, aber an diesem Mittag klang sie rauh und trocken.

»Ich bin nicht mehr bei Daisy«, sagte sie. »Ich bin jetzt in Hempstead und fahre heute nachmittag nach Southampton hinunter.«

Vielleicht war es taktvoll gewesen, die Buchanans allein zu lassen, aber die Tatsache irritierte mich, und ihre folgende Bemerkung steigerte noch meinen Unwillen.

»Sie waren gestern abend nicht gerade nett zu mir.«

»Was kam schon darauf an?«

Einen Augenblick Schweigen. Dann:

»Immerhin – ich möchte, daß wir uns heute sehen.«

»Das möchte ich auch.«

»Vielleicht fahre ich nicht nach Southampton und komme statt dessen am Nachmittag in die Stadt?«

»Nein, heute nachmittag geht's nicht.«

»Nun schön, dann –«

»Es ist wirklich unmöglich heute nachmittag. Verschiedene –«

So redeten wir eine Weile hin und her; dann war das Gespräch auf einmal zu Ende. Es klickte in der Leitung; wer von uns beiden aufgehängt hatte, weiß ich nicht mehr, aber es war mir auch gleichgültig. Ich hätte es an jenem Tag einfach nicht fertiggebracht, mit ihr an einem Teetisch zu sitzen und zu plaudern, selbst auf die Gefahr hin, daß ich vielleicht nie wieder mit ihr spräche.

Ein paar Minuten später rief ich bei Gatsby an, aber die Leitung war besetzt. Ich versuchte es viermal hintereinander; schließlich meldete sich aufgeregt die Telefonzentrale und sagte mir, die Leitung müsse für ein Ferngespräch aus Detroit freigehalten werden. Ich nahm meinen Fahrplan und zog mit dem Bleistift einen kleinen Kreis um den Drei-Uhr-fünfzig-Zug. Dann lehnte ich mich in meinen Stuhl zurück und versuchte, alles noch einmal zu überdenken.

Es war jetzt genau zwölf.

Als ich an jenem Morgen mit dem Zug an den Aschenbergen vorbeigefahren war, hatte ich absichtlich an der anderen Seite aus dem Fenster geblickt und hatte es vermieden, nach Wilsons Garage Ausschau zu halten. Ich vermutete dort den ganzen Tag eine neugierige Menschenmenge. Kleine Jungen würden im Straßenstaub nach den dunklen Blutflecken suchen, und irgendein geschwätziger Alter würde wieder und wieder erzählen, wie alles gekommen war, bis das Ganze für ihn immer unwirklicher werden und seine Erzählung versickern würde, so daß schließlich Myrtle Wilsons tragisches Ende in Vergessenheit geriete.

Doch jetzt will ich ein wenig zurückblenden und berichten, was sich in der Garage ereignete, nachdem wir sie am Abend zuvor verlassen hatten.

Es bereitete einige Schwierigkeiten, die Schwester, Catherine, ausfindig zu machen. Sie mußte wohl an jenem Abend ihr Gelübde gegen den Alkohol gebrochen haben, denn als sie ankam, war sie vor Betrunkenheit völlig stumpfsinnig und unfähig zu begreifen, daß Myrtle schon mit dem Krankenauto nach Flushing abtransportiert worden war. Als man ihr das endlich klargemacht hatte, fiel sie sogleich in Ohnmacht, als sei dieser Abtransport das Schlimmste an der ganzen Sache. Irgend jemand nahm sie aus Freundlichkeit oder aus Neugier in seinem Wagen mit und fuhr sie stracks zur Totenwache beim Leichnam ihrer Schwester.

Bis lange nach Mitternacht brandete eine immer wechselnde Menschenmenge gegen das Tor der Garage, während drinnen George Wilson, haltlos mit seinem Körper vor- und zurückschaukelnd, auf der Couch saß. Eine Zeitlang stand die Tür zum Büro offen, und jeder in der Garage linste unweigerlich hinein. Endlich sagte jemand, das sei schamlos, und schloß die Tür. Michaelis und verschiedene andere waren bei ihm; erst waren es vier oder fünf, später nur noch zwei oder drei. Noch später mußte Michaelis den letzten, der noch übrig war, bitten, noch eine Viertelstunde dazubleiben, während er in sein Lokal ging und eine Kanne Kaffee aufbrühte. Danach blieb er bis zum Morgengrauen mit Wilson allein.

Gegen drei Uhr nahm Wilsons wirres Gestammel deutlichere Formen an – er wurde ruhiger und fing an, von dem gelben Auto zu sprechen. Er behauptete, er werde schon herausfinden, wem der gelbe Wagen gehöre, und dann platzte er heraus, vor ein paar Monaten sei seine Frau mit einer Quetschung im Gesicht und einer stark geschwollenen Nase aus der Stadt heimgekommen.

Aber er erschrak sogleich über seine eigenen Worte und begann aufs neue zu jammern und zu stöhnen: »O Gott, o Gott!« Michaelis machte einen ungeschickten Versuch, ihn abzulenken.

»Wie lange sind Sie verheiratet gewesen, George? Kommen Sie, versuchen Sie einmal eine Minute stillzusitzen und beantworten Sie meine Frage. Wie lange waren Sie verheiratet?«

»Zwölf Jahre.«

»Jemals Kinder gehabt? Los, George, sitzen Sie still – ich fragte Sie etwas. Haben Sie jemals Kinder gehabt?«

Unablässig flogen braune Käfer mit dumpfem Knall gegen die trübe Lampe, und jedesmal, wenn Michaelis draußen ein Auto hörte, glaubte er, es sei womöglich der Wagen, der vor ein paar Stunden dort vorbeigerast war, ohne anzuhalten. In die Garage mochte er nicht gehen, weil die Werkbank, auf der der tote Körper gelegen hatte, noch blutbefleckt war. So ging er denn ruhelos und unbehaglich in dem kleinen Büro auf und ab. Bis zum Morgen kannte er jeden Gegenstand darin auswendig, und von Zeit zu Zeit setzte er sich neben Wilson und versuchte, ihn weiter zu beruhigen.

»Sind Sie in irgendeiner Kirche, in die Sie manchmal gehen, George? Macht nichts, wenn Sie lange nicht dagewesen sind. Ich könnte vielleicht bei der Gemeinde anrufen und einen Priester kommen lassen, mit dem Sie sich aussprechen könnten, ja?«

»Ich gehöre zu keiner Kirche.«

»Das sollten Sie aber, George; man braucht das in solchen Fällen. Sie werden doch irgendwann mal in eine Kirche gegangen sein. Haben Sie denn nicht in einer Kirche geheiratet? Hören Sie, George, hören Sie doch zu! Sind Sie nicht in einer Kirche getraut worden?«

»Das liegt weit zurück.«

Indem er sich mühsam zu dieser Antwort aufraffte, unterbrach er seine Schaukelbewegungen. Eine Weile verharrte er schweigend. Dann kam wieder der halbbewußte, halb-irre Blick in seine blassen Augen.

»Sehen Sie mal in das Schubfach«, sagte er und zeigte auf das Schreibpult.

»Welches Schubfach?«

»Das Schubfach – dort.«

Michaelis zog das nächstbeste auf. Es enthielt nichts, nur eine feine, teure Hundeleine aus Leder und Silberlitze. Sie war offenbar ganz neu und unbenutzt.

»Dieses hier?« fragte er und hielt die Leine hoch.

Wilson starrte darauf und nickte.

»Das hab ich gestern nachmittag gefunden. Sie versuchte, mir die Sache zu erklären, aber ich wußte gleich, daß etwas dahintersteckte.«

»Sie meinen, Ihre Frau hat sie gekauft?«

»Sie bewahrte sie in Seidenpapier gewickelt in ihrem Schreibtisch auf.«

Michaelis konnte nichts Verdächtiges daran finden. Er gab Wilson ein Dutzend Gründe an, die seine Frau möglicherweise zum Kauf einer Hundeleine veranlaßt hatten. Doch offenbar hatte Wilson schon die gleichen oder ähnliche Erklärungen von Myrtle zu hören bekommen, denn er begann wieder, jetzt flüsternd, sein ›o Gott, o Gott!‹ zu murmeln. Michaelis wollte ihn noch durch weitere Erklärungen beruhigen, ließ es aber.

»Und dann tötete er sie«, sagte Wilson und tat plötzlich den Mund auf.

»Wer tötete sie?«

»Ich habe Mittel und Wege, das herauszufinden.«

»Das ist ja krankhaft«, sagte sein Freund. »Die Sache hat Sie sehr mitgenommen; Sie wissen nicht mehr, was Sie sagen. Sie sollten sich besser bis zum Morgen ganz still verhalten.«

»Er hat sie ermordet.«

»Aber es war doch ein Unglücksfall, George.«

Wilson schüttelte den Kopf. Seine Augen verengten sich, und sein Mund weitete sich langsam zu einem schauerlichen tonlosen »Ah!«

»Ich weiß es«, sagte er dann bestimmt, »ich bin einer von diesen gutgläubigen Burschen, und ich will keinem Menschen etwas Böses antun, aber wenn ich etwas weiß, dann weiß ich es. Es war der Mann in dem Wagen. Sie rannte hinaus und wollte mit ihm sprechen, doch der Kerl hielt nicht.«

Michaelis hatte auch diesen Eindruck gehabt, aber er hatte dem keine besondere Bedeutung beigemessen. Er glaubte einfach, Mrs. Wilson sei von ihrem Manne weggelaufen und habe keinen bestimmten Wagen anhalten wollen.

»Wie hätte sie darauf kommen sollen?«

»Sie ist eine Durchtriebene«, sagte Wilson, als sei damit die Frage beantwortet. »Ah-h-h —«

Er begann wieder hin- und herzuschaukeln, und Michaelis drehte ratlos die Hundeleine in der Hand.

»Vielleicht haben Sie einen Freund, den ich anrufen könnte, George?«

Das war eine vergebliche Hoffnung. Er war so gut wie sicher, daß Wilson keinen Freund hatte: er reichte ja nicht einmal für seine Frau aus. Etwas später bemerkte er zu seiner großen Erleichterung eine Veränderung im Zimmer, eine leichte Bläue auf den Fensterscheiben, die ihm anzeigte, daß die Morgendämmerung nicht mehr allzu fern sei. Gegen fünf Uhr war es draußen hell genug, um das Licht auszuschalten.

Wilson blickte mit glasigen Augen hinaus zu den Aschenbergen, wo kleine graue Wölkchen hin und her huschten und in dem schwachen Wind der Frühe phantastische Formen annahmen.

»Ich habe ihr ins Gewissen geredet«, murmelte er nach längerem Schweigen. »Ich sagte ihr, mit mir könne sie ja ihr Spiel treiben, aber nicht mit Gott. Ich zog sie ans Fenster« — er erhob sich mit Anstrengung, ging zu dem hinteren Fenster und preßte das Gesicht an die Scheiben — »und ich sagte: ›Gott weiß, was du getan haben magst, alles weiß er, was du getan hast. Mir kannst du was vormachen, aber Gott nicht!‹«

Michaelis stand hinter ihm und sah zu seinem Schrecken, daß er den Blick genau auf die Augen von Doktor T. J. Eckleburg gerichtet hielt, die soeben in ihrer gigantischen Blässe aus dem sich lichtenden Dunkel auftauchten.

»Gott sieht alles«, wiederholte Wilson.

»Das ist doch nur eine Reklame«, suchte Michaelis ihm klarzumachen. Etwas daran bewegte ihn; er mußte sich vom Fenster abwenden. Aber Wilson stand eine ganze Zeit da, das Gesicht dicht an der Fensterscheibe, und nickte in den dämmernden Morgen hinaus.

Gegen sechs Uhr war Michaelis völlig erschöpft und atmete auf, als er hörte, wie draußen ein Wagen anhielt. Es war einer der Wächter vom Abend zuvor, der versprochen hatte zurückzukommen, und so bereitete er für sie drei ein Frühstück, das er und der andere Mann gemeinsam verzehrten. Wilson war jetzt ruhiger, und Michaelis ging nach Hause, um sich schlafen zu legen. Als er vier Stunden später aufwachte und in die Garage hinübereilte, war Wilson verschwunden.

Sein Weg – er ging die ganze Zeit zu Fuß – führte, wie nachträglich festgestellt wurde, nach Port Roosevelt und dann nach Gad's Hill, wo er sich eine Tasse Kaffee und ein belegtes Brot geben ließ, das er indessen nicht anrührte. Bis hierher ließ sich ohne Schwierigkeit feststellen, wie er seine Zeit verbracht hatte. Verschiedene Jungen auf der Straße hatten einen Mann gesehen, der sich ›wie ein Verrückter‹ benahm, und Autofahrer bekundeten, daß er sie mit irrem Blick vom Straßenrand angestarrt habe. Für die nächsten drei Stunden war sein Verbleib nicht nachzuweisen. Auf Grund dessen, was er zu Michaelis gesagt hatte: er habe ›Mittel und Wege, das herauszufinden‹, vermutete die Polizei, er sei während dieser Zeit in der Gegend von einer Garage zur anderen gegangen und habe nach einem gelben Auto geforscht. Andererseits fand sich kein Garagenwärter, der bezeugen konnte, ihn gesehen oder mit ihm gesprochen zu haben. Wahrscheinlich hatte er also einen direkteren Weg eingeschlagen, um herauszubekommen, was er wissen wollte. Denn gegen halb drei war er in West Egg aufgetaucht und hatte sich von jemand den Weg zu Gatsbys Haus zeigen lassen. Also wußte er mittlerweile Gatsbys Namen.

Um zwei Uhr zog Gatsby seinen Badeanzug an und hinterließ dem Butler, er sei draußen im Schwimmbassin und man möge ihn dort benachrichtigen, falls jemand anrufe. Er ging noch zur Garage hinüber, um eine Luftmatratze zu holen, mit der sich seine Gäste den ganzen Sommer über vergnügt hatten. Der Chauffeur half ihm beim Aufpumpen. Er instruierte ihn, daß der offene Wagen unter keinen Umständen aus der Garage gefahren werden dürfe – und das war auffällig, denn die Stoßstange und der rechte Kotflügel waren verbogen und hätten gerichtet werden müssen.

Er nahm die Matratze über die Schulter und schritt zum Schwimmbecken hinunter. Noch einmal blieb er stehen und rückte sie ein wenig zurecht, und der Chauffeur fragte, ob er ihm behilflich sein solle, aber Gatsby schüttelte den Kopf und war im nächsten Augenblick unter den schon etwas gelblich gefärbten Bäumen verschwunden.

Es kam kein Anruf, obwohl der Butler auf seinen Mittagsschlaf verzichtete und bis vier Uhr darauf wartete – und da wäre schon niemand mehr zu benachrichtigen gewesen, wenn ein Anruf gekommen wäre. Ich halte es für möglich, daß Gatsby selbst nicht mehr an diesen Anruf glaubte und daß ihm vielleicht gar nichts mehr daran lag. Wenn das so war, dann fühlte er wohl, daß ihn seine ursprüngliche Welt nicht mehr wärmend umgab; er hatte sie längst verloren, und das war der hohe Preis dafür, daß er allzulange einzig und allein seinen Traum gelebt hatte. Er blickte auch wohl zu einem Himmel auf, der sich fremd und beängstigend über den Bäumen wölbte, und erschauerte, als er erkennen mußte, was für ein monströses Gebilde eine Rose ist und wie schmerzhaft grell die Sonne auf das kaum gesprossene Gras scheint. Eine neue Welt materialisierte sich, ohne real zu sein, und in ihr wurden arme Astralleiber, traumatmende Wesen von Schicksalslaunen umhergetrieben – umhergetrieben wie jene aschfahle, phantastische Gestalt, die jetzt zwischen den unförmigen Baumstämmen auf ihn zuglitt.

Der Chauffeur – es war einer von Wolfsheims Schützlingen – hörte die Schüsse; später konnte er nur noch sagen, daß er sich nicht viel dabei gedacht habe. Ich fuhr vom Bahnhof direkt zu Gatsbys Haus, und erst durch mein Erscheinen, als ich atemlos und besorgt die Vordertreppe hinaufgestürzt kam, wurde überhaupt jemand alarmiert. Aber ich bin sicher: sie wußten es schon. Wortlos eilten wir zu viert – der Chauffeur, der Butler, der Gärtner und ich – zum Schwimmbecken hinab.

Auf der Wasserfläche war nur eine schwache, unmerkliche Bewegung, die von dem frischen Zustrom herrührte, der sich seinen Weg zu dem Abfluß am anderen Ende des Bassins bahnte. Unter leichtem Kräuseln des Wassers, das man kaum als das Schattenspiel kleiner Wellen bezeichnen konnte, trieb die Gummimatratze mit ihrer Last dem Ende des Beckens zu. Ein leiser Luftzug, der die Wasserfläche kaum aufrührte, genügte schon, dieses Floß mit seiner zufälligen Last von seinem zufälligen Kurs abzulenken, und als es ein Blätterbüschel berührte, drehte es sich langsam und zog als sichtbare Spur seiner Überfahrt im Wasser einen dünnen blutroten Kreis.

Erst als wir uns mit Gatsby dem Hause zu bewegten, entdeckte der Gärtner ein wenig abseits im Grase die Leiche Wilsons, und damit war das Maß des Blutopfers voll.

IX

Heute, nach zwei Jahren, erinnere ich mich an den weiteren Verlauf jenes Nachmittags und Abends und des folgenden Tages nur noch als an einen endlosen Aufmarsch von Polizei, Pressephotographen und Reportern, die unausgesetzt kamen und gingen. Am Haupttor war ein Seil gespannt; ein Schutzmann stand dort und hielt alle Neugierigen fern. Alsbald entdeckte aber die Dorfjugend, daß man auch durch meinen Garten hineingelangen konnte; immer drängten sich ein paar kleine Nichtsnutze um das Schwimmbecken und gafften mit offenem Munde. Ein Mann, der sehr selbstbewußt auftrat und wahrscheinlich ein Detektiv war, gebrauchte den Ausdruck ›der Wahnsinnige‹, als er sich am Nachmittag über Wilsons Leiche beugte, und durch die autoritative Art, wie er das sagte, gab er den Ton an, auf den die Presseberichte am nächsten Morgen abgestimmt waren.

Die meisten dieser Berichte waren Schauermärchen – grotesk, mit unwichtigen Einzelheiten gespickt, sensationslüstern und unwahr. Als bei der Vernehmung von Michaelis der eifersüchtige Argwohn Wilsons gegen seine Frau zur Sprache kam, fürchtete ich schon, man werde alsbald die ganze Geschichte zu einer bissigen Gesellschaftssatire ausschlachten. Aber Catherine, die eine erschöpfende Aussage hätte machen können, sagte kein Wort. Sie zeigte sogar dabei ein überraschendes Maß an Charakterfestigkeit, sah den Untersuchungsrichter festen Blicks unter ihren nachgezogenen Augenbrauen an und schwor, daß ihre Schwester Gatsby nie im Leben gesehen habe, daß ihre Schwester mit ihrem Manne vollkommen glücklich gewesen und daß ihre Schwester nie und nimmer in irgendeine zweifelhafte Angelegenheit verwickelt gewesen sei. Sie redete sich das auch selbst ein und schluchzte in ihr Taschentuch, als sei der bloße Verdacht schon eine unerträgliche Zumutung für sie. So lautete denn für Wilson der Befund schlicht: »Durch

Kummer geistesgestört«, womit der Fall auf seine einfachste Form zurückgeführt wurde. Und dabei blieb es.

Aber all das berührte mich nur ganz von ferne und schien mir unwesentlich. Ich fand mich an Gatsbys Seite wieder, und zwar allein. Von dem Augenblick an, da ich die Katastrophe telefonisch nach West Egg gemeldet hatte, überließ man es ganz mir, was ich von der Sache halten und welche praktischen Maßnahmen ich ergreifen wollte. Anfangs war ich überrascht und verwirrt; als er dann aber Stunde um Stunde in seinem Hause lag, ohne sich zu regen, ohne zu atmen oder zu sprechen, wurde mir allmählich bewußt, daß man mir eine Verantwortung aufgebürdet hatte. Denn niemand sonst zeigte sich interessiert – und damit meine ich jenes unmittelbare persönliche Interesse, auf das doch jeder Mensch bei seinem Ende ein gewisses Anrecht hat.

Eine halbe Stunde nachdem wir ihn gefunden hatten, rief ich instinktiv und ohne Zögern Daisy an. Aber sie und Tom waren früh am Nachmittag weggefahren und hatten Gepäck mitgenommen.

»Keine Adresse hinterlassen?«

»Nein.«

»Haben sie gesagt, wann sie zurück sein würden?«

»Nein.«

»Irgendein Anhaltspunkt, wo sie sein könnten? Wie ich sie erreichen könnte?«

»Weiß nicht. Kann ich nicht sagen.«

Ich wollte irgend jemand für ihn herbeischaffen, wollte in das Zimmer gehen, wo er lag, und ihm versichern:

»Ich schaffe Ihnen jemand herbei, Gatsby. Keine Sorge. Bauen Sie nur auf mich, und ich schaffe Ihnen schon jemand herbei –«

Meyer Wolfsheim stand nicht im Telefonbuch. Der Butler gab mir seine Geschäftsadresse am Broadway. Ich rief die Auskunft an, aber als ich die Nummer endlich hatte, war es schon weit über fünf, und es meldete sich niemand mehr am Telefon.

»Wollen Sie bitte noch einmal wecken?«

»Ich habe schon dreimal geweckt.«

»Es ist aber äußerst dringend.«

»Tut mir leid. Ich fürchte, es ist niemand mehr da.«

Ich ging ins Wohnzimmer zurück und bildete mir für einen Augenblick ein, alle diese amtlichen Personen, die sich um sein Lager drängten, seien als Kondolenzbesucher gekommen. Sie hoben auch das weiße Laken und starrten mit erschreckten Augen auf Gatsby nieder. Aber immer war mir, als hörte ich ihn aufbegehren:

»Hören Sie, alter Junge, Sie müssen mir jemand schaffen. Geben Sie sich alle Mühe. Ich kann das nicht ganz allein durchmachen.«

Jemand begann mir Fragen zu stellen, aber ich entzog mich dem und ging nach oben, wo ich hastig die Fächer seines Schreibtischs durchsah, soweit sie unverschlossen waren. Er hatte mir nie Genaueres über den Tod seiner Eltern erzählt. Doch ich fand nichts – nur das Bild von Dan Cody, Symbol eines längst vergessenen Freibeutertums, blickte von der Wand herab.

Am folgenden Morgen schickte ich den Butler mit einem Brief zu Wolfsheim nach New York. Darin bat ich um einige Auskünfte und ersuchte ihn dringend, mit dem nächsten Zug herauszukommen. Noch während ich den Brief schrieb, erschien er mir überflüssig. Ich war überzeugt, Wolfsheim werde sich sogleich aufmachen, wenn er die Morgenblätter läse, und ebenso bestimmt rechnete ich mit einem Telegramm von Daisy. Aber es kam kein Telegramm, und es kam auch kein Mr. Wolfsheim; es kam überhaupt niemand, außer: noch mehr Polizei und noch mehr Photographen und Presseleute. Als der Butler Wolfsheims Antwort brachte, ergriff mich ein gerechter Zorn, und ich fühlte mich stark, an Gatsbys Seite ihnen allen Trotz zu bieten.

Verehrter Mr. Carraway. Dies war für mich einer der fürchterlichsten Schocks in meinem ganzen Leben und kann ich kaum glauben, daß es wirklich wahr ist. Solch eine Wahnsinnstat, wie sie jener Mann begangen hat, sollte uns allen zu denken geben. Nur kann ich leider jetzt nicht hinauskommen, weil ich in sehr wichtigen Geschäftsverhandlungen stehe und mich unbedingt aus dieser Geschichte raushalten muß. Wenn ich ein wenig später irgend etwas tun kann, so lassen Sie es mich wissen und schicken Sie eine Zeile durch Edgar. Ich weiß mich kaum zu fassen, wenn ich so etwas höre wie dieses, und bin völlig herunter und erledigt.

Ihr ergebener

Meyer Wolfsheim

Dann folgte ein hastiges Postskriptum:
Geben Sie mir Nachricht wegen Beisetzung etc., kenne seine Familie überhaupt nicht.

Als am Nachmittag das Telefon läutete und das Fernamt sich mit einem Gespräch aus Chikago meldete, dachte ich, das werde endlich Daisy sein. Als aber das Gespräch durchkam, war am anderen Ende, ganz dünn und weit weg, eine Männerstimme.

»Hier spricht Slagle ...«

»Ja?«

Der Name war mir unbekannt.

»Schöne Bescherung, he? Telegramm erhalten?«

»Hier ist kein Telegramm angekommen.«

»Der junge Parke ist in der Patsche«, sagte er hastig. »Sie haben ihn geschnappt, als er die Aktienpakete dem Bankbeamten hinüberreichte. Sie hatten genau fünf Minuten vorher ein Rundschreiben aus New York mit den Kennziffern bekommen. Was halten Sie davon, he? In diesen verd ... Städten weiß man nie –«

»Hallo!« unterbrach ich aufgeregt. »Hören Sie – hier ist nicht Mr. Gatsby. Mr. Gatsby ist tot.«

Langes Schweigen am anderen Ende der Leitung, dann ein erschreckter Ausruf ... Ein rasches Geknatter im Apparat zeigte an, daß die Verbindung unterbrochen war.

Am übernächsten Tag, wenn ich mich recht erinnere, kam aus irgendeiner Stadt in Minnesota ein Telegramm mit der Unterschrift Henry C. Gatz. Darin teilte der Absender lediglich mit, daß er unverzüglich abreise und daß man mit der Beisetzung bis zu seiner Ankunft warten möge.

Es war Gatsbys Vater, ein würdiger Greis, der bei dem warmen Septemberwetter in einem viel zu langen, billigen Ulster steckte und in seiner Bestürzung völlig hilflos war. Seine Augen waren ständig feucht vor Erregung, und als ich ihm Reisetasche und Schirm abnahm, begann er sich seinen schütteren grauen Bart zu raufen und hörte damit gar nicht auf, so daß ich Mühe hatte, ihm den Mantel auszuziehen. Er war einem Zusammenbruch nahe. So führte ich ihn zunächst ins Musikzimmer und drückte ihn in einen Sessel. Ich ließ etwas zu essen bringen, aber er wollte nichts nehmen; seine Hände zitterten so sehr, daß er die Milch im Glase verschüttete.

»Ich habe es in einer Chikagoer Zeitung gelesen«, sagte er. »Es stand alles in der Zeitung. Ich habe mich sogleich aufgemacht.«

»Ich wußte nicht, wie ich Sie erreichen sollte.«

Seine Blicke schweiften, ohne etwas wahrzunehmen, ruhelos umher.

»Es war ein Wahnsinniger«, sagte er. »Er muß wahnsinnig gewesen sein.«

»Wollen Sie vielleicht etwas Kaffee haben?« drängte ich.

»Ich möchte gar nichts haben. Ich fühle mich jetzt wieder ganz wohl, Mr. –«

»Carraway.«

»Ja, es geht mir jetzt besser. Wo hat man Jimmy hingebracht?«

Ich führte ihn ins Wohnzimmer, wo sein Sohn lag, und ließ ihn dort allein. Ein paar Kinder von draußen standen auf der Treppe und lugten durchs Fenster in die Halle. Als ich ihnen sagte, wer angekommen sei, bequemten sie sich nach einigem Widerstreben zum Gehen.

Nach einer kleinen Weile öffnete sich die Tür, und Mr. Gatz kam heraus. Sein Gesicht war von einer leichten Röte überzogen, sein Mund klaffte, und aus seinen Augen rannen ein paar vereinzelte Tränen. Er war in einem Alter, in dem der Tod nichts Unheimliches oder Erschreckendes mehr hat, und als er nun zum ersten Male bewußt um sich blickte und die Pracht der hohen Halle und die Weiträumigkeit der vielen ineinandergehenden Zimmer in sich aufnahm, mischte sich in seine Trauer etwas von wehmütigem Stolz.

Ich führte ihn nach oben in eins der Schlafzimmer. Während er Rock und Weste auszog, sagte ich ihm, daß man mit allen weiteren Anordnungen auf ihn gewartet habe.

»Ich wußte nicht, wie Sie's haben wollen, Mr. Gatsby –«

»Gatz ist mein Name.«

»– Mr. Gatz. Ich dachte, Sie würden vielleicht die Leiche Ihres Sohnes in den Westen überführen wollen.«

Er schüttelte den Kopf.

»Jimmy hat sich immer hier im Osten wohler gefühlt. Hier hat er sich seine Position geschaffen. Waren Sie ein Freund von meinem Sohn, Mr. –?«

»Wir waren eng befreundet.«

»Sie wissen, er hatte eine große Zukunft. Er war noch jung, aber er hatte es in sich, hier.« Dabei machte er eine ausdrucksvolle Handbewegung zum Kopf, und ich nickte.

»Wenn er länger gelebt hätte, wäre er ein großer Mann geworden. Ein Mann wie James J. Hill. Er hätte noch viel für sein Land leisten können.«

»Das ist wahr«, sagte ich mit einigem Mißbehagen.

Er zupfte an der bestickten Bettdecke und versuchte sie abzunehmen. Dann legte er sich steif hin und sank augenblicklich in Schlaf.

An diesem Abend läutete das Telefon, und es meldete sich mit hörbar verängstigter Stimme ein Mann. Er wollte erst wissen, mit wem er spräche, bevor er sich zu erkennen gab.

»Hier ist Mr. Carraway«, sagte ich.

»Oh«, klang es erleichtert. »Hier Klipspringer.«

Auch ich war erfreut, denn damit durfte ich auf einen weiteren Freund an Gatsbys Grab rechnen. Ich hatte nichts in die Zeitung einrücken lassen, weil ich keine neugierige Menschenmenge am Grab haben wollte. Ich hatte mich mit der Absicht begnügt, ein paar Leute selbst anzurufen; aber die waren schwer zu finden.

»Das Begräbnis ist morgen«, sagte ich. »Um drei Uhr hier vom Hause. Ich möchte, daß Sie allen Bescheid sagen, die etwa kommen wollen.«

»Oh, ja, das werde ich tun«, sagte er etwas hastig. »Es ist unwahrscheinlich, daß ich bis dahin noch jemand sehe, aber wenn –«

Sein Ton machte mich mißtrauisch.

»Sie selbst werden natürlich kommen.«

»Ja, ich werd's bestimmt versuchen. Weshalb ich aber anrufe, das –«

»Einen Moment«, unterbrach ich ihn. »Wie war das? Sie kommen doch?«

»Hm, die Sache ist – ich bin nämlich hier bei Leuten in Greenwich, und die rechnen sozusagen damit, daß ich morgen noch dableibe. Es ist ein Picknickausflug geplant oder etwas Ähnliches. Natürlich werde ich alles versuchen, um hier loszukommen.«

Mir entfuhr ein unbeherrschtes ›Brrr!‹, das er wohl gehört haben mußte, denn er sprach hastig und nervös weiter:

»Weshalb ich anrufe – da ist ein Paar Schuhe, die ich dort vergessen habe. Es würde wohl nicht zu viel Mühe machen, wenn der Butler sie mir nachschickt. Es sind Tennisschuhe, wissen Sie, und ohne die bin ich sozusagen aufgeschmissen. Meine Anschrift lautet: per Adresse B. F. –«

Ich verzichtete auf den Rest des Namens und hängte den Hörer auf. In gewissem Sinne schämte ich mich für Gatsby.

Ein anderer Gentleman, den ich anrief, ließ durchblicken, daß Gatsby nur recht geschehen sei. Das war indessen mein Fehler, denn ich war an einen von jenen Gästen geraten, die sich mit Gatsbys Schnäpsen Mut antranken und dann am unverschämtesten über ihn herzuziehen pflegten. Das hätte ich wissen müssen und ihn besser nicht angerufen.

Am Morgen der Beisetzung fuhr ich nach New York, um Meyer Wolfsheim aufzusuchen; es schien unmöglich, ihn auf andere Weise zu erreichen. An der Tür, die ich auf den Rat des Liftboys aufstieß, stand ›Swastika Treuhandgesellschaft‹. Drinnen ließ sich zunächst niemand blicken; als ich aber mehrmals vergeblich ›Hallo!‹ gerufen hatte, gab es hinter einer Verbindungstür einen heftigen Wortwechsel, worauf eine hübsche Jüdin erschien und mich feindselig aus ihren dunklen Augen musterte.

»Niemand da«, sagte sie. »Mr. Wolfsheim ist nach Chikago gefahren.«

Schon der erste Teil dieser Behauptung war gelogen, denn drinnen begann jemand sehr unmusikalisch einen Schlager zu pfeifen.

»Bitte melden Sie Mr. Carraway.«

»Ich kann ihn doch nicht aus Chikago holen, wie?«

In diesem Augenblick rief aus dem anderen Zimmer jemand »Stella!« – es war unverkennbar Wolfsheims Stimme.

»Lassen Sie Ihre Karte da«, sagte sie rasch. »Ich werde sie ihm geben, wenn er zurückkommt.«

»Aber er ist ja da. Ich weiß es.«

Sie tat einen Schritt auf mich zu und stemmte entrüstet die Hände in die Hüften. »Ihr jungen Leute bildet euch wohl ein, ihr könnt hier einfach eindringen, wann's euch paßt«, schimpfte sie. »Wir haben die Nase voll davon. Wenn ich sage, er ist in Chikago, ist er in Chikago und damit basta.«

Ich ließ Gatsbys Namen fallen.

»Oh-h!« Sie sah mich noch einmal richtig an. »Wollen Sie vielleicht – Wie war doch Ihr Name?«

Sie entschwand. Im nächsten Augenblick stand Meyer Wolfsheim feierlich im Türrahmen und streckte mir beide Hände entgegen. Er zog mich in sein Büro und bemerkte in ehrfürchtigem Ton, es seien traurige Zeiten für uns alle. Dann bot er mir eine Zigarre an.

»Ich muß noch immer daran denken, wie ich ihn zum ersten Male traf«, sagte er. »Ein junger Major, frisch aus der Armee entlassen und über und über mit Kriegsauszeichnungen bedeckt. Es ging ihm so schlecht, daß er sich keinen Zivilanzug kaufen konnte und seine Uniform weiter tragen mußte. Das erstemal sah ich ihn in Winebrenners Wettbüro in der Dreiundvierzigsten Straße; er fragte dort nach einer Anstellung. Er hatte schon mehrere Tage nichts gegessen. ›Kommen Sie mit mir frühstücken‹, sagte ich. Er aß für mehr als vier Dollar binnen einer halben Stunde.«

»Haben Sie ihm geschäftlich auf die Beine geholfen?« fragte ich.

»Geholfen? Ich habe ihn gemacht!«

»Oh.«

»Ich habe ihn aus dem Nichts, regelrecht aus der Gosse gezogen. Ich sah auf den ersten Blick, daß er ein gutgebauter, manierlicher junger Mann war, und als er mir erzählte, er war in Oggsford, da wußte ich gleich, daß ich ihn gut gebrauchen konnte. Ich ließ ihn in die Amerikanische Legion eintreten, und er brachte es dort zu hohem Ansehen. Schon sehr bald konnte er einem Kunden von mir oben in Albany einen guten Dienst erweisen. Wir waren so dicke miteinander« – er hielt zwei fleischige Finger hoch – »immer unzertrennlich.«

Ich fragte mich im stillen, ob diese enge Partnerschaft sich wohl auch auf die Manipulation mit den World's Series 1919 erstreckt habe.

»Nun ist er tot«, sagte ich nach einer Weile. »Sie waren sein bester Freund; da werden Sie natürlich heute nachmittag zu seinem Begräbnis kommen.«

»Ich würde gerne kommen.«

»Schön, so kommen Sie.«

Die Haarbüschel in seinen Nasenlöchern bebten ein wenig, indes er den Kopf schüttelte und seine Augen sich mit Tränen füllten.

»Ich kann's nicht ... ich muß mich da raushalten«, sagte er.

»Da gibt's nichts, um sich rauszuhalten. Das ist vorbei und vergessen.«

»Wenn jemand ermordet wird, lasse ich immer lieber die Finger davon. Ich halte mich draus. Als junger Mann – da war das anders. Wenn einer meiner Freunde starb, ganz gleich unter welchen Umständen, hielt ich ihm bis zuletzt die Stange. Sie mögen das sentimental finden, aber es war so – bis zum bitteren Ende.«

Ich sah, daß er aus irgendeinem besonderen Grunde entschlossen war, nicht zu kommen. Also erhob ich mich.

»Waren Sie auf einem College?« fragte er plötzlich.

Einen Augenblick dachte ich schon, er wolle mir eine ›Bessiehung‹ verschaffen, aber er nickte nur und drückte mir die Hand.

»Wir sollten lernen, daß Freundestreue wichtiger ist, solange ein Mensch lebt, nicht wenn er gestorben ist«, bemerkte er abschließend. »Danach lasse ich grundsätzlich den Dingen ihren Lauf.«

Als ich sein Büro verließ, hatte sich der Himmel bezogen, und bei meiner Ankunft in West Egg regnete es Bindfäden. Nachdem ich mich umgezogen hatte, ging ich hinüber und fand Mr. Gatz, der verzückt in der großen Halle auf- und abschritt. Sein Sohn und der ganze Reichtum, den er besessen hatte, erfüllten ihn mit wachsendem Stolz. Er hatte sogar etwas, das er mir unbedingt zeigen wollte.

»Jimmy hat mir dieses Bild geschickt.« Er holte mit zitternden Fingern seine Brieftasche hervor. »Hier.« Es war ein Foto vom Haus, mit Eselsohren und Flecken vom vielen Anfassen. Er wies mich eifrig auf jede Einzelheit hin. »Sehn Sie mal!« Und jedesmal blickte er mich Bewunderung heischend an. Er hatte es wohl schon so oft herumgezeigt, daß dieses Bild für ihn mehr Realität besaß als das Haus selbst.

»Jimmy hat's mir geschickt. Ein hübsches Bild, finde ich. Macht sich sehr gut.«

»Sehr gut. Haben Sie ihn in letzter Zeit gesehen?«

»Vor zwei Jahren kam er mich besuchen und hat mir das

Haus gekauft, in dem ich jetzt wohne. Natürlich waren wir sehr betrübt, als er von Hause durchbrannte, aber ich sehe jetzt, er hatte seine Gründe. Er wußte, daß er eine große Zukunft hatte. Und seit seinem ersten Erfolg hat er sich immer sehr nobel gezeigt.«

Er wollte das Foto gar nicht wegstecken, zauderte und hielt es mir immer noch unter die Nase, damit ich es recht betrachten solle. Endlich steckte er seine Brieftasche wieder ein und förderte statt dessen ein altes zerfleddertes Buch zutage. Es hieß ›Hopalong Cassidy‹.

»Sehn Sie mal, dieses Buch hatte er, als er noch ein Junge war. Sie können daraus –«

Er schlug es hinten auf und hielt es mir zum Lesen hin. Auf der letzten freien Seite stand in Druckbuchstaben das Wort STUNDENPLAN, darunter das Datum: 12. September 1906. Dann folgte:

Aufstehen	6.00	vorm.
Freiübungen und Zimmerreinigen	6.15–6.30	„
Physikalische Studien, Elektrizität usw.	7.15–8.15	„
Arbeiten	8.30–4.30	nachm.
Baseball und Sport	4.30–5.00	„
Übungen in freier Rede. Gute Haltung und wie man sie bekommt	5.00–6.00	„
Studium technischer Erfindungen	7.00–9.00	„

Keine Zeit vertun bei Shafters oder bei (Name nicht zu entziffern).

ALLGEMEINE VORSÄTZE

Nicht mehr rauchen und kein Kaugummi.

Jeden zweiten Tag baden.

Jede Woche ein belehrendes Buch oder eine Zeitschrift lesen.

Sparen Dollar 5.00 (ausgestrichen) 3.00 pro Woche.

Besser zu den Eltern sein.

»Durch Zufall habe ich das gefunden«, sagte der alte Mann. »Da sieht man's, nicht wahr? Jimmy mußte es zu was bringen.

Er hatte immer solche oder ähnliche Vorsätze. Haben Sie bemerkt, wie er an sich arbeitete? Darin war er immer groß. Er hat mir mal gesagt, ich esse wie 'n Schwein; da habe ich ihn aber verprügelt.«

Er konnte sich durchaus nicht entschließen, das Buch zuzuklappen, las mir jede Zeile des Stundenplans laut vor und sah mich dann gespannt an, wie ich das fände. Er schien geradezu darauf zu warten, daß ich mir die Liste für meinen eigenen Gebrauch abschreiben würde.

Kurz vor drei fand sich der lutheranische Geistliche aus Flushing ein, und ich begann unwillkürlich aus dem Fenster nach weiteren Wagen Ausschau zu halten. So auch Gatsbys Vater. Als die Zeit vorrückte und die Dienerschaft sich wartend in der Halle versammelte, begann sein Blick ängstlich zu flackern und er machte bekümmert ein paar allgemeine Bemerkungen über das Wetter. Der Pfarrer sah mehrmals verstohlen auf seine Uhr. Ich nahm ihn beiseite und bat ihn, noch eine halbe Stunde zu warten. Aber auch das war zwecklos. Niemand kam.

Gegen fünf Uhr langte unser kleines Trauergefolge von drei Wagen beim Friedhof an und hielt in strömendem Regen am Tor – als erstes ein motorisierter Leichenwagen, der sich in seiner schwarzen Nässe schauerlich ausnahm, dann Mr. Gatz, der Pfarrer und ich in der Limousine, und etwas später vier oder fünf Leute vom Personal und der Postbote aus West Egg in Gatsbys offenem Zubringerauto, alle bis auf die Haut durchnäßt. Als wir durch das Tor auf den Friedhof gingen, hörte ich, wie noch ein Wagen am Tor scharf anhielt und wie hinter uns ein Mann durch die Pfützen patschte. Ich sah mich um. Es war der eulengesichtige Hornbrillenmann, den wir an jenem Abend vor drei Monaten in ehrfürchtiger Bewunderung vor Gatsbys Bücherwänden angetroffen hatten.

Ich hatte ihn seitdem nie wieder gesehen. Ich wußte nicht, wie er von dem Begräbnis erfahren hatte, ja nicht einmal, wie er hieß. Der Regen rann über seine dicken Brillengläser. Er nahm sie ab und wischte sie, um Gatsbys Grab sehen zu können, von dem soeben die schützende Zeltbahn weggezogen wurde.

Dann versuchte ich für einen Augenblick meine Gedanken auf Gatsby zu versammeln; doch er war mir schon zu weit entrückt, und ich mußte nur – ohne Bitterkeit – daran denken, daß Daisy keine Botschaft und keine Blumen geschickt hatte. Dunkel hörte ich jemand murmeln: »Gesegnet sind die Toten, auf die der Regen des Himmels herniederfällt«, worauf der Eulenäugige ein treuherziges »Amen« sprach.

Danach eilte jeder auf schnellstem Wege durch den Regen wieder zu den Autos. Am Tor sprach mich der Eulenäugige an.

»Ich konnte leider nicht zum Haus kommen«, bemerkte er.

»Es war auch sonst keiner da.«

»Was!« Er war tief bestürzt. »Aber, mein Gott, sie kamen doch sonst immer in Scharen zu ihm heraus.« Er nahm wiederum seine Gläser ab und wischte sie – diesmal außen und innen.

»Armer Hund«, sagte er.

Es gehört zu meinen lebhaftesten Erinnerungen, wenn ich zur Weihnachtszeit von der Schule und später vom College in die Ferien nach Hause fuhr. Die von uns, die über Chikago hinaus mußten, trafen sich dann immer an einem Dezemberabend um sechs in der alten dämmrigen Bahnhofshalle von Union Station; dazu kamen ein paar Chikagoer Freunde, die schon im vollen Genuß ihrer Ferienfreuden waren und uns ein hastiges Lebewohl sagen wollten. Ich sehe noch die Pelzmäntel der Mädchen, die gerade von einem Tee bei Miss Soundso kamen, den gefrorenen Atemhauch vor ihren Mündern und das Händewinken über alle Köpfe hinweg beim Wiedersehen alter Bekannter. Parties wurden ausgehandelt: »Sind Sie auch bei den Ordways? den Herseys? den Schultzes eingeladen?« – und die großen grünen Schülerfahrkarten klebten einem in der behandschuhten Hand. Und dann die dunkelgelben Waggons der ›Chicago, Milwaukee & St. Paul Eisenbahngesellschaft‹

auf dem Nebengleis hinter dem Gitter, die uns so fröhlich wie das leibhaftige Weihnachten erschienen.

Wenn wir dann in den Winterabend hinausfuhren, die trüben Lichter kleiner Wisconsin-Bahnhöfe an uns vorbeisausten und der wirkliche Schnee, unser heimatlicher Schnee, sich zu beiden Seiten auf den Feldern hinbreitete und in Flokken am Coupéfenster glitzerte, dann spürte man plötzlich ein scharfes wildes Ziehen in der Luft. Wir atmeten sie in tiefen Zügen, wenn wir vom Speisewagen über die offenen Plattformen zu unserem Abteil zurückgingen. Das war die Stunde, in der uns das Gefühl unsäglichen Einsseins mit diesem Lande seltsam überkam, ehe wir dann wiederum unauffällig mit ihm verschmolzen.

Das ist mein Mittelwesten – nicht die Weizenfelder, die Prärien oder die verstreuten Schwedenstädtchen, sondern die erregenden Heimkehrzüge meiner Jugend, die Straßenlaternen und Schlittenglöckchen in der frostigen Dunkelheit und die Schatten der Weihnachtskränze vor den erleuchteten Fenstern im Schnee. Mit alledem fühle ich mich verbunden; außerdem tue ich mir auf die langen strengen Winter etwas zugute und lasse es mir gern gefallen, daß ich im Carraway-Haus aufgewachsen bin, in einer Stadt, wo die Häuser noch nach Jahrzehnten den Namen einer Familie tragen. Und jetzt sehe ich auch, daß ich im Grunde eine Geschichte aus dem Westen erzählt habe, denn schließlich stammten wir alle – Tom und Gatsby, Daisy, Jordan und ich – aus dem Westen und hatten wahrscheinlich einen gewissen Defekt miteinander gemein, der uns, genaugenommen, für das Leben im Osten untauglich machte.

Als meine Begeisterung für den Osten auf dem Höhepunkt war und mir seine Überlegenheit über die langweiligen, gespreizten und aufgeblähten Städte hinter dem Ohio, wo nur Kinder und Greise vor der ewigen Klatschsucht und Schnüffelei sicher sind, geradezu in die Augen sprang – selbst da hatte der Osten für mich immer noch etwas Übersteigertes. Das gilt zumal für West Egg, das zuweilen in phantastischen

Visionen durch meine Träume geistert – wie eine nächtliche Szene von Greco. Ich sehe da einige hundert Häuser, deren Stil ebenso konventionell wie grotesk anmutet, im stumpfen Mondlicht unter einem düster herabhängenden Himmel zusammengeduckt. Im Vordergrund schreiten vier Männer im Frack und tragen eine Bahre mit einer betrunkenen Frau in weißem Abendkleid. Ihre Hand, die mit kalt funkelnden Edelsteinen besetzt ist, baumelt lose herab. Feierlich wenden sich die Männer einem Hause zu und gehen hinein – es ist das falsche Haus. Den Namen der Frau aber weiß niemand, und keiner kümmert sich um sie.

So unheimlich und spukhaft erschien mir nach Gatsbys Tode der Osten, daß ich ihn auch mit nüchternem Blick nur noch in dieser Verzerrung sehen konnte. Daher entschloß ich mich, als der blaue Rauch des welken Laubes würzig in der Luft lag und die nasse Wäsche an der Leine steif im Winde flatterte, zur Heimfahrt.

Noch eins blieb mir zu tun, ehe ich abreisen konnte. Vielleicht hätte ich diese etwas peinliche, delikate Angelegenheit besser sich selbst überlassen, aber ich wollte alles hinter mir ins reine bringen und mich nicht einfach darauf verlassen, daß das Meer des Vergessens mit seinen freundlichen Wellen schon darüber hinstreichen werde. Ich traf mich mit Jordan Baker und versuchte ihr lang und breit zu erklären, was mit uns beiden vorgegangen war und was danach in mir vorgegangen war. Sie lag in einem großen Liegestuhl und hörte mich ruhig an.

Ich erinnere mich, daß sie mir in ihrem Golfkostüm wie ein Bild aus einer besseren Illustrierten vorkam: mit dem ein wenig forsch angehobenen Kinn, dem herbstlaubfarbenen Haar und ihrem Gesicht von der gleichen Bräune wie der Glacéhandschuh, der auf ihren Knien lag. Als ich fertig war, erklärte sie mir ohne Umschweife, sie habe sich mit einem anderen verlobt. Ich bezweifelte das im stillen, obwohl es mehrere Männer gab, die nur auf einen Wink von ihr warteten und die sie auf der Stelle hätte heiraten können. Immerhin tat ich, als sei ich überrascht. Einen Augenblick lang fragte ich mich, ob ich nicht doch einen schweren Fehler beging, und überdachte alles noch einmal blitzschnell. Dann stand ich auf, um mich zu verabschieden.

»Auf alle Fälle haben Sie mich ganz schön versetzt«, sagte Jordan plötzlich. »Damals am Telefon. Jetzt schere ich mich den Teufel um Sie, aber jene Erfahrung war mir doch ganz neu. Ich fühlte mich eine Zeitlang, als sei mir der Boden unter den Füßen weggezogen.«

Wir reichten uns die Hände.

»Ja – dann«, fügte sie hinzu, »wissen Sie noch, wie wir einmal übers Autofahren gesprochen haben?«

»Ja? Ich erinnere mich dunkel.«

»Sie meinten, ein schlechter Fahrer könne sich nur sicher fühlen, solange er nicht auf einen anderen schlechten Fahrer treffe. Nun, ich bin an einen solchen anderen schlechten Fahrer geraten, finden Sie nicht? Es war wohl leichtsinnig von mir, Sie so falsch einzuschätzen. Ich dachte, Sie seien immerhin ein ehrlicher, geradliniger Mensch und seien insgeheim stolz darauf.«

»Ich bin jetzt dreißig«, sagte ich. »Ich bin fünf Jahre zu alt, um mich selbst zu belügen und mir dabei noch als ein Mann von Ehre vorzukommen.«

Sie gab keine Antwort. Halb ärgerlich und halb noch verliebt in sie und alles in allem furchtbar traurig, wandte ich mich und ging.

Ende Oktober sah ich eines Nachmittags Tom Buchanan. Forsch und angriffslustig wie immer, ging er vor mir die Fifth Avenue hinab, die Hände etwas vom Körper abgewinkelt, als müsse er sich jeden Augenblick einen Angreifer vom Leibe halten, und mit scharfem Hin- und Herwenden des Kopfes, der jeweils den ruhelos schweifenden Augen folgen mußte. Gerade als ich meine Schritte verlangsamte, um ihn nicht überholen zu müssen, blieb er stehen und musterte stirnrunzelnd das Schaufenster eines Juwelierladens. Plötzlich erblickte er mich und kam mit ausgestreckter Hand auf mich zu.

»Nun, Nick, was ist? Willst du mir vielleicht nicht mehr die Hand geben?«

»Allerdings. Du weißt ja, wie ich von dir denke.«

»Sei nicht kindisch, Nick«, sagte er rasch. »Du bist total verrückt. Ich verstehe nicht, was in dich gefahren ist.«

»Tom«, sagte ich, »was hast du an jenem Nachmittag zu Wilson gesagt?«

Er starrte mich wortlos an, und da wußte ich, daß ich, was die fraglichen Stunden betraf, richtig vermutet hatte. Ich wollte schon auf dem Absatz kehrtmachen, aber er kam mir einen Schritt nach und packte mich beim Arm.

»Ich habe ihm die Wahrheit gesagt«, erklärte er. »Er erschien an der Haustür, als wir uns gerade zum Ausgehen fertig machten, und als ich ihm sagen ließ, wir seien schon fort, versuchte er mit Gewalt, sich Einlaß zu verschaffen, und kam die Treppe herauf. Er war so von Sinnen, daß er mich bestimmt umgelegt hätte, hätte ich ihm nicht gesagt, wem der Wagen gehörte. Die ganze Zeit hielt er die Hand in der Tasche am Revolver –« Trotzig fuhr er fort: »Und was ist schon dabei, daß ich's ihm sagte? Dieser Bursche war ja sowieso erledigt. Er hat dir nur Sand in die Augen gestreut, ebenso wie er Daisy blauen Dunst vorgemacht hat, aber er war ein ganz Gerissener. Er hat Myrtle wie einen Hund überfahren und hielt dann nicht einmal an.«

Darauf war nun nichts zu erwidern außer der einen ungeheuerlichen Tatsache, daß das nicht wahr war.

»Und wenn du etwa denkst, ich hätte nicht auch mein Teil abbekommen – hör zu: als ich hinging, um die Wohnung aufzulösen, und die verflixte Büchse mit Hundekuchen auf dem Bord stehen sah, da setzte ich mich hin und weinte wie ein kleines Kind. Weiß Gott, es war entsetzlich –«

Ich konnte ihm nicht verzeihen und ich konnte ihn auch nicht mehr gern haben, aber ich sah ein, daß ihm alles, was er getan hatte, vollkommen gerechtfertigt erscheinen mußte. Es war alles sehr leichtfertig angezettelt und völlig verfahren. Sie waren eben leichtfertige Menschen, Tom und Daisy – sie zerschlugen gedankenlos, was ihnen unter die Finger kam, totes und lebendiges Inventar, und zogen sich dann einfach zurück auf ihren Mammon oder ihre grenzenlose Nonchalance oder was immer das gemeinsame Band sein mochte, das sie so unverbrüchlich zusammenhielt, und überließen es anderen, den Aufwasch zu besorgen ... Ich gab ihm die Hand. Eine Weigerung wäre mir jetzt albern erschienen; denn mir war plötzlich, als spräche ich zu einem Kinde. Dann ging er in den Juwelierladen, um ein Perlenhalsband oder vielleicht auch nur ein Paar Manschettenknöpfe zu kaufen, und war wohl froh, mich nörgelnden Provinzler für immer los zu sein.

Gatsbys Haus lag noch still und verlassen, als ich zur Abreise rüstete. Sein Rasen war jetzt ebenso ungeschnitten und ungepflegt wie meiner. Der Taxifahrer aus West Egg machte nie eine Fuhre an Gatsbys Haus vorbei, ohne kurz anzuhalten und bedeutungsvoll darauf hinzuweisen. Vielleicht hatte gerade er Daisy und Gatsby am Abend des Unfalls nach East Egg hinübergefahren und hatte sich wahrscheinlich inzwischen seine eigene Version von der ganzen Geschichte zurechtgemacht. Ich hatte keine Lust, mir das anzuhören, und vermied es, mich von ihm zum Bahnhof fahren zu lassen.

Ich verbrachte meine Samstagabende meist in New York; denn das strahlende Bild der glanzvollen Parties bei Gatsby war mir so lebhaft gegenwärtig, daß ich immer noch schwach und unablässig das helle Gelächter und die Musik aus seinem Garten und das An- und Abfahren der Autos zu hören glaubte. Eines Nachts hörte ich tatsächlich ein Auto und sah, wie es hielt und mit seinen Scheinwerfern die Front ableuchtete. Aber ich ging der Sache nicht weiter nach. Vielleicht war es irgendein allerletzter Gast, der aus einer fernen Weltecke nach Hause kam und noch nicht erfahren hatte, daß es mit den Parties aus und vorbei war.

In der letzten Nacht, als ich meine Koffer gepackt und mein Auto an den Gemischtwarenhändler im Ort verkauft hatte, ging ich noch einmal hinüber und warf einen letzten

Blick auf diese gewaltige, sinnlose Mißgeburt von einem Haus. Auf den weißen Stufen stand, im Mondschein deutlich zu lesen, ein unanständiges Wort, das irgendein Junge mit einem Stückchen Ziegel angeschrieben hatte. Ich scheuerte mit meinem Schuh so lange darüber, bis es ausgelöscht war. Dann ging ich hinunter an den Strand und streckte mich im Sande aus.

Die pompösen Villen längs der Küste waren jetzt fast alle geschlossen. Man sah kaum noch Lichter, höchstens die schwach beleuchtete Fähre, die sich schattenhaft über den Sund bewegte. Und indes der Mond höher und höher stieg, sanken die Häuser ins Wesenlose zurück, und vor mir zeichnete sich allmählich die alte Insel ab, die einst vor den Augen holländischer Seefahrer als ein blühendes Wunder aufgetaucht war – vorgewölbt wie eine schwellende grüne Brust der neuen Welt. Ihre längst versunkenen Bäume – dieselben Bäume, die auch Gatsbys Haus hatten weichen müssen – hatten einst mit lockendem Geflüster dem letzten und größten aller Träume der Menschheit Vorschub geleistet. Es muß wie ein flüchtiger Augenblick der Bezauberung gewesen sein und verschlug gewiß denen, die sich hier dem neuen Kontinent nahten, den Atem. Sie spürten wohl einen Drang zum reinen Genuß des Schönen, doch das begriffen sie nicht, noch trugen sie Verlangen danach. Zum letzten Male in der Geschichte war ihnen vergönnt, von Angesicht zu Angesicht etwas zu schauen, das mit ihrem Wunderglauben in Einklang stand.

Während ich so dasaß und über die alte, nie gekannte Welt nachbrütete, mußte ich daran denken, was für ein Wunder es für Gatsby bedeutet haben mochte, als er zum ersten Male das grüne Licht an Daisys Landesteg erspähte. Er war weither an dieses blaue Gestade gekommen, und plötzlich schien ihm sein Traum so nahe gerückt, daß er nur zuzugreifen brauchte. Aber er wußte nicht, daß der Traum längst hinter ihm lag, weit zurück in dem unermeßlichen Dunkel jenseits der großen Stadt, wo die schwarzen Gefilde der Staaten unter nächtlichem Himmel wogten.

Gatsby glaubte an das grüne Licht, an die rauschende Zukunft, die Jahr um Jahr vor uns zurückweicht. Sie ist uns gestern entschlüpft, doch was tut's – morgen schon eilen wir rascher, strecken weiter die Arme.

Und eines schönen Tages ...

So regen wir die Ruder, stemmen uns gegen den Strom – und treiben doch stetig zurück, dem Vergangenen zu.

● **D.H. Lawrence**
Ein moderner Liebhaber
und andere Erzählungen. Ausgewählt, aus dem Englischen und mit einem Nachwort von Elisabeth Schnack

● **W. Somerset Maugham**
Der Menschen Hörigkeit
Roman. Aus dem Englischen von Mimi Zoff und Susanne Feigl

● **Carson McCullers**
Das Herz ist ein einsamer Jäger
Roman. Aus dem Amerikanischen von Susanna Rademacher

● **Ian McEwan**
Der Zementgarten
Roman.

● **Brian Moore**
Die Frau des Arztes
Roman. Aus dem Englischen von Jürgen Abel

● **Frank O'Connor**
Und freitags Fisch
Erzählungen. Aus dem Englischen von Elisabeth Schnack

● **George Orwell**
Mein Katalonien
Bericht aus dem Spanischen Bürgerkrieg. Aus dem Englischen von Wolfgang Rieger

● **Georges Simenon**
Die Fantome des Hutmachers
Roman. Aus dem Französischen von Eugen Helmlé

● **Muriel Spark**
Memento Mori
Roman. Aus dem Englischen von Peter Naujack

● **Patrick Süskind**
Der Kontrabaß

● **Andrzej Szczypiorski**
Die schöne Frau Seidenman
Roman. Aus dem Polnischen von Klaus Staemmler

● **Urs Widmer**
Liebesnacht
Erzählung

F. Scott Fitzgerald im Diogenes Verlag

»F. Scott Fitzgerald. Schade, daß er nicht weiß, wie gut er ist. Er ist der Beste.« *Dashiell Hammett*

F. Scott Fitzgerald, geboren 1896 in St. Paul in Minnesota; der eigentliche Dichter der Roaring Twenties; der Sänger des Jazz- und Gin-Zeitalters; der Sprecher der Verlorenen Generation; Schöpfer des *Großen Gatsby* und des *Letzten Taikun.* Er starb 1940 in Hollywood.

Der große Gatsby
Roman. Aus dem Amerikanischen von Walter Schürenberg

Der letzte Taikun
Roman. Deutsch von Walter Schürenberg

Pat Hobby's Hollywood-Stories
Erzählungen. Deutsch und mit Anmerkungen von Harry Rowohlt

Wiedersehen mit Babylon
Erzählungen. Deutsch von Walter Schürenberg, Elga Abramowitz und Walter E. Richartz

Die letzte Schöne des Südens
Erzählungen. Deutsch von Walter Schürenberg, Elga Abramowitz und Walter E. Richartz

Der gefangene Schatten
Erzählungen. Deutsch von Walter Schürenberg, Anna von Cramer-Klett, Elga Abramowitz und Walter E. Richartz

Ein Diamant – so groß wie das Ritz
Erzählungen. Deutsch von Walter Schürenberg, Anna von Cramer-Klett, Elga Abramowitz und Walter E. Richartz

Der Rest von Glück
Erzählungen. Deutsch von Walter Schürenberg

Zärtlich ist die Nacht
Roman. Deutsch von Walter E. Richartz und Hanna Neves

Das Liebesschiff
Erzählungen. Deutsch von Christa Hotz und Alexander Schmitz

Der ungedeckte Scheck
Erzählungen 1931–1935. Deutsch von Christa Hotz und Alexander Schmitz

Meistererzählungen
Ausgewählt und mit einem Nachwort von Elisabeth Schnack. Deutsch von Walter Schürenberg, Anna von Cramer-Klett und Elga Abramowitz